KB107513

# 나는 나

# 나는 나

캐럴 피어슨 · 류시화 옮김

내 인생의 셀프 심리학

연금술사

세상 어느 곳에도 나와 똑같은 사람은 존재하지 않는다.
나와 비슷한 부분을 가진 사람은 있어도
완전히 똑같은 사람은 없다.
따라서 나로부터 나오는 모든 것은 나 자신이 선택한 것이기에
진정으로 나의 것이다.

나에 관한 모든 것은 나의 소유이다.
내 몸과 내 몸이 하는 모든 행동
내 정신과 그 정신 안에서 일어나는 모든 생각과 사상
내 눈과 내 눈이 보는 형상들
분노, 기쁨, 절망, 사랑, 실망, 환희 등 내가 느끼는 감정들
내 입에서 나오는 정중하고 달콤하고 거칠고 옳고 틀린 모든 말들
크거나 나지막한 내 목소리
나 자신이나 다른 사람에게 내가 하는 모든 행동

나의 환상, 나의 꿈, 나의 희망, 나의 두려움은 나의 것
내가 이룬 모든 승리와 성공, 모든 실패와 실수도 나의 것
나의 모든 것이 나의 것이기 때문에
나는 나 자신을 잘 알 수 있다.
그럼으로써 나를 사랑할 수 있고
나의 모든 부분과 친해질 수 있다.
그럼으로써 나의 모든 것이 내 최고의 관심사에 헌신하도록 만들 수 있다.

나의 어떤 면은 나를 당황시키고,
또 나에 대해 내가 모르는 면이 있음을 나는 안다.

그러나 내가 나를 친절하고 다정하게 대하는 한
나는 용기와 희망을 가지고 그 부분을 해결해 나갈 수 있고
나 자신에 대해 더 많은 것을 알아낼 수 있다.

어떤 특정한 순간에 내가 어떻게 보이고 들리는가,
무엇을 말하고 행동하는가,
무엇을 생각하고 느끼는가가 곧 나이다.
그것이 나의 진정한 모습이며, 그 순간 내가 어디에 있는가를 말해 준다.
시간이 지난 후에
내가 어떻게 보이고 들렸는가,
무엇을 말하고 행동했는가,
그리고 무엇을 생각하고 느꼈는가를 되돌아보면
어떤 부분은 알맞지 않았던 것으로 밝혀질 수 있다.
그 알맞지 않은 부분은 버릴 수 있고
알맞다고 증명된 부분은 그대로 간직할 수 있다.
그리고 버린 부분 대신 새로운 것을 만들어 낼 수 있다.

나는 보고, 듣고, 느끼고, 생각하고, 말하고, 행동할 수 있다.
나는 생존하고, 타인에게 다가가고, 생산적이 되고,
주위 사람과 일들을 지각하고 이해할 수 있는 도구를 지니고 있다.
나는 나의 주인이며, 따라서 나는 나를 조절할 수 있다.

나는 나이고, 나는 괜찮다.

— 버지니아 사티어 「나는 나다」

# 차례

# 내 안의 심리적 원형을 만난다

고아, 방랑자, 전사, 이타주의자, 순수주의자, 마법사

내가 존재한다는 것은 삶이 나에게 묻고 있다는 것이다. 다시 말해 나 자신은 세상을 향해 던져진 하나의 물음이며, 나는 그 물음에 나의 해답을 제시해야만 한다. 그렇지 않으면 단지 세상이 주는 답에 따라 살아갈 뿐이다. *—칼 융*

인간은 삶을 살아가는 주체이면서 그 주체인 자신에 대해 탐구하는 존재이다. 행복은 우리의 존재와 관련된 문제이기 때문에 더욱 그렇다. 나에게 일어나는 모든 일은 그 일들에 대한 이해와 의미 부여를 통해 나를 나 자신에게로 되돌아오게 한다. 어쩌면 나는 나에게 일어난 일들의 단순한 집합체가 아니라 몸짓 하나하나마다 내가 선택한 존재일지 모른다.

현자는 말한다. 우리는 저마다 인생의 대본을 써 내려가는 작가이며, 삶에서 우연히 일어나는 것처럼 보이는 사건들은 지나서 보면 어떤 분명한 이야기 줄거리를 가지고 있다고. 인간 마음의 심층

을 탐구한 심리학자 칼 융은 그 이야기를 써 내려가는 것이 바로 우리 내면의 원형이라고 보았다. 인간의 무의식 속에는 원형에 해당하는 자아가 있으며, 이 미성숙한 자아가 성숙한 자아로 나아가는 것이 삶의 여정이라는 것이다.

융은 오랜 정신분석 경험을 통해 개인의 행동, 사고, 신념, 감정 등에는 몇 가지 공통된 유형이 있다는 것을 발견하고, 그것을 '아키타이프archetype', 즉 '원형'이라 이름붙였다. 다시 말해 우리는 각자의 개인적인 무의식과 함께 '모든 개인 안에 공통되게 존재하는 집단적 심리 원형'을 가지고 있다. 그 원형들이 희망이든 두려움이든 내 마음을 지배할 때 그것들은 내 삶으로 표현되고 나를 통해 개인화된다.

인생은 원형이라는 마법의 양탄자를 타고 삶의 숨은 진실과 우주적 계획 속에서의 우리 자리에 대해 알아가기 위해 끝없는 모험을 떠나는 여행자이다. *–캐롤라인 미스*

융 학파의 심리학자 캐럴 S. 피어슨은 융의 원형 심리학을 바탕으로 우리 내면에 존재하는 여섯 가지 심리적 원형을 이야기한다.

고아 원형은 세상에 홀로 남겨진 듯하고 버림받은 듯한 외로움으로 가득한 심리적 추방자이다. 사람을 믿지 않고, 자신을 희생자로 보며, 삶에 대해 별로 기대하지 않는다. 자신에게 왜 이토록 힘든 일이 계속해서 일어나는지 때로는 의아해한다. 보살핌받기를 원하지만, 세상은 안전을 기대하는 그를 보금자리에서 내쫓는 다양한 방법을 갖고 있다. 우리 안의 고아가 만드는 이야기는 '내가 어떻게 고통을 받았는가?' 혹은 '내가 어떻게 살아남았는가?'이다.

방랑자 원형은 자신의 삶이 어딘가에 갇혀 있는 것처럼 느끼고 이상적인 곳을 찾아 떠나는 유형이며, 지금과는 다른 삶을 살겠다는 선언을 반복하는 사람이다. 여행을 가장한 현실도피자가 될 수도 있다. 방랑자가 써 내려가는 이야기는 '내가 어떻게 탈출했는가?' 혹은 '어떻게 나 자신의 길을 발견했는가?'이다.

전사 원형은 자신의 존재를 증명하기 위해 싸우는 유형으로, 성취하기 위해 자신을 몰아붙인다. 상황을 바꿀 수 있다는 확신과 개인적 책임감이 강하다. 타인과의 경계선을 명확히 긋지만 그만큼 주위 사람을 혹독하게 다루며 항상 이기려 드는 부정적인 면을 지니고 있다. 전사의 이야기는 주로 '내가 어떻게 목표를 이루었는가?' 혹은 '어떻게 적을 이겼는가?'이다.

이타주의자 원형은 자신보다 숭고한 무엇인가를 위해, 혹은 세상을 더 나은 장소로 만들기 위해 자신을 희생하려는 자세를 지니고 있다. 이 유형의 사람은 자신이 소중히 여기는 가치, 자신이 세상에 주고 싶은 것, 이 삶 이후에 남기고 싶은 것을 중요하게 여긴다. 하지만 다른 사람을 위해 강박적으로 자신의 삶을 포기할 수도 있다. 이타주의자의 이야기는 '내가 어떻게 베풀었는가?' 혹은 '어떻게 나를 희생했는가?'이다.

순수주의자 원형은 삶을 낙관하고 보다 큰 선에 대한 믿음을 가진 유형이다. 심리적 추방과 시련을 거쳐 순수 세계로 귀환함으로써 상처 입은 내면 아이를 치유하고, 자신이 희생자라는 피해 의식에서 벗어난 사람이다. 자신의 여행을 신뢰하면 행복한 결말이 기다리고 있음을 아는 사람이다. 순수주의자가 만드는 이야기는 '내가 어떻게 행복을 발견했는가?' 혹은 '그것을 통해 무엇을 배웠는가?'이다.

마법사 원형은 자신의 미래를 마법처럼 변화시키려는 강한 의지를 지닌 사람이다. 자신을 세상의 중심에 놓고 삶의 주인을 자신으로 설정하는 유형이다. 마법사는 삶을 선물로 보며, 이곳에서 자신이 할 일은 자신의 선물을 세상에 주면서 삶과 완전한 관계를 맺는 것이다. 우리 안의 마법사가 만드는 이야기 구조는 '내가 어떻게 나의 세계를 바꾸었는가?'이다.

이 여섯 가지 원형은 한 사람의 내면에서 평생 동안 한 가지가 지배하기도 하지만, 단계적으로 나타나 그 시기의 자아를 형성하고 사라지기도 한다. 또한 여러 원형이 함께 활성화되어 다양하게 자아의 여러 모습을 구성하기도 한다. 길이 막히고 방향을 잃을 때마다 우리 안의 고아는 회복력을, 방랑자는 독립심을, 전사는 용기를, 이타주의자는 연민심을, 순수주의자는 삶에 대한 믿음을, 마법사는 변화를 이끌어 내는 마음의 힘을 우리에게 일깨운다.

원형연구센터CASA 소장이며 원형에 관한 연구에 일생을 바친 캐럴 피어슨의 명저인 이 책(원제 『내 안의 영웅*Hero Within*』)은 인간의 영혼, 혹은 마음 세계로의 탐험 여행이다. 융이 말했듯이, 자신의 내면에 관심을 두는 사람이야말로 깨어서 사는 것이다. 내 안에 내가 모르는 나가 있다. 그 나가 나에게 말을 걸어올 때가 바로 그 탐험 여행을 떠날 때이다.

저자는 말한다.

"영혼을 흔들어 깨우는 영웅의 여행에는 어느 정도 위험이 기다리고 있다. 에고는 필사적으로 안전을 원한다. 반면에 영혼은 진정한 삶을 살고 싶어 한다. 한 가지 진리는 이것이다. 모험 없이는 진정한 삶을 살 수 없다는 것이다. 시련 없이는 깊어질 수 없다."

> 다른 사람들의 이야기에 만족하지 말라. 다른 사람들이 어떻게 했든 너 자신의 신화를 펼쳐라. 복잡하게 설명하려 하지 말고 누구나 그 여정을 이해할 수 있도록. 너에게 모든 것이 열려 있으니, 걸음을 옮겨라. 두 다리가 지쳐 무거워지면 너의 날개가 자라나 너를 들어올리는 순간이 올 것이니. *—잘랄루딘 루미*

우리의 삶에 진정한 목표가 있다면 그것은 삶을 경험하는 것, 고통과 기쁨 모두를 경험하는 것이라고 비교신화학자 조지프 캠벨은 말한다. 우리 안의 어떤 원형은 기쁨의 이야기를 펼칠 것이고, 어떤 억압된 원형은 몸과 마음을 짓누르는 고통의 줄거리를 창조할 것이다. 인생은 쇄빙선같이 그 기쁨과 고통을 부숴 나가며 길을 내어 목적지에 이른다.

이 책의 저자가 말하듯이, 자아는 태어나면서 완성된 형태로 우리에게 주어지는 것이 아니라 태어나서 죽을 때까지 계속 완성해 나가야 하는 여정이다. 자신이 누구인지 아는 것, 이 '자기 앎'은 인생의 궁극적인 목표이다. 그것 없이는 어떤 행위와 성취도 무의미하다고 할 수 있다. 그 탐구 여정의 끝에 이르렀을 때 우리는 융이 자서전『기억, 꿈, 회상』에 쓴 첫 문장을 이해하게 될 것이다.

'나의 전 생애는 무의식이 자기실현을 해 나간 이야기이다.'

류시화

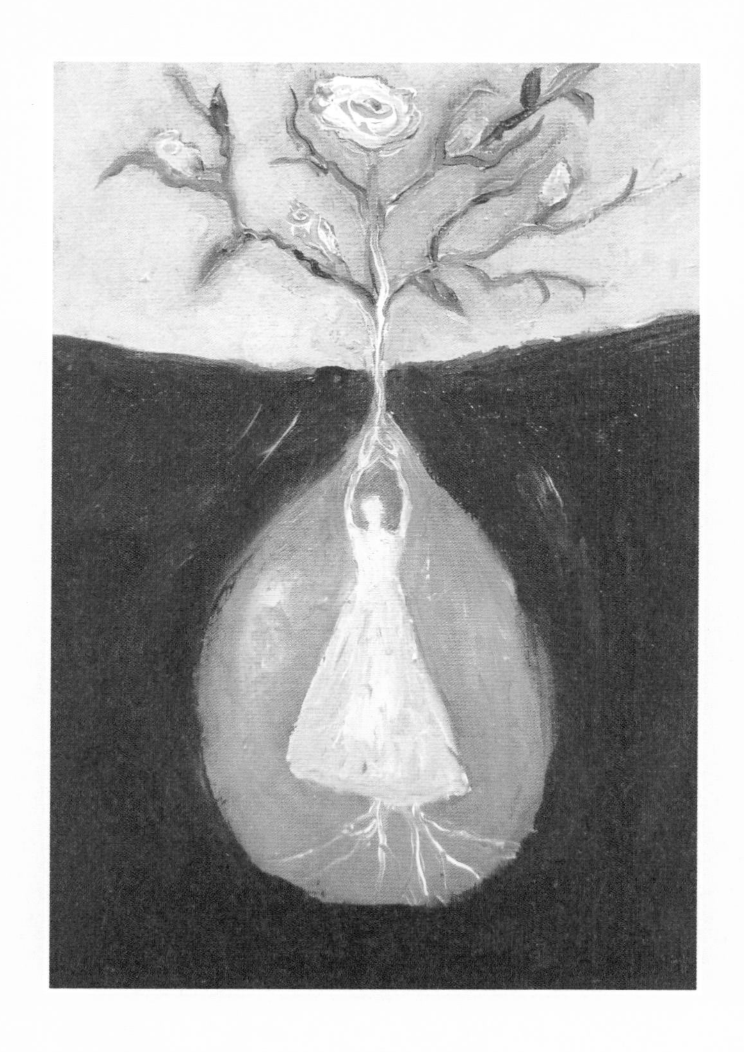

*Seed*(존재의 씨앗)

# 1

# 마음 사용 설명서

어떤 길을 선택하든 그 길이 진정한
길인지 알려면, 그 길이 자신에게 기쁨을
주는지 보면 된다. 자신에게 맞는 길을
아는 사람은 오직 당신 자신뿐이다.
행복을 찾기 위해 여행을 떠나는 것이
아니라, 진정한 행복을 따를 때
여행은 보물을 가져다준다.

# 어떤 이야기를 살고 있는가—마음 사용 설명서

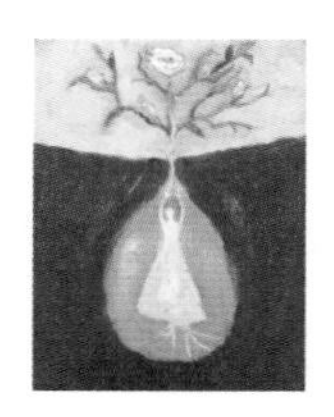

우리가 삶에서 경험하는 일들은 우리 자신이 삶에 대해 어떤 상상을 하고 있는가에 따라 결정된다. 우리는 세상에 대한 이야기를 만들고, 많은 부분 그 이야기대로 살아간다. 삶이 어떤 모습인가는 의식적으로, 혹은 더 많게는 무의식적으로 우리 자신이 선택한 대본에 달려 있다.

우리가 마음속에서 만드는 이야기 줄거리는 인간의 무의식 속에 자리 잡은 원형들과 관계가 깊다. 원형은 스위스의 정신분석학자 칼 융이 통찰했듯이, 인간 내면에 깊이 뿌리내려 강력한 영향을 미치는 생각의 유형들이다.

융의 설명에 따르면 이 원형들은 집단 무의식 속에 존재한다. 또한 인간의 뇌 구조 속에 암호화되어 있을 수도 있다. 우리는 이 원형들을 예술 작품이나 문학, 꿈, 신화들 속에서 쉽게 발견할 수 있으며, 자기 자신이나 주위 사람들의 삶을 보면서도 그것들을 알아차릴 수 있다. 자신이 어떻게 행동하고, 또 그 행동을 스스로 어떻게 해석하는지 관찰함으로써 자신의 삶에 영향을 미치는 원형들을 자각할 수 있다. 사람들의 신체 언어를 통해서도 그들의 삶을 지배하는 원형을 알 수 있다. 한 걸음 한 걸음 마지못해 내딛듯 구부정한 자세로 걷는 사람은 '순교자 원형'에 사로잡혀 있다. '전사 원형'의 지배를 받는 사람은 결의에 차서 턱을 공격적으로 내밀고, 목표를 이루기 위해 매진하는 것처럼 몸이 앞을 향해 있다.

원형의 종류는 매우 많다. 그렇다면 왜 이 책에서는 여섯 가지 원형에 대해서만 말하는가? 원형에 해당하는 수많은 심리적 이야기 구조들이 있지만 이 여섯 가지 원형만큼 우리 삶의 여행에 영향을 미치는 것은 없기 때문이다. 우리 내면의 고아, 방랑자, 전사, 이타주의자, 순수주의자, 마법사는 영웅의 여행, 즉 한 인간이 성장하고 완성되어 가는 추구의 과정에서 중요한 역할을 하는 원형들이다. 이 원형들은 우리가 강한 자아를 갖도록 도우며, 그런 다음에는 자아의 경계를 넓혀 타인과 하나가 되고 세상과 하나가 되도록 돕는다.

한번은 컴퓨터 전문가가 나에게 불평한 적이 있다. 컴퓨터를 처음 구입한 사람들은 흔히 상담원에게 전화를 걸어 자신의 컴퓨터가 제대로 작동하지 않는다고 화를 낸다는 것이다. 그들의 불평을 자세히 들어보면 결국 그들은 컴퓨터 사용법을 알지 못한다는 것이다. 자동차를 살 때 우리는 그 차가 저절로 움직일 것이라고 기대하지 않는다. 차를 타려면 운전하는 법을 배워야 한다.

우리 모두는 내면에 놀라운 가능성을 지니고 있지만 그것에 접근하는 법을 배운 사람은 거의 없다. 컴퓨터를 처음 구입하면 사용법 강의를 듣지는 않더라도 최소한 사용 설명서를 읽어야 한다는 것을 우리는 안다. 하지만 자신의 마음에 관해서는 그저 마음이 스스로 잘 굴러갈 것이라 기대한다. 무엇인가 잘못되었을 때만 자신의 내면을 들여다볼 필요가 있다고 여겨 정신과 의사나 심리 상담사, 성직자, 구루(영적 스승)를 찾아간다. 그제야 자신의 어떤 부분이 병들어 있고, 무엇이 부족하며, 무슨 잘못이 문제를 일으키는지 알려고 한다. 마치 기계의 결함 있는 부품을 찾아내어 그 부분만 교체하려고 하듯이 말이다.

어쩌면 컴퓨터를 처음 구입했을 때처럼 우리 자신도 수리가 필요한 상태가 아닐 수 있다. 다만 우리 내면에 무엇이 있는지, 여행의 지금 단계에서 그것을 어떻게 이용해야 하는지 배우면 되는 것일지도 모른다.

이 책은 일종의 '마음 사용 설명서', 혹은 영웅의 여행에 필요한 지도이다. 나는 그 여행을 도와줄 내면의 안내자들, 즉 우리 자신 안의 '여섯 가지 원형'을 소개할 것이다. 이들의 도움을 받아 우리는 진정한 자아를 완성해 나가는 과정에서 겪는 문제들을 해결할 수 있다. 그리고 진정한 자아는 한순간에 발견되는 것이 아니라 전 생애에 걸쳐 완성해 나가는 과정이다. 이 내면의 협력자들과 연결되는 법을 알면 미래에 대해서도 덜 두려워하게 된다. 어떤 문제에 맞닥뜨리더라도 그것을 해결하는 데 필요한 수단이 자신의 내면에 있다는 사실을 알기 때문이다.

인류 역사 대부분의 시간 동안 인간은 사회가 지정해 준 성역할(사회에서 성별에 따라 다르게 부여되는 역할)과 직업, 예측 가능한 행동 양식에 따라 살아 왔다. 심지어 무슨 생각을 해야 하는지도 사회가 정해 주었다. 하지만 지금은 전 세계의 많은 사람이 과거에 특권층만 누렸던 선택의 문제에 직면한다. 이제 남성과 여성의 역할은 경계선이 불분명하며, 인종은 더 이상 우리가 누구이고 무엇이 될 수 있는지 제한하는 기준이 아니다. 급속한 사회 발전은 많은 이들에게 한 번밖에 없는 짧은 생 동안 다양한 경력을 추구하게 만든다. 또한 이제는 서로 다른 생활 방식을 선택할 자유가 있다. 따라서 생각이 더 유연해져야 하고, 여러 가지 일을 해낼 줄 알아야 하며, 자신이 누구이며 어떻게 살고 싶은가에 대해 크든 작든 갖가지 선택을 해야만 한다.

당신은 영웅이다. 혹은 영웅일지도 모른다. 신화와 문학작품과 실제 삶에서 영웅은 여행을 떠나 큰 괴물(문제들)과 맞서고, 진정한 자아라는 보물을 획득한다. 사실 삶에서 이미 죽은 것 같은 순간을 마주할 때마다 우리는 괴물과 맞닥뜨리는 것이다. 이때 영웅은 무기력한 삶 대신 생기 넘치는 삶을 선택하고, 진정한 자신을 발견하기 위해 여행을 떠난다.

만약 자기 탐구를 위해 모험을 선택하지 않는다면, 나의 여행을 떠나는 대신 나에게 정해진 사회적 역할만 수행한다면, 감각이 마비된 것처럼 삶을 살게 될 수도 있다. 소외감과 공허와 허무로 채워질 수도 있다. 자의에 의해서든 타의에 의해서든 괴물을 죽이는 것을 단념한 사람은 그 욕구를 내면으로 돌려 자기 자신을 죽인다. 자신의 뚱뚱한 몸, 이기심, 예민한 성격, 혹은 자신이 판단하기에 좋지 않아 보이는 것들에 대해 전쟁을 선포하는 것이다. 실적 달성 기계가 되기 위해 자신의 감정을 억압하기도 한다. 아니면 자기 고유의 독특함을 감추고 카멜레온 같은 사람이 된다. 자신에게 성공을 가져다주거나 그저 안전을 보장해 줄 것이라 생각되는 모습을 연기하는 것이다.

자신의 자아와 싸움을 벌이면 결국에는 영혼을 잃는다. 이 상태가 오래 이어지면 마음이 병들어 회복이 어렵다. 또한 자기 탐구 여행을 회피할 때 생기 없는 삶을 살게 되고, 세상에도 활력을 선물할 수 없다. 이것이 폐허에서 일어나는 일이다.

영웅 신화의 시작 부분에서 왕국은 늘 폐허이다. 농작물은 자라지 않고, 질병이 유행하며, 아이들도 태어나지 않는다. 사람들 사이에는 절망감과 소외감이 만연해 있다. 그 왕국에서는 비옥함과 생명력을 찾기 힘들다. 이런 상황은 무능력하고 사악한 통치자와 관련이 있다. 이 이야기 속에서 늙은 왕이나 여왕은 세상의 변화를 방해하는 시대착오적인 방식을 상징한다.

이때 젊은 도전자는 모험 여행을 떠나 동굴 속 괴물과 맞서고,

보물을 얻는다. 이 여행이 그를 탈바꿈시킨다. 그가 얻는 보물은 삶을 긍정하는 새로운 관점의 발견이다. 영웅이 왕국으로 돌아오면, 그의 새로운 통찰이 모든 이의 삶을 변화시킨다. 그리하여 귀환한 영웅은 새로운 통치자, 즉 자기 왕국의 주인공이 된다. 새로운 해답을 발견했기 때문에 풍요와 결실이 회복되고, 비가 내려 메마른 땅에 영양분을 공급한다. 농작물은 싹을 틔우고, 아이들이 태어나며, 전염병은 치료된다. 사람들은 다시금 희망을 갖고 생기를 얻는다.

이 이야기에서 당신은 세대 간 갈등을 알아차릴지도 모른다. 당신이 젊은 세대라면 부모나 다른 권위 있는 인물을 늙은 통치자와 비교하겠지만, 그들이 반드시 나쁜 것은 아니다. 단지 그들이 이전 시대의 진리를 따르는 것뿐이다. 당신이 자신의 여행을 떠나야만 하는 이유가 여기에 있다.

나이에 관계없이 가정이나 조직, 공동체에 만족하지 못할 때도 이를 박차고 떠나 새로운 여행을 시도할 수 있다. 설령 현재 자신의 삶을 살고 있을지라도 더 많이 살아 있기 위해 여행을 떠날 때, 당신은 자기 자신뿐 아니라 집단의 변화에도 도움이 되는 해답들을 발견해서 돌아오게 된다.

삶에서 육체적인 아픔이나 정신적인 고통, 지루함, 무기력, 소외감, 공허감, 중독, 실패감, 분노와 같은 폐허의 요소들을 겪을 때가 바로 당신이 여행을 떠나야만 하는 순간이다. 그런 불만족뿐 아니라 단순히 모험에 대한 욕구가 당신을 탐구 여행으로 손짓한다. 필연적으로 떠날 수밖에 없는 그 여행이 당신을 새롭게 변화시킨다.

영웅은 자신의 여행을 하면서 성장하고 변화하는 자일 뿐 아니라 세상에 변화를 가져오는 중개자이다. 고대에는 왕과 여왕이 세상을 통치했으며, 사람들은 대부분 자신의 삶에 대해 아무 힘이 없었다. 하지만 오늘날에는 특별한 사람만 영웅의 여행을 떠나는 것이 아니다. 누구나 자신의 여행을 떠날 수 있고, 또 그렇게 해야만 한다. 영웅은 자신의 진정한 자아라는 보물을 발견해서 공동체 전체와 나눈다. 온전히 자기 자신으로 존재하고 행동함으로써 그렇게 한다. 또 그렇게 하는 만큼 자신이 소속된 왕국도 달라진다.

많은 사람들은 보호받기를 원하면서 자신의 여행을 미룬다. 하지만 이 욕망은 얼마 못 가서 좌절되기 마련이다. 우리는 안전을 기대하지만, 세상은 다양한 방법으로 우리를 안전한 보금자리에서 내쫓는다. 그 결과 우리는 나는 법을 배우거나 바닥까지 추락했다가 다시 일어나곤 한다.

많은 젊은이들은 인생의 쓴맛은 아니더라도 무력감을 느낀다. 자신이 부모와 똑같은 수준의 부를 이루지 못할 것임을 깨닫기 때문이다. 더 발전된 삶이 자동으로 이루어질 것이라고, 이전 세대보다 더 나은 삶을 살게 될 것이라고 믿었다. 하지만 지금 많은 이들에게 그것은 사실이 아니다. 이 가혹한 현실에 아무리 화가 나도 세상 속에서 분투하며 살아갈 수밖에 없다.

또한 지난날 사람들은 결혼하면 평생 동안 그 결혼 생활이 유지

될 것이라고 여겼으나 오늘날 이혼은 일반적인 현상이 되었다. 갑자기 배우자가 떠난 사람들은 정신적으로나 경제적으로나 준비가 안 돼 있어서 어찌할 줄 모른다. 세상 물정에 밝은 이들은 미리 대비책을 세워 놓지만, 그렇게 하는 것은 자신과 배우자 사이에 틈을 만드는 일이다. 그래서 대부분은 친밀한 관계를 유지하기 위해 손해를 감수한다.

노동자들은 열심히 일하고 충성하면 언제까지나 직장을 갖게 될 것이라 믿었지만 오늘날에는 이 충성 계약이 깨졌다. 그 결과 삶이 불안해졌고, 지금의 고용주와 계속 일하거나 다른 직장으로 옮기거나 자신의 회사를 시작하거나 간에 혼자서 자신의 미래를 책임져야만 한다.

영웅의 여행이 특별한 사람만의 것이라고 여기며 당신은 그저 안전한 자리를 찾아 머물려고 한다. 하지만 숨을 만한 안전한 장소는 존재하지 않는다. 만약 당신이 여행을 떠나지 않는다면, 삶이 당신을 여행으로 떠밀 것이다. 지금 우리는 그 여행에 떠밀려 떠나고 있다. 따라서 진정한 여행에 필요한 것을 배우지 않으면 안 된다.

사실 우리 안의 영웅적인 자아는 세상이 불완전하다는 것에 신경 쓰지 않는다. 그 자아는 안락함을 위해 살지 않으며 모험을 좋아하기 때문이다. 카멜롯 이야기(아서왕의 궁전이 있는 도시 카멜롯과 그곳을 수호하는 원탁의 기사들 이야기)에 나오는 아서왕이 이것을 잘 보여 준다. 어느 날 기사들이 만찬 자리에 앉기 시작했을 때, 아서는 그들에게 아직은 저녁을 먹을 수 없다고 선언한다. 그들은 그날 어떤 모험도 하지 않았던 것이다. 그래서 곧바로 모험적인 일을 찾아 나선다.

시각을 조금만 바꾸면 어떻게 될까? 만약 삶의 목표가 승리하는 것이 아니라 배움이라면? 그러면 이야기의 결말이 매우 달라진다. 탄생과 죽음 사이에 일어나는 일들도 달라질 것이다. 그때 영웅적 행위는 산을 옮기는 일뿐만 아니라 산을 아는 일, 즉 온전히 자기 자신이 되고, 있는 그대로를 부정하지 않는 것, 그리고 삶이 우리에게 펼쳐 보이는 배움에 마음을 여는 것으로 다시 해석된다.

자서전 『길 위의 자매*Sister of the Road*』의 주인공 박스카 베르타는 아서왕에 맞먹는 정신을 가지고 있다. 책 말미에서 베르타는 자신의 삶을 뒤돌아본다. 어린 나이에 어머니에게 버림받은 일, 매춘부로 살며 인간성이 말살되었던 기간, 한 연인은 감옥에 갇히고 또 한 연인은 기차에 치여 죽는 것을 무기력하게 지켜봐야만 했던 일들을. 그녀는 분명하게 말한다.

"내가 배우고자 했던 모든 것을 나는 배웠다……. 나는 목적을 이루었다. 인생에서 하고자 했던 일은 모두 시도해 봤으니까. 떠돌이 노동자, 급진주의자, 매춘부, 도둑, 개혁가, 사회운동가, 혁명가가 되는 것이 어떤 느낌인지 알고 싶었고, 또 그것을 알았다. 그리고 온몸으로 전율했다. 그것들 모두 가치 있는 일이었고, 내 삶에 비극은 없었다. 그렇다, 내 기도는 응답받았다."

베르타는 자신을 고통받은 순교자나 전사로 생각하지 않는다. 그 대신 원하는 모든 것을 받은 마법사로 여기며, 자신의 선택에 책임을 지고, 삶이 준 선물에 감사한다.

영웅이 되려면 많은 시련을 겪어야 하고 승리를 위해 싸워야 한다고 사람들은 잘못 생각한다. 사실은 이렇다. 자기 내면의 영웅적인 면을 주장하든 주장하지 않든, 누구나 삶에서 시련을 겪는다. 자신의 여행을 회피하면 오히려 지루함과 공허함만 늘어난다. 행복을 찾기 위해 여행을 떠나는 것이 아니라, 진정한 행복을 따를 때 여행은 보물을 가져다준다.

애니 딜러드(26세에 폐렴을 앓은 후 더 충만한 삶을 살고자 버니지아주 팅커 크리크 지역의 자연 속에서 생활한 퓰리처상 수상 작가)는 『팅커 크리크의 순례자*Pilgrim at Tinker Creek*』에서 "삶은 종종 잔인하지만 언제나 아름답다. 최소한 우리가 할 수 있는 것은 삶 속에 충분히 존재하는 것."이라고 단언한다. 그녀는 죽음에 이르러 마지막으로 하는 기도가 "제발!"이 아니라 "감사합니다."가 되기를 상상한다. 문을 나서며 손님이 주인에게 감사해하듯이.

마법사는 삶을 선물로 본다. 우리가 할 일은 자신의 선물을 세상에 주면서 삶과 완전한 관계를 맺는 것이다. 그리고 다른 사람들과도. 어떤 선물은 받고, 어떤 것은 거절하는 책임을 지면서 말이다. 이 관점에서는, '나는 누구인가'를 잊어버리는 일이 가장 큰 비극이다. 그렇게 되면 이곳에서 해야 할 일을 하지 못하게 되기 때문이다.

삶을 너무 진지하게 생각하지 않도록 사람들이 당신을 단념시키더라도 놀라지 말라. 사람들은 영웅이 되려는 당신을 비웃거나 무시할 것이다. 당신도 자신이 변화할 수 있음을 상상하지 못하게 가로막는 내면의 장애물이 있을 수 있다. 성별에 있어서나 인종에 있어서나, 가정환경과 소득수준과 성취 부분에서도 자신이 다른 사람들만큼 가치 있는 존재가 아니라고 생각할지 모른다. 세상에서 중요한 인물로 인정받을 만큼 재능 있거나 똑똑하거나 유리한 점을 갖고 있지 않다고 여길 수도 있다.

이때 당신은 자신이 가진 힘을 내주고 다른 사람들이 자신을 지배하게 만드는 위험을 선택하는 것이다. 그러는 동안 자신은 배경으로 멀찌감치 물러나 있다. 그렇게 하면 잃는 사람은 당신만이 아니다. 세상도 그만큼 잃는다. 왜냐하면 왕국의 변화를 위해 당신만이 가져다줄 수 있는 선물을 잃을 것이기 때문이다.

자기 자신에 대한 의심은 강한 지배 욕구를 가진 사람들에 의해 더 커진다. 직장 상사, 심리 치료사, 교사, 정치가뿐 아니라 친구조차도 자기 뜻대로 당신의 여행 의지를 꺾어 놓을 수 있다. 단결을 원하는 집단은 구성원들이 자기 자신에 대해 심각하게 생각하는 것을 별로 좋아하지 않는다. 영웅적인 정신을 가진 여행은 개인주의를 부추기며, 따라서 집단에 충성하지 않을 것이라는 두려움 때문이다.

사실 자신의 여행을 하는 사람은 훌륭한 구성원이 되기 어렵다. 최소한의 공통분모만 중요시하는 집단의 사고방식에 맞서 자신의 의견을 굽히지 않기 때문이다. 자신들의 기본 방침만 나열하는 집단은 그 집단에 속한 개인보다 훨씬 낮은 지적 수준에서 움직일 가능성이 높다.

사람들은 영웅적인 생각을 그다지 신뢰하지 않는다. 영웅적인 행동에 대한 잘못된 관념 때문이다. 불타는 건물에서 누군가를 구하는 일처럼 굉장한 위험이 따르는 행동을 혼자서 해내는 사람을 영웅으로 생각한다. 혹은 올림픽에서 금메달을 따거나 노벨상을 받는 등 특별한 일을 성취할 때만 영웅이라 여긴다. 그런 형태의 영웅적 행위는 흔치 않다. 상황 자체가 극단적이어야 하고, 특별한 재능과 초인간적인 노력이 합쳐져야 가능하기 때문이다.

영웅적 행위는 유명한 인물이 되는 것과는 다르다는 사실을 기억해야 한다. 우리가 아무리 부자나 유명인들의 삶 부러워하더라도 우리는 안다. 세상은 부나 명성보다는 눈에 잘 띄지 않는, 진실하고 친절하며 자비로운 행동들에 더 많이 영향받는다는 것을.

영웅적인 행동을 실제보다 과장되게, 혹은 적어도 우리 자신의 삶보다는 더 거창한 것으로 여길 때, 우리는 그런 생각을 다른 사람에게 투영하기 마련이다. 예를 들어 우리의 정치 지도자나 조직의 리더, 때로는 심리 치료사나 멘토나 배우자가 어려움에서 우리를 구원하는 영웅적 행위를 보여 주기를 기대한다. 그래서 그들이 실패하거나 약한 모습을 보이면 그들을 매섭게 비난하고 공격한다. 그들이 돌아가며 우리의 기대를 저버릴 때마다 우리는 삶과 세상에 대해 냉소적이 된다. 진실은 이것이다. 지금은 과거처럼 위대한 인물이 우리를 구원해 주는 시대가 아니다. 우리 각자가 자신의 역할을 해야 하는 시대이다.

슈퍼맨이나 슈퍼우먼처럼 현실보다 과장된 모습에 따라 사는 것이 영웅적인 행동이 아니다. 그런 삶은 우리를 그저 무기력하게 만들며 사기를 꺾을 뿐이다. 진정으로 영웅적인 행동은 어떤 일이 닥쳐도 처리할 수 있음을 보여 주는 것이 아니다. 영웅의 여행은 당신에게 자신보다 더 큰 존재가 되라고 요구하지 않는다. 단지 자신의 진실한 길에 전적으로 충실하기를 바랄 뿐이다.

어떤 문제가 우리를 괴롭힐 때, 그 문제에 대해 '누군가가 무엇인가를 해야만 한다'라고 말할 때마다 우리는 자신의 힘을 포기하는 것이다. 물론 그렇게 하는 이유는 문제가 너무 커 보이고, 우리 머릿속의 과장된 영웅 이미지처럼 살기에는 자신이 훨씬 못 미친다고 생각하기 때문이다.

또한 세속적인 성공의 관점에서만 영웅이 되려고 하는 것은 위험한 일이다. 세상에 이름을 알리는 일에 사로잡힌 나머지 의미 있는 개인 생활이 없는 사람들이 있다. 사회에 크게 기여한 공로로 상을 받는 날, 배우자가 그들을 떠난다. 왜냐하면 그들은 결코 집에 있었던 적이 없으며, 오랫동안 방치된 자녀가 가게에서 물건을 훔치다 체포되었기 때문이다.

성취 지향적인 현대 사회에서 진정으로 영웅적인 행동은 일중독에 저항하는 것이다. 우리가 좋은 부모, 이웃, 시민이 될 수 있도록, 그리고 삶을 누릴 수 있도록 말이다. 또한 시간을 내어 내면으로 들어가 자신을 돌아보고 밖으로는 자신의 호기심과 관심사를 따를 수 있도록. 성공을 영웅적인 목표로 혼동함으로써 이면에서는 절망적인 삶을 살고 있는 부유하고 성공한 사람들의 이야기를 우리는 자주 듣는다. 진정한 영웅은 삶에 끌려가지 않고 삶을 누리기 위해 균형을 이룬다.

내가 진행한 워크숍에 온 한 여성의 이야기에 감명받은 적이 있다. 그녀는 자신이 얼마 전까지만 해도 노숙자였으며 약물에 중독되어 있었다고 했다. 어느 날 우연히 그녀는 마약 중독 치료 시설이 있는 골목에서 구걸을 하고 있었다. 그때 상담 치료사가 창문에 기대어 참가자들에게 말하는 소리가 들렸다.

"지금의 당신 모습은 당신의 여행 중 한 단계일 뿐이에요. 언제까지나 이 모습으로 있지는 않을 거예요. 겉으로 보이는 모습은 당신이 아니에요. 지금 당신은 여행 중인 영웅이에요."

그 젊은 여성은 곧바로 그 치료 시설 안으로 들어갔고, 내가 그녀를 만났을 무렵에는 많이 회복되어 있었다. 직장과 아파트를 구했으며, 그녀의 장밋빛 뺨이 말해 주듯이 몸과 마음이 건강해져 있었다.

그녀의 이야기를 들으며 나는 20대 초반이었던 시절의 나를 돌아보았다. 나는 워크숍에 온 그 젊은 여성과는 매우 달랐다. 오히려 너무 올발랐고, 젊은이다운 실험을 할 자유가 없는 미국 남부의 근본주의 가정에서 자랐다. 이타적인 희생이 강조되는 여성의 역할과, 선하게 살고 죄를 멀리하는 종교적 역할을 배웠다. 우리 집은 돈이 거의 없었기 때문에 가난해지지 않기 위해서는 삶에서 조심하는 것이 현명한 일이라고 나는 믿었다. 그러다가 대학생 때 비교신화학자 조지프 캠벨의 『천의 얼굴을 가진 영웅 *The Hero with a Thousand Faces*』을 읽었고, 영웅은 자기만의 지복을 따른다는 그의 말을 믿게 되었다. 그렇게 해서 내 인생 항로가 바뀌었다.

이십 대였을 때 컬럼비아대학원에서 중세 문학을 전공하던 캠벨은 수업이 지루해 박사 과정을 그만두었다. 주위 어른들과 친구들은 정착해서 직장을 구하라고 충고했으나, 그렇게 하는 대신 캠벨은 뉴욕 근교 우드스탁이라는 시골로 들어가 전 세계의 영웅 신화들을 읽으며 5년을 보냈다. 돈이 없는 그에게 한 책방 주인이 계속 책을 대여해 주었다. 이 시기의 방대한 독서를 바탕으로 완성한 그의 저서들은 자신만의 영웅 여행을 하도록 많은 사람들을 격려하면서 끝없는 물결 효과를 일으켰다.

당신이 위험을 무릅쓰고 자신의 영혼에 진실하기로 마음먹을 때, 그 행동을 영웅적이라 부르든 아니든, 당신의 행동은 다른 사람들이 따라 하는 본보기가 된다. 당신이 자신의 길을 걷는 것은 전혀 이기적인 행동이 아니다. 진정한 삶의 본보기를 보여 주는 것이야말로 다른 사람들을 위해 할 수 있는 최고의 일이다. 우리가 자신의 행동이 과거의 영향 때문이라고 탓하는 쉬운 길을 선택함으로써 삶을 스스로 좌절시키는 패턴을 멈추게 하는 것, 그것이 영웅이 하는 일이다.

어느 고대 성배 이야기에서는 탐구자가 멀리 성배가 있는 성이 바라다보이는 산꼭대기 어느 지점에 이른다. 성까지는 가로질러 갈 수 있는 어떤 길도 보이지 않는다. 그는 수 킬로미터나 깊게 깎아지른 협곡을 내려다본다. 그 공간이 너무 넓어 뛰어넘을 수 없다는 사실을 깨달으며 건너편을 바라본다. 그때 믿음을 가지고 나아가라는 성배와 관련된 고대의 가르침을 기억한다. 그가 천 길 낭떠러지의 공간으로 한 발을 내딛는 순간, 갑자기 다리가 나타나 그를 떠받쳐 준다.

우리의 일상생활과는 매우 다른 이야기로 들릴지 모르지만, 사실은 인간 모두가 하는 경험을 신화적 언어로 묘사한 것이다. 직장이나 학교를 떠나 본 적이 있는 사람은 다음에 무슨 일이 일어날지 알지 못한 채 심연 속으로 발을 내디딘 것이다. 자신을 지지해주지 않는 관계들을 떠날 때도 마찬가지다. 다시 사랑하게 될지, 또는 언제 사랑하게 될지 알지 못한 채 우리는 길을 떠난다. 더 이상 의미를 갖지 못하는 사상들을 내려놓고 새로운 진실을 발견할 때까지 불확실성에 대한 두려움을 감수하는 것도 그것이다.

다행히도 우리는 내면의 여섯 안내자에 연결될 수 있다. 여행의 다음 단계는 위험할지도 모르지만, 산의 협곡 위에 있는 보이지 않는 다리가 안전한 통로가 되어 줄 수 있다.

우리는 무의식적으로 자신의 삶에 대해 자기 자신에게 이야기한다. 그리고 그 이야기의 노예가 되어 살아간다. 자신이 살고 있는 그 이야기 구조를 알아차리고, 자신이 전적으로 다른 이야기를 시작할 수 있다는 것을 깨닫는 순간 자유가 시작된다. 여섯 가지 원형이 가진 각각의 관점은 그 자신이 제작하는 영화의 중심인물들과 같으며, 각자 자신만의 이야기 구조를 가지고 있다.

우리 안의 고아가 만드는 이야기 구조는 '내가 어떻게 고통을 받았는가?' 혹은 '내가 어떻게 살아남았는가?'이다. 이 고아 원형이 우리에게 주는 선물은 회복력이다.

방랑자가 만드는 이야기 구조는 '내가 어떻게 탈출했는가?' 혹은 '어떻게 나 자신의 길을 발견했는가?'이다. 방랑자 원형이 주는 선물은 독립심이다.

전사가 만드는 이야기 구조는 '내가 어떻게 목표를 이루었는가?' 혹은 '어떻게 적을 이겼는가?'이다. 전사 원형이 주는 선물은 용기이다.

이타주의자의 이야기 구조는 '내가 다른 사람들에게 어떻게 베풀었는가?' 혹은 '내가 어떻게 나를 희생했는가?'이다. 이타주의자 원형이 주는 선물은 연민심이다.

순수주의자의 이야기 구조는 '내가 어떻게 행복을 발견했는가?' 혹은 '내가 어떻게 약속의 땅을 찾았는가?'이다. 순수주의자 원형의 선물은 신념이다.

그리고 우리 안의 마법사가 만드는 이야기 구조는 '내가 어떻게 나의 세계를 바꾸었는가?'이다. 마법사 원형이 우리에게 주는 선물은 힘이다.

어떤 원형의 이야기 구조가 자신의 삶을 지배하고 있는지 알려면 며칠 동안 자신이 하는 대화에 주의를 기울일 필요가 있다. 자신에게 무슨 일이 일어났는가에 대해 자기 자신과 다른 사람들에게 어떤 식으로 이야기하는지를 관찰하는 것이다. 자신 안의 어떤 원형이 반복적으로 이야기를 지배하는지 알아차리는 것이다.

예를 들어, 여섯 명의 사람이 취업 면접을 봤다가 탈락했다고 가정하자. 이때 그들은 자신을 지배하는 원형에 따라 제각기 다른 반응을 보일 것이다.

"면접 심사가 너무 불공평했어. 내가 가장 적합한 후보자였어. 이런 식으로 하면 아무리 해도 이길 수 없어." (고아 원형)

"그 회사에 들어서는 순간 그곳이 내 마음에 안 든다는 걸 알았어. 답답하고 숨이 막혀서 일 분이라도 빨리 벗어나고 싶었어." (방랑자 원형)

"두말할 필요 없이 내가 가장 뛰어난 지원자야. 반드시 나를 채용하도록 그들을 설득하겠어." (전사 원형)

"누가 됐든 이번 면접에 통과해서 직장을 얻게 된다면 그것만으로도 나는 만족해." (이타주의자 원형)

"적당한 때가 되면 나에게 적합한 일자리가 나타날 것이라고 나는 확신해." (순수주의자 원형)

"나는 그 직장을 얻지는 못했지만, 나에게 정말로 맞는 일을 구하는 데 있어 중요한 무엇인가를 배웠어." (마법사 원형)

이렇듯 당신이 자신의 삶에 대해 이야기하는 방식은 당신의 자아상을 드러낸다. 나아가 자신이 미래에 대해 얼마나 많이, 혹은 얼마나 적게 기대하고 있는지 암시한다.

누군가에게는 '원형'이라는 단어가 무섭게 들릴 수도 있다. 사실 원형은 인간의 마음과 사회 체제 안에 자리 잡고 있는 근본적인 심리 구조일 뿐이다. 과학자들은 자연의 근본 구조를 '프랙털'(세부적인 구조를 확대해 볼수록 전체 구조와 유사한 형태를 끊임없이 반복하고 있는 복잡한 구조)이라는 단어로 설명한다. 예를 들어 모든 눈송이는 각각 고유하고 독특하다. 하지만 눈송이들의 근본 구조 속에는 그것들을 눈송이로 인식할 수 있게 해 주는 어떤 닮은꼴이 있다. 원형은 마음의 프랙털과 같다. 예컨대 전사 성향을 보이는 사람들은 각자 다르지만, 우리는 그들 안에 있는 용기와 용맹함이라는 공통된 전사 유형을 알아볼 수 있다.

이야기는 이렇게 시작한다. 우리 모두는 '순수주의자'로 태어나 어린 시절을 보낸다. 자신이 완벽한 보살핌을 받을 것이라고 믿으며, 또한 아직은 세상의 아름다움에 경외감을 느낀다. 하지만 아담과 이브가 에덴동산에서 추방된 것처럼 이내 그 은총의 단계에서 추방된 '고아'가 되어 어쩔 수 없이 좌절과 고통을 맞닥뜨린다. 이 경험을 통해 우리는 현실을 자각하고, 안내자와 유혹하는 사람의 차이를 구별하는 법을 터득한다.

나이를 먹어 감에 따라 삶이 너무 갇혀 있고, 제한적이며 억압적이라고 느낀다. 이때는 '방랑자'가 되어 자신의 진정한 모습을 발견하고 운을 개척하기 위해 길을 떠난다. '전사'가 되어서는 용기를 가지고 괴물과 맞서고, 세상에서 성공하는 데 필요한 원칙과 기술을 연마한다. 그리고 '이타주의자'가 되어서는 다른 사람들이나 삶 자체에 기여할 때 자신의 존재가 의미 있어진다는 것을 깨닫는다.

그다음에는 다시 '순수주의자'로 돌아와 다시금 살아 있음을 신뢰하며 진정한 행복이라는 보물을 발견한다. 마지막으로 '마법사' 단계에 이르러서는 자신의 삶과 자신이 살아가는 왕국을 탈바꿈시키는 능력을 얻는다.

이 원형들은 우리가 성장 과정에서 중요한 발달과제(각각의 성장 발달 단계에서 습득해야 하는 정신적, 신체적 내용)를 해내도록 돕는다. 우리 안의 고아 원형은 어려움과 시련을 견뎌 내도록 우리를 돕고, 방랑자 원형은 진정한 자기 자신을 발견하도록 돕는다. 전사 원형은 자신의 가치를 세상에 증명하도록 돕고, 이타주의자 원형은 자비심과 공감 능력을 키우도록 돕는다. 그리고 순수주의자 원형은 진정한 행복을 성취하도록 돕고, 마법사 원형은 자신의 삶을 변화시키도록 돕는다.

당신은 언제나 독립적이었고 세상을 탐험하는 것을 좋아했다. 하지만 지금은 결혼해서 아이들이 있고, 가족을 돌보기 위해 그런 탐구 욕구의 많은 부분을 희생해야만 한다. 혹은 뛰어난 실력과 공동 작업 능력 덕분에 자기 분야에서 크게 성공했지만 회사가 변화를 겪고 있어서 직원들이 혼란에 빠져 있다. 지금까지 잘 살아오다가 갑자기 중병을 앓거나 배우자가 떠나 버리거나 자녀가 사고로 죽거나 회사가 파산해 일자리가 없어졌을 수도 있다. 친구나 배우자, 직장 동료들과는 다르게 세상을 바라보는 문제에 직면하기도 하는데, 이 인식의 차이가 관계 그 자체를 위협한다. 이런 각각의 환경들은 지금까지 당신의 삶에서 잠들어 있던 원형을 깨우는 부름일 수 있다.

또한 누구라도 심한 스트레스를 받으면 일시적으로 한 가지 원형의 지배를 받게 된다. 우리 안에는 긍정적인 잠재력뿐만 아니라 부정적인 잠재력도 있기 때문이다. 감정을 참지 못하고 총을 쏘아대는 극단적인 경우에서 자신 안의 전사 원형에 사로잡힌 모습을 본다. 일반적인 경우에는 법적 소송이나 사업상의 경쟁에서 상대방과 전쟁하듯 싸우는 사람들의 모습에서도 전사 원형을 발견한다. 이런 원형에 사로잡히지 않는 유일한 길은 '알아차림(자각)'이다.

자신 안의 원형을 알아차리는 것은 일종의 그림자 측면이라고도 불리는 원형의 부정적인 에너지에 대한 예방이 된다. 원형들이 자신 안에서 어떻게 작용하는지 자각함으로써 그것들의 부정적인 측면을 바로잡을 수 있는 것이다. 자유는 이 알아차림과 함께 온다. 무의식 속 원형들은 당신의 성장을 돕는 협력자가 될 수 있다. 단, 원형들이 당신에게 영향을 미칠 때 당신이 깨어 있어서 자신의 행동에 책임을 질 때만 그것이 가능하다.

이 책을 읽어 나가면서 당신은 과거에 각각의 원형들의 이야기를 살았던 때를 떠올릴 것이다. 또한 지금까지 자신의 삶에서 표현하지 못했던 한두 가지 원형을 알아차릴지도 모른다. 이것은 자신 안의 '생각 패턴'에 영향을 주는 다른 사람들의 행동과 동기를 이해하는 데도 도움이 된다.

자신 안의 원형을 이해하는 것은 자신의 삶과 화해하는 데 도움이 된다. 우리 중 많은 이들은 자신이 어떤 사람이 되어야 하는지 알지만, 그것은 현재 자신의 모습과 일치하지 않는다. 서로 다른 원형들이 우리 삶의 다양한 단계와 상황을 지배한다는 것을 알아야 한다. 그리고 각각의 원형은 우리에게 선물을 안겨 준다. 따라서 자신이 생각하는 이상적인 삶의 방식에 따라 살지 않은 것 때문에 자신을 질책하는 일을 멈춰야 한다. 그때 비로소 자신이 어떤 재능을 키워 왔는지 알아차릴 수 있다.

예를 들어 한 여성은 자신이 실패자로 느껴진다고 내게 말했다. 그녀는 계속해서 새로운 선택지를 탐험했고, 어떤 일에도 오래 전념하지 못했다. 따라서 직업적인 성공도 이루지 못했으며, 남편과 아이가 있는 평범한 가정도 갖지 못했다. 하지만 그 문제에 대해 함께 이야기하면서 우리는, 그녀의 영혼이 진정으로 갈구한 것은 언제나 모험에 관련된 것이었음을 깨달았다. 그녀의 방랑자 원형이 독립과 새로운 시도를 강조했기 때문에 그녀는 그것들 외의 다른 가능성들을 희생시킨 것이다. 자신이 마땅히 살아야 한다고 생각한 종류의 삶을 살지는 않았지만, 그녀는 실제로 자신이 정말로 원했던 삶을 살았다는 것을 알게 되었다. 그렇게 일단 과거의 선택들을 인정하고 받아들이자 미래를 위해서도 새로운 선택을 할 수 있었다.

한 젊은 남자는 폭력과 정신적 학대를 일삼은 아버지 때문에 자신의 어린 시절이 갑자기 끝난 것을 고통스러워했다. 심리 치료를 통해 그는 자신 안의 고아 원형이 주는 선물을 얻었다는 사실을 깨달았다. 그것은 바로 가혹한 현실에 대한 자각, 연민심, 공감 능력이었다.

그는 말했다.

"나는 잘못된 인생을 살지 않았어요. 그것이 나의 삶이었고, 나의 영화였어요. 그것이 지금의 나를 만들었어요."

자신 안의 원형들을 알아차리면 자신이 원하는 삶을 선택할 자유가 그만큼 넓어진다. 어쩌면 지금까지 당신의 삶은 전사 원형이 주도해 왔을지도 모른다. 이 원형이 당신에게 용기를 주었고, 큰 위험을 감수하는 법을 가르쳤으며, 세속적인 방식으로 성공하도록 경쟁력 있고 야망 있는 사람으로 당신을 만들어 주었다. 그 점에 대해 당신은 감사해한다. 동시에 당신은 에너지가 너무 한 방향으로만 소진되었다고 느낀다. 모든 도전마다 올라야 할 산이었고, 모든 일마다 크게 성공할 기회였다. 그리고 지금, 가족들에게 어떤 것을 성취하도록 다그친 시간을 제외하고는 자신이 가족과 거의 시간을 보내지 않았다는 사실을 알아차리기 시작한다.

자신 안의 전사가 주는 선물에 감사할 수는 있지만, 그것만이 자신의 전부가 아니라는 사실을 잊지 말아야 한다. 자기 내면의 다른 원형을 알아차리는 것은 존재의 다른 가능성을 일깨우는 데 도움이 된다. 당신은 자신의 방랑자를 깨워 삶에서 지금 이 순간 진정으로 원하는 것을 탐험할 시간을 한동안 가질 수도 있다. 혹은 이타주의자 원형으로 옮겨가, 성취에 집중하는 것을 잠시 내려 놓고 너그럽고 배려하는 마음을 갖는 일에 더 만족할 수도 있다.

어떤 원형이 자신 안에서 깨어나야 할지 결정하는 능력은 자신에게 맞지 않는 직장에서 당신을 구해 줄 수 있고, 당신이 그 상황에 계속 머물지, 떠날지, 아니면 상황을 바꾸려고 노력해야 할지 알게 해 준다.

한 여성은 큰 병원에서 간호사로 일한다. 그녀의 내면은 이타주의자 원형이 강하다. 하지만 손익 구조에만 초점을 맞추는 의료 체계로 환자 치료의 질이 떨어지는 것 때문에 마음의 고통을 겪고 있다. 만약 그녀가 전적으로 이타주의적 동기로만 일한다면, 그녀가 할 수 있는 일은 조직 내에 부족한 이타주의를 채우며 자신이 소진될 때까지 일하는 수밖에 없다. 아니면 자신의 방랑자를 깨워 더 만족스러운 환경을 찾거나, 자신의 전사를 발달시켜 체제를 바꾸기 위해 간호사들을 모아 투쟁할 수도 있다. 이 경우에 그녀는 싸우는 것이 자신의 능력을 넘어서는 일임을 깨닫고, 자신이 다른 무엇을 할 수 있을지, 혹은 자신이 어떤 존재가 되어야 하는지 모든 가능성을 열어 놓고 새로운 모험을 시작했다.

반면에 한 남성은 자신이 다니는 전사 기질 강한 보험회사를 싫어한다. 하지만 그 혐오감이 전적으로 자신의 전사 능력 부족 때문이라는 사실을 알아차린다. 그래서 자기 내면의 전사를 깨우는 법을 배우기 위해 그 환경에 계속 머물기로 결정한다.

어쩌면 이타주의자 원형이 한동안 당신의 삶을 지배해 왔을 수도 있다. 처음에 당신은 다른 사람들에게 베푸는 것에서 큰 만족감을 얻었다. 하지만 지금 당신의 어떤 부분은 불만을 느낀다. 언제 자신의 차례가 될지 당신은 궁금하다. 당신 안의 방랑자는 자기 탐구와 창조적인 표현, 자유롭게 보낼 시간을 원한다. 내면의 이런 목소리에 귀 기울일 때 당신의 삶은 당신 내면의 진실을 더 정확히 표현하게 된다.

자신의 삶이 자신 안에 활성화된 원형과 일치할 때 당신은 의미와 성취감을 느끼며, 더 이상 삶이 균형을 잃은 것처럼 느끼지 않는다. 오늘날 사람들은 삶의 균형 문제를 외부 환경에 돌리곤 한다. 예를 들어 우리는 초과근무를 하게 하는 직장 상사를 비난한다. 그러나 그 사람은 우리를 정말로 통제할 수 없다. 우리를 고용하거나 해고할 수는 있지만, 육체적으로 우리를 책상에 묶어 놓고 채찍을 휘둘러 복종시킬 수는 없다. 사실 우리는 세상의 정해진 관념에 따라 성공하기 위해서는 자신의 본질적인 부분을 희생시켜야만 한다고 믿기 때문에 스스로를 통제하는 것이다.

많은 청중 앞에서 강연하던 때의 일을 나는 생생하게 기억한다. 그 강연에서는 청중들이 카드에 질문을 적어 제출했다. 나는 그중 하나를 펼쳐 읽었다.

'나는 일생 동안 다른 사람들을 보살펴 왔습니다. 나는 이제 여든 살입니다. 나 자신을 위한 차례는 언제일까요?"

나는 곧바로 대답했다.

"바로 지금입니다!"

강연이 끝난 뒤 나는 그 질문을 한 남성과 대화를 나누었다. 이야기를 하면서, 자신을 책임감 있는 사람으로 만든 것은 외부 세계라고 그가 생각한다는 것을 알게 되었다. 하지만 외부 환경이 진실의 전부는 아니었다. 그의 삶 대부분을 지배한 원형은 이타주의자였는데, 이 내면의 이타주의자는 자신의 방랑자가 숨을 못 쉬도록 거들었다. 여든이 되어서야 그는 자기 삶의 주인이 되어 오랫동안 기다려 온 자기 발견의 여행을 시작해야 한다는 사실을 깨달은 것이다.

자신의 삶을 결정짓는 원형의 이야기 구조를 알아차리면 실수를 하거나 같은 실수를 반복하는 것을 피할 수 있다. 어쩌면 고아 원형이 당신의 삶에서 여러 번 활성화되었을 수도 있다. 당신은 매번 버림받고, 배신당하고, 희생되었다. 그 결과 매우 신중해졌다. 어떤 상황에 들어서면 당신은 그 오래된 감정을 느낀다. 그래서 자신이 사기당할 것이라는 걸 재빨리 알아차린다. 이제 당신은 단지 그 상황을 떠남으로써 더 이상 속기를 거부한다. 혹은 그 상황에 계속 머물러 있어야 한다면 속임수의 패턴이 펼쳐지기 전에 더 의식적으로 그것을 알아차리고, 이 알아차림을 통해 다음번에는 얼른 자리를 피하게 된다. 어떤 시점에서 우주가 우리에게 한 번 더 비슷한 도전장을 던지면 우리는 싫다고 말할 수 있다. 데이트와 직장과 우정을 거부하고 새로운 배움을 얻기 위해 앞으로 나아갈 수 있다.

우리 가족은 어려서부터 이타주의자 원형의 지배를 받았다. 그래서 우리는 서로에게뿐 아니라 타인에게 항상 너그럽고 친절해야 했다. 이런 종류의 가정교육은 연민심을 갖고 행동하도록 격려하지만, 동시에 자신을 위한 일은 억압하게 만든다. 그래서 지금도 이타주의가 요구되는 환경에 들어서게 되면 나는 사람들이 내가 희생해서 자신들을 돌봐주기를 기대할까 봐 약간 두렵다.

자신 안의 원형을 더 높은 차원으로 발전시키기 위해서는 비슷한 환경에 여러 번 반복해 들어갈 수도 있다. 이타주의 가치관을 가지고 여러 조직에서 일하며 내가 얻은 선물은, 경계선 긋는 일을 배운 것과 내가 감당할 수 있는 이상의 것은 주지 않기로 한 것이다. 또한 다른 사람들을 위해 불필요하게 희생하는 것을 거부했을 때 그들이 나에게 반감을 갖는다 해도 너무 지나치게 신경 쓰지 않는 법을 배웠다.

자기 내면의 신화적인 풍경을 이해하면 자신을 이용하거나 조종할 가능성이 있는 부류의 사람들을 금방 알 수 있다. 내가 아는 어떤 여성은 이타주의자 원형이 삶을 지배했다. 그녀의 도움을 갈구하지 않는 사람을 그녀는 여태껏 만나 본 적이 없었다. 몇 해 전, 그녀보다 어린 여성이 이런 취약성을 이용해 그녀의 사업체 일부를 가로챘었다. 그녀 안에 있는 이타주의자는 이 여성을 구제하느라 정신이 팔린 나머지 자신이 속았다는 사실을 깨닫기까지 1년이 넘는 시간이 걸렸다. 이제 그녀는 자신의 약점을 자각했고, 여전히 사람들을 돕지만 사람들에게 이용당할 가능성이 있을 때 경보음을 울려 주는 더듬이를 갖게 되었다.

인간 내면의 원형을 알아차림으로써 다른 사람들을 이해할 수 있고, 그들이 세상을 보는 방식을 더 잘 이해할 수 있다. 직장 상사나 동료, 배우자, 자녀나 부모와 잘 지내는 데도 원형에 대한 통찰이 도움이 된다. 단순히 그들의 정신세계를 지배하고 있는 원형을 알아차리는 것만으로도 그것이 가능하다. 만약 내가 남편과 의견을 나누려 하는데 그가 언제나 최종 결정권이 자신에게 있다고 여긴다면, 전사 원형이 그를 지배하고 있다는 것을 알면 도움이 된다. 나는 그를 바꾸려고 하기보다는 그에게 우리가 같은 팀이고, 성공해도 함께 성공하고 실패해도 함께 실패할 거라는 사실을 상기시킬 것이다. 따라서 그는 나를 희생시키며 성공할 필요가 없게 된다.

만약 내 아이가 자신을 불쌍히 여기며 부당하게 나를 비난한다면, 나는 굳이 방어적이 될 필요가 없다. 다만 아이의 무기력한 고아 감정에 공감하며 아이가 분통을 터뜨리는 동안 들어줄 수 있다. 만약 직장 상사가 당신에게 매일 모자에서 토끼를 꺼내기를 기대한다면, 당신은 그에게서 마법사 원형이 작용하고 있음을 알아차릴 수 있다. 필요하다면 그에게 한 번에 공중에 많은 공을 던져 저글링하는 비결을 가르쳐 달라고 요청할 수도 있다.

원형의 차이를 인정하면 몹시 까다로운 사람들을 다루는 데 도움이 된다. 예를 들어, 만약 시어머니가 끊임없이 불평을 하며 당신을 미치게 한다면, 당신은 그녀 안에서 자기 연민이라는 고아의 부정적인 측면은 물론 자기 형편 이상으로 준 다음에 억울해하는 이타주의자의 부정적인 측면까지 발견할 수 있다. 당신은 그녀의 행동을 완전히 바꿀 수 없을지 모르지만, 당신이 그녀의 고통을 듣고 있다는 것을 보여 주기 위해 적극적으로 귀 기울여 들어줄 수도 있다. 또한 그녀가 당신을 위해 무엇인가를 할 때마다 그녀에게 아낌없이 감사할 수도 있다. 당신이 자신의 말을 들어주고 있다고 느낀다면 그녀는 더 적게 말할지도 모른다.

당신의 삶에 깨어난 원형들이 많을수록 당신이 이해할 수 있는 진실도 많아진다. 인식하든 인식하지 못하든 원형이 당신 안에 존재한다. 당신이 자신 안의 원형을 알아차리지 못하면 원형은 당신을 넘겨받아, 세상에 존재하는 변화무쌍하고 흥미로운 가능성 대신 그 원형이 투영하는 매우 제한된 현실 속에 당신을 가둔다.

자신의 삶에서 작용하고 있는 원형을 발견할 때 얻는 한 가지 놀라운 선물은 이것이다. 자신 안의 원형의 관점을 더 이상 현실 그 자체로 오해하지 않는다는 것이다. 그때 생각이 더 분명해지고, 자신이 세상을 보는 성향을 넘어서서 있는 그대로 세상을 폭넓게 이해하게 된다. 셰익스피어의 햄릿이 말한 것처럼.

"호라티오, 우주에는 그대가 철학 속에서 상상하던 것보다 더 많은 것들이 있다네."

영웅은 보물을 발견하고 순수성을 되찾고 나면 마법사로서 왕국을 변화시킨다. 이것은 우리가 행복해지기 위해 세상을 변화시키지는 않는다는 뜻이다. 우리는 먼저 행복을 발견하고 그다음에 세상을 변화시킨다.

이어지는 다음 장들에서는 영웅의 여행에 등장하는 원형들에 대해 이야기할 것이다. 읽어 가다 보면 지금까지 어느 원형이 당신의 삶에서 가장 영향을 미쳤는지 알게 될 것이다. 주위 사람들이나 사건들 속에서도 이 원형들을 발견할 수 있을 것이다. 그리고 어느 원형이 당신의 지금 모습보다 더 큰 자유와 성취감을 얻게 해 줄지도 알게 될 것이다.

이 책은 당신이 자신의 여행 어디쯤 왔는지 알려주는 지도가 되고, 시공간에 존재했던 영웅들과의 공통점을 알게 해 줄 것이다. 하지만 기억할 것이 있다. 우리 한 사람 한 사람 모두가 독특한 존재라는 것이다. 아무리 좋은 지도라 해도 가장 당신다운 여행은 보여 주지 못한다. 그러므로 자신의 여행길을 전적으로 신뢰하는 것이 중요하다. 야키족 인디언 스승 돈 후앙이 『또 하나의 현실*A Separate Reality*』에서 카를로스 카스타네다(페루 출신의 미국인 인류학자)에게 설명하듯이, 어떤 길을 선택하든 진정한 길인지 알려면 그 길이 당신에게 기쁨을 주는지 보면 된다. 유일한 출구는 그 길을 통과하는 것이고, 자신에게 맞는 길을 아는 사람은 오직 당신 자신뿐이다.

*The Bees Apprentice*(꿀벌의 제자)

# 2

# 고아

우리 안의 영혼을 흔들어 깨우는

영웅의 여행에는 어느 정도 위험이

기다리고 있다. 에고는 필사적으로

안전을 원한다. 반면에 영혼은 진정한 삶을

살고 싶어 한다. 한 가지 진리는 이것이다.

위험 없이는 진정한 삶을 살 수 없으며,

고통 없이는 깊어질 수 없다는 것.

## '내가 모르는 나'가 있다 — 고아

자신이 엄마 없는 아이 같다고 느낀 적 있는가? 버림받고, 방치되고, 학대받는다고 느낀 적은? 자신에게 왜 이토록 힘든 일이 계속해서 일어나는지 때로는 의아한가? 꿈과 야망대로 살지 못하는 자신이 가끔은 실망스러운가?

혹은 남들보다 운이 좋아서 고난을 겪은 적은 거의 없지만, 그럼에도 자신의 삶이 단조롭다고 느끼는가? 더 활기 넘치고, 더 의미 있고, 더 열정적으로 살 수 있었다고 생각하는가? 때로는 자신보다 혜택을 덜 받은 것처럼 보이는 사람들이 더 생기 있고, 더 영적이며, 더 강렬한 삶을 살고 있는 것처럼 여겨지는가?

어느 쪽이든 이 장은 당신을 위한 것이다.

부모와 교사, 친구, 보험회사는 우리에게 일생 동안 가능한 한 안전하고 안정된 삶을 살기를 권한다. 자기 계발 서적들은 문제 가정이나 결손 가정에서 성장했을 때 어떤 고난을 겪게 되는지 정확히 지적한다. 건강하고 도덕적이고 안정적인 가정에서 자라야만 정상적인 삶을 살 수 있다고 은연중에 암시하는 것이다. 그럼으로써 성장 과정에서 그중 하나라도 결핍되면 성공적인 삶을 살 기회도 줄어든다고 믿게 만든다.

하지만 인간의 마음과 영혼에 관한 진리를 담은 문학 작품과 신화들은 완전히 다른 메시지를 전한다. 이상적인 환경에서 성장한 영웅은 매우 드물다. 이상적인 조건에서 태어났다 해도 영웅은 그 환경을 떠날 수밖에 없게 된다. 그리스 신화에 나오는 고전적인 비극의 주인공 오이디푸스는, 아버지를 죽이고 어머니와 결혼하게 되리라는 예언 때문에 태어나자마자 아버지에 의해 산기슭에 버려진다. 찰스 디킨스 소설의 주인공 데이비드 코퍼필드는 유복자로 태어나 의붓아버지에게 모진 학대를 받으며 공장에서 일하는 등 온갖 고초를 겪는다. 왕의 사생아로 태어난 아서는 자신의 진짜 혈통을 알지 못한 채 양부모 슬하에서 자란다. 신데렐라는 자신을 하녀처럼 부리는 사악한 새엄마와 살며 시련을 겪는다.

힌두교에서 신적인 존재로 추앙받는 크리슈나는 갓난아기일 때 자신을 죽이려는 왕(크리슈나의 외삼촌)의 박해를 피해 부모가 가까스로 목동의 딸과 바꿔치기한다. 그래서 상대적으로 가난한 양부모 밑에서 자라야만 했다. 붓다는 왕실의 과보호 속에서 성장했지만, 성을 떠나 아무 보호도 특권도 없는 민중 속에서 살아가면서 비로소 진정한 여행을 시작한다.

만약 당신이 보호받지 못하고 버림받고 배신당하고 부당하게 희생된 경험이 있다면, 절망하지 말라. 오히려 그것을 영웅의 여행으로 당신을 손짓해 부르는 하나의 신화적 사건으로 이해해야 한다.

문화마다 사람들이 돌아가기를 갈구하는 황금시대에 대한 신화가 있다. 유대교와 기독교의 에덴동산에서 추방된 아담과 이브 이야기도 그중 하나이다. 처음에 아담과 이브는 낙원에서 행복 넘치는 삶을 누렸다. 신이 그들에게 필요한 모든 것을 충족시켜 주었다. 단, 선과 악을 알게 하는 지식의 나무에서는 절대로 열매를 따 먹지 말라고 경고했다. 하지만 뱀의 유혹에 넘어가 그 열매를 먹고 두 사람은 낙원 밖으로 추방된다. 그 후 아담은 이마에 땀을 흘리며 고되게 생계를 꾸려야만 했고, 이브는 출산의 고통을 겪을 수밖에 없게 되었다. 전에는 죽지 않는 불멸의 생명을 가진 존재였으나, 이제는 자신들이 죽을 운명이라는 것을 깨닫게 되었다.

그러나 성서는 인간이 언젠가는 낙원으로 돌아가 살게 될 것이라고 약속한다. 낙원으로 돌아가기 위해서는 고통과 힘든 노동을 통해 속죄를 해야 하지만, 역설적이게도 선과 악의 지식을 얻어야만 가능하다. 다시 말해, 우리는 먼저 순수한 상태로부터 추방당해야 하며, 그런 후에야 더 수준 높고 성숙한 상태가 되어 그 세계로 돌아갈 수 있게 되는 것이다.

거의 모든 문화와 종교에 이와 비슷한 이야기가 존재한다. 종교를 믿지 않는 사람들도 '추방'을 경험하는데, 추방의 경험은 성장

과정의 필연적인 단계이다. 많은 사람에게 추방의 경험은 부모에 대한 환상이 깨어지는 형태로 찾아온다. 모든 아이에게는 부모가 우상이다. 그런데 만약 부모가 감정적으로 혹은 신체적으로 나를 학대한다면 어떻겠는가? 부모가 나를 돌보지 않고 방치한다면? 부모 중 어느 한 쪽이 집을 나가거나, 집에 있다고 해도 술에 취해 있거나 텔레비전만 보고 있다면? 이때 나는 순수한 동심의 세계에서 추방되며, 그 추방은 매우 충격적이고 고통스럽다.

안정되고 건강한 부모 밑에서 자란 아이는 최초의 추방에 약간은 충격이 덜하다. 내 경우에는 아버지가 사업 실패로 우울증에 걸려 가족들을 냉담하게 대할 때 그런 심리적 추방을 경험했다. 그때 나는 진실을 깨달았다. 실망스럽게도 부모는 나에게 이 세상에서 잘 살아가는 법을 가르쳐 줄 수 없다는 것을. 물론 부모 자신도 잘 살아가는 법을 모르고 있었다. 빠른 속도로 변화하는 세상에서 다음 세대를 잘 준비시켜 줄 수 있는 부모는 실제로 많지 않다.

성장한다는 것은 자신의 부모가 완벽한 사람이 아니라는 깨달음을 동반한다. 순진한 아이는 자신이 완벽한 어머니와 아버지를 가질 권리가 있다고 믿지만, 현실이 그렇지 않음을 알았을 때 속은 기분이 든다. 또 살아가다 보면 필연적으로 친구들은 우리를 실망시키고, 거짓말을 하고, 등 뒤에서 우리를 험담한다. 교사나 권위 있는 인물들이 부당한 힘을 휘두르는 것을 보게 될 것이다. 이 세상에서는 모두가 동등하게 대우받거나 존중받지 못한다는 사실도 깨달을 것이다. 사회적 불평등만이 아니라 어떤 개인들은 매일 끔찍한 비극을 견디며 살아간다. 어떤 이들은 신체 불구자가 되고, 온갖 만성병에 시달리며, 불의의 사고로 목숨을 잃는다. 진정한 사랑을 잃고, 사랑에 대한 믿음을 잃고, 자신의 마음조차 잃는다.

이처럼 우리 안의 영혼을 흔들어 깨우는 영웅의 여행에는 어느 정도 위험이 기다리고 있다. 에고는 필사적으로 안전을 원한다. 반면에 영혼은 진정한 삶을 살고 싶어 한다. 한 가지 진리는 이것이다. 모험 없이는 진정한 삶을 살 수 없으며, 시련 없이는 깊어질 수 없다는 것.

많은 사람들은 자신이 삶에서 내린 결정들은 단 한 가지의 목적, 즉 안전을 유지하기 위한 것이었다고 말한다. 하지만 내면에서는 공허를 느낀다. 삶을 충분히 살지 않았기 때문이다. 그때 무슨 일인가가 일어난다. 암 진단을 받고, 자식이 죽고, 배우자가 떠나며, 언제까지나 안정되어 보였던 직장을 잃는다. 갑자기 그들은 삶으로부터 달아날 수 없음을 깨닫는다. 그러한 자각이 깊어질수록 한 가지 결론에 이르게 된다. 진정한 삶을 미루면서 느꼈던 마음의 좌절감이 진정한 삶에 대한 두려움보다 더 고통스러웠다는 것이다. 우리가 여행을 하지 않으려고 회피하면, 삶이 시련을 통해 우리를 떠다민다.

모두가 똑같이 고아 원형을 경험하는 것은 아니다. 어떤 사람은 다른 사람들보다 삶에서 비교적 고난을 덜 겪는다. 당신이 이 단계를 가벼운 발걸음으로 쉽게 통과했는지, 아니면 아직도 그 길 어딘가에 붙잡혀 있는지 알 수 있는 방법이 한 가지 있다. 누군가가 고아 기질을 드러낼 때 당신이 그 사람에 대해 어떻게 반응하고 느끼는지 살펴보는 것이다. 여행의 이 단계를 통과한 사람은 어려움을 겪거나 고통 속에 있는 사람에게 진심으로 공감한다. 그렇지 않고 만약 희생자로 살아온 사람이나, 가난하거나 절망에 빠진 사람을 보면 화가 나고 비난하고 싶어진다면, 당신은 아직 자기 내면의 고아를 억압하고 있을 가능성이 크다.

삶에서 자주 무력감을 느끼고 어떻게 해야 할지 알 수 없다면, 이 고아 단계를 통과하도록 도와줄 사람이 필요하다. 누구도 홀로 고통을 겪어서는 안 된다. 우리 모두는 상처 입은 사람들이며 누구나 불완전한 존재이다. 이 사실을 받아들이는 것이 우리 안의 고아가 주는 선물이다. 따라서 우리는 서로를 필요로 한다. 단순히 위안과 지지를 받기 위해서가 아니다. 우리는 저마다 커다란 퍼즐의 한 조각이며 누구도 모든 해답을 갖고 있지는 않기 때문이다. 삶이 무척 힘들었거나 문제 많은 가정에서 성장했다면, 여행의 이 단계를 통과할 때 심리상담사의 도움이 필요할 수도 있다.

오늘날에는 원초적인 고아 원형에 붙잡혀 있는 사람이 매우 많다. 그들은 자신이 언제 무력감을 느끼는지조차도 모르고 도움이 필요하다는 사실도 인정하지 않는다. 그래서 자신의 문제를 다른 사람에게 알리는 것도 불가능하다. 삶을 박탈당한 채 내버려 둘수록 타인이 그들의 어려운 처지를 이용하고 억압할 가능성이 커진다. 더 나쁜 점은, 그렇게 되면 필요한 도움조차 요청할 수 없게 된다는 것이다. 게다가 자신이 문제이고, 나쁘고, 정신이 올바르지 않으며, 어리석고 못났다는 메시지를 지속적으로 받아 왔다면, 스스로 최상의 삶을 누릴 자격이 없는 존재라고 믿게 된다.

우리가 믿는 사람들이나 세상이 우리의 안전장치가 되어 주지 않을 때 우리는 순수한 세계에서 추방당한다. 어린아이의 순진함을 간직한 사람은 배우자나 동반자가 자신을 편안하게 보호해 주기를 원하며 또 당연히 그래야 한다고 믿는다. 여자들은 종종 무의식적으로 남편은 무거운 상자를 들어 주고, 차를 수리해 주고, 돈을 벌어 오기 위해 존재한다고 여긴다. 남자들은 아내가 애정으로 자신을 돌보고, 음식을 만들고, 사회생활에 필요한 일들을 챙겨 주고, 또 아이들을 키우기 위해 존재한다고 생각한다. 그래서 만약 남편이 자신이 원하는 것을 추구하겠다고 선언하면서 중도 하차하기로 결정하거나, 보수가 좋은 직장을 그만두거나, 자신을 행복하게 해 주는 여자에게로 떠나면 아내는 큰 배신감을 느낀다. 특히 전통적인 아내가 되기 위해 자신의 욕구를 희생해 온 경우에는 더욱 깊은 상처를 받는다. 남자 역시 아내가 새로운 일에 전념하기로 결정하거나 그녀 자신의 자아 발견을 위해 떠나겠다고 선언하면 똑같이 분노한다. 가족을 부양하기 위해 지금까지 자신의 진정한 욕구를 억눌러 왔다면 분노는 더욱 커진다.

물론 결혼은 삶을 안정적으로 지속시키기 위해 시작된 제도이다. 결혼 생활이 실패하면 모두가 고통받는다. 그러나 오늘날에는 변화가 일어나고 있다. 기존 체제에서는 당신이 행복하든 행복하지 않든 근본적으로 중요하지 않았다. 그보다는 당신에게 주어진 의무를 다하는 것이 더 중요했다. 자신의 의무를 다하면 결혼 생활과 가정이 안정될 것이며, 그 구성원들도 안전하게 보호받을 것이다. 그러나 지금은 누구나 행복할 권리가 있다고 믿기 때문에 사람들은 자신의 결혼 생활이 불행하다고 느끼면 무미건조하게 살기를 거부한다. 근본적인 신뢰와 애정이 결여된 결혼 생활에서 오는 불만족은 당신을 떠나게 할 수도 있다. 어쨌든 결혼은 이제 과거에 그랬듯이 자동적으로 긴 안정을 보장해 주지 않는다.

직장도 마찬가지다. 과거에는 직장이나 역할이 대개 성별, 인종, 신분에 따라 정해졌다. 처음에는 직업이 주로 가족 안에서 운영되었기 때문에 서양에서는 성이 직업에 기초해 만들어졌다. 어떤 사람의 성이 카펜터라면 그의 조상은 목수였을 가능성이 크다. 그러다가 사람들은 차츰 안정적인 삶을 보장해 주는 회사를 선택하기 시작했으며, 평생을 그 회사와 함께하기를 기대했다. 충성심을 갖고 일하면 보장된 삶이 보상으로 주어진다고 믿었다.

순수주의자가 가장 원하는 것이 안전과 안정에 대한 이런 욕구이다. 오늘날 많은 이들이 심리적 추방을 겪는 한 가지 이유는 조직이 그들이 기대한 안전한 삶을 제공해 주지 않기 때문이다. 개인 사업을 시작한다 해도 경제가 너무 빨리 변화하기 때문에 그 사업이 얼마나 오래 살아남을지 장담할 수 없다. 사회보장제도 역시 안심할 수 없는 상태이며, 복지 정책은 한계가 있고, 직장을 잃으면 의료보험조차 위태로워진다.

'추방'은 실제로 전 생애에 걸쳐 파도처럼 밀려온다. 우리는 성인이 되었다고 느끼고 자립적인 존재가 되었다고 생각하지만, 그 순간 어떤 일이 일어난다. 사람들이 말하는 다음과 같은 일들이다.

'나는 20년 동안 한 회사를 위해 일했다. 능력 있고, 충성심 강하며, 열심히 일했다. 그럼에도 회사는 나를 정리 해고했다.'

'나는 남편이 대학원을 다니도록 뒷바라지했고, 아이들을 키웠으며, 남편의 성공을 도왔다. 그런데도 젊고 매력적인 여자에게 떠나려 한다.'

'나는 아내와 자식들을 부양하기 위해 원치도 않는 직장에서 계속 일했다. 냉혹한 현실 세계로부터 아내를 보호해 준 것에 대해 아내가 고마워할 것이라 생각했다. 그런데 그녀는 내가 따분한 사람이라며 자신의 자아를 찾아 떠났다.'

'지금까지 학업에 충실하며 부모와 교사들의 기대에 부응했다. 그렇게 하면 좋은 직업과 집, 가정을 갖게 될 것이라 기대했다. 그런데 이제 깨달았다. 일자리는 구하기 힘들고, 집값은 터무니없이 높으며, 내가 부모님만큼 잘살 수 있을 것 같지 않다는 사실을.'

'안전한 울타리가 되어 줄 것이라고 믿고 종교나 영적 모임에서 오랫동안 활동해 왔다. 기도하고, 명상하고, 올바른 비전을 가지면 원하는 것을 얻게 되리라 믿었다. 그런데 나는 갑자기 건강을 잃고 재산도 잃었다. 내가 믿었던 종교 지도자는 권력을 이용해 성폭력을 저지르고 금전과 관련된 혐의로 구속되었다. 이제 나의 신앙은 설 곳이 없다.'

'나는 가족을 위해 평생 쉴 틈도 없이 희생했다. 이제는 늙고, 외롭고, 허약하다. 나는 자녀들이 나와 함께 살면서 보살펴 주기를 원한다. 하지만 그들은 그들의 일에 매여 있고, 자신들의 가족을 돌보느라 나를 위해 내줄 시간이 없다.'

'나는 선한 사람이 되기 위해 늘 노력해 왔다. 그런데 어떤 사건으로 인해 지금까지 지켜 온 원칙을 버리고 타협할 수밖에 없었다. 이제 나 자신을 더 이상 신뢰할 수 없게 되었다. 만약 선한 사람이 되기 위해 그토록 노력해 온 자신조차 믿을 수 없다면 대체 누구를 믿어야 하는가?'

아무리 현실적인 사람이라 할지라도 이처럼 삶의 파도를 헤쳐 나가는 것은 쉽지 않다. 하지만 삶의 각 단계에서 성장하는 길은 그 길밖에 없다.

고아 원형은 한마디로 말해 실망한 이상주의자이다. 세상에 대한 이상이 높을수록 현실은 더 좋지 않게 나타난다. 심리적 추방을 경험한 후에 자신을 혼자뿐인 고아로 느끼는 것은 더욱 고통스러운 일이다. 세상은 위험해 보이고, 나쁜 사람들과 함정이 어디에나 있다. 마치 위험에 처한 처녀처럼 고아는 힘도 기술도 없이 적대적인 환경에 맞서야 한다. 세상은 서로 먹고 먹히는 곳처럼 보이며, 이곳에서 사람들은 희생자가 되거나 아니면 타인을 희생시키는 자이다. 심지어 악랄한 행동조차 현실적이라는 이유로 정당화된다. 왜냐하면 이곳에서 작용하는 규칙은 '다른 사람이 너에게 하기 전에 네가 먼저 그들에게 하라'는 것이기 때문이다. 이 세계관을 지배하는 주된 감정은 '두려움'이며, 삶을 살아가는 주된 동기는 '살아남기'이다.

이 단계가 너무 고통스럽기 때문에 사람들은 술과 약물, 과도한 업무, 무분별한 소비 행위와 쾌락 등 다양한 중독에 빠져 그 고통에서 달아난다. 혹은 고통에 무뎌지고 가짜 안정감을 얻기 위한 수단으로 관계나 일, 종교를 이용한다. 한 가지 모순은, 이런 중독들이 오히려 무력감과 부정적인 감정을 더 깊어지게 하는 부작용을 낳는다는 점이다. 술과 약물은 불신과 피해망상까지 갖게 한다.

그런 도피 수단들에 의존하면서 우리는 그것들이 고통스러운 인간 조건을 견디기 위한 불가피한 선택이라고 자신을 방어한다.

"내가 날마다 몇 잔 마시는 건 사실이야. 고달픈 인생이잖아. 그것도 없이 어떻게 삶을 헤쳐 나갈 수 있겠어?"

삶에서 많은 것을 기대하는 것은 현실적이지 않다고 우리는 믿는다. 직장인은 업무가 힘들고 지겹다고 말한다.

"나는 내 일이 마음에 안 들어. 하지만 처자식을 먹여 살리려면 어쩔 수 없어. 사는 게 다 그렇지 뭐."

여자는 '남자들이란 그저 안 좋은 존재'라고 단정하면서도 정서적으로나 신체적으로 남자에게 학대를 당하는 관계에 머물러 있다. 왜냐하면 '그래도 그가 대부분의 다른 남자들보다 낫기 때문'이다. 그리고 남자는 아내가 늘 잔소리를 한다고 불평하면서도 '여자란 원래 그런 존재'라며 무시한다.

고아 원형은 그냥 머물러 있기에는 너무 힘든 자리이다. 고아에게 주어진 발달과제는 어린아이 같은 순진한 세계에서 벗어나 고통과 아픔과 결핍과 죽음이 삶의 피할 수 없는 부분임을 배우는 일이다. 처음에 품었던 환상이 클수록 그것에서 오는 분노와 고통도 크다. 순수한 세계로부터의 추방은 우리를 현실주의자가 되도록 이끈다. 인생에 대해 현실적이고 합리적인 기대를 갖는 것이 고아에게 맡겨진 과제이기 때문이다. 그러나 처음에 가졌던 어린아이 같은 기대를 포기하면, 이번에는 완전히 반대 극단으로 가서 아예 삶에 대해 아무 기대도 하지 않게 될 위험이 크다.

우리 안의 고아가 만드는 이야기는 주로 무력감에 대한 것이지만, 그럼에도 본래의 순수 상태로 돌아가려는 갈망은 여전히 남아 있다. 나이가 몇이든, 이 욕망은 어린아이 상태에 머물러 있다. 우리는 사랑 넘치는 어머니와 아버지 같은 존재가 우리의 모든 욕구를 충족시켜 주기를 바란다. 그리고 그 욕구가 충족되지 않으면 자신이 버림받았다고 느낀다.

우리 안의 고아는 안전하게 보호받는 낙원에서 살기를 원하지만, 악당과 괴물의 먹이가 되어야 하는 야생 정글에 버려진 기분이 든다. 고아의 딜레마는 자신을 돌봐 줄 사람을 찾아 보살핌받는 대가로 자신의 자유와 독립성을 포기한다는 것이다. 심지어는 그런 보호가 현실에서 가능하다는 것을 입증하기 위해 연인이나 자식에게 애정 넘치는 보호자가 되어 주려고 노력한다.

비인간적이고 부정적인 환경에서 벗어나기 위해서라도 고아는 결국 홀로서기를 배울 수밖에 없으며, 또 그렇게 해야만 한다. 하지만 그러는 대신 우리는 자신을 보살펴 줄 누군가를 찾는다. '나를 보호해 줄 사람은 세상에 없을지도 몰라. 하지만 누군가를 발견할 수도 있어.'라고 믿으며. 어떤 여성들은 아버지 같은 남자를 찾아 나서고, 어떤 남성들은 완벽한 현모양처를 찾는다. 또 많은 이들은 모든 일이 잘되게 해 줄 위대한 정치 지도자, 사회운동가를 찾는다. 실제로 거의 모든 사람들이 로또에 당첨되는 공상에 젖는다.

줄곧 희생을 당해 온 사람들 중에는 자신의 고통을 교묘하게 이용하는 이들도 있다. 다른 사람들로 하여금 미안함이나 죄책감을 느끼게 해서 자신이 원하는 것을 얻어 내는 것이다. 억압받아 온 집단의 구성원들은 사람들의 선한 죄책감을 이용해 그들을 심리적으로 지배하려 든다. 자신의 고통을 수단으로 타인을 조종하고 마음을 불편하게 만들어 위안을 얻는 것이다. 하지만 그렇게 해서 자신의 상황이 개선되지는 않는다는 사실은 깨닫지 못한다.

사소한 일들을 법적 투쟁으로 발전시켜 분노를 표출하기도 한다. 사랑하는 이가 불치병에 걸렸다는 사실을 받아들이는 대신 어떤 사람은 의사를 고소한다. 회사에서 해고를 당하면 자신의 과오를 인정하기보다 고용주를 고발할 태세를 갖춘다. 한 여성은 자신의 이력서에 적힌 고용주 모두를 상대로 법적 싸움을 벌였다. 그녀의 부실한 일 처리에 대해 책임을 물을 때마다 그녀는 그 사람을 고소했다. 물론 때로 법적 투쟁은 필요하며, 많은 경우에 정당하다. 다만 여기서는 삶의 명백한 현실을 직시하지 않고 원인을 다른 데로 돌리는 사람들에 대해 말하는 것이다.

자신 안의 고아가 처한 딜레마를 해결하려면 무엇보다 자신에게는 당연히 그럴 자격이 있다고 믿는 아이 같은 생각에서 벗어나야 한다. 만약 행복한 유년기를 보낼 자격이 있다고 믿었는데 그러지 못했다면, 평생을 속았다는 감정에 사로잡혀 삶과 영원히 화해할 수 없게 된다. 또 내가 완벽한 삶을 살 권리가 있다고 믿는다면, 나는 어떤 어려움에도 비참해지고 불행해진다.

추방의 경험은 마음에 깊은 상처를 남기고 구원을 갈망하게 하지만, 누구도 자신을 도와줄 수 없고 도와주지도 않을 것이라는 사실을 깨닫게 해 준다. 우리는 이에 대해 화를 내며 반응할 수도 있고, 자신이 약한 존재라는 진실을 솔직하게 마주할 수도 있다. 물론 어른이 되었는데 자신이 힘없는 존재라고 느끼는 것은 당혹스러운 일이다. 누구나 독립적이고 자립적인 인간이 되어야만 한다는 기대가 있기 때문에 사람들은 대부분 자신의 약한 모습을 좀처럼 인정하고 싶어 하지 않는다. 이 단계에 있는 사람들은 대개 겉으로는 '괜찮아' 보이지만 실제로는 깊은 상실감과 공허, 심지어 절망에 빠져 있다. 그러면서도 고아가 아닌 다른 원형들을 연기한다. 겉으로는 잘하는 것 같아도 그것이 본모습은 아니다.

그들이 이타주의자 원형에 이끌려 열심히 이타주의자의 역할을 한다 해도 타인을 보살피고 사랑하기 위해 진정으로 자신을 희생하지는 못한다. 또한 그 희생에는 자기 자신을 변화시키는 힘이 없다. 만약 그들이 자녀를 위해 희생한다면 자녀들은 그것에 보답하고, 또 보답하고, 끝까지 보답해야 한다. 즉 그 희생에 합당하게 감사를 표시해야 하고, 부모가 원하는 삶을 살아야만 한다. 순수한 희생에 나쁜 이미지를 심는 것이 바로 이 '가짜 희생'이다. 사실 그것은 타인을 조종하는 한 가지 방식에 불과하다.

희생적인 삶을 산 어머니가 자식들을 얼마나 꼼짝 못 하게 할 수 있는지는 모두가 알지만, 자신이 싫어하는 직장에 나가 일하면서 그것이 다 처자식을 위한 것이라고 말하는 남자의 경우도 크게 다르지 않다. 그 희생에 대한 보답으로 식구들은 그의 말을 무조건 따라야 하며, 그에게 화를 내거나 비난해서도 안 되고, 집에서 그는 왕처럼 편하게 쉴 수 있어야 한다. 이런 남자들은 거의 언제나 자신이 주인공인 순교 영화에서 아내에게는 그녀 자신의 여행을 포기할 것을 요구한다. 이런 이야기들의 밑바탕에 깔려 있는 메시지는 이것이다.

'내가 너를 위해 희생했으니 나를 떠나지 마. 내 곁에 있으면서 내 환상을 만족시켜 줘. 내가 안전하고 안정된 기분을 가질 수 있게 해 줘.'

심리적 상호 의존(보살핌을 필요로 하는 사람과 그것을 베푸는 사람 사이의 지나친 정서적 의존성) 역시 고아의 감정에서 도피하기 위한 방법이다. 자신의 고통을 해결하는 대신 다른 사람을 구원하는 데 초점을 맞추는 것이다. 이 경우에는 둘 중 어느 쪽도 진정으로 성장할 수 없는 그런 관계에 묶여 있기 쉽다. 이런 관계의 밑바탕에는 다음의 메시지가 깔려 있다.

'너를 보살피는 것이 내 삶의 의미야. 그러니 그렇게 할 수 있게 허락해 줘.'

자신이 추방되었다는 사실을 부정하는 고아 중에는 가짜 이타주의자 역할 대신 전사의 그림자 측면을 행동에 옮기는 이들도 있다. 즉 희생자가 아니라 희생시키는 사람이 되어 빼앗고, 폭력을 휘두르고, 착취하고, 다른 사람을 타락시키고 이용하는 것이다. '내가 원하는 건 무엇이든 취할 거야. 나는 강하기 때문에 얼마든지 그렇게 할 수 있어.'라는 전형적인 태도이다. 혹은 자신의 약한 모습을 마주하는 것이 두려워 일을 통해 그것으로부터 달아나기 위해 일 중독자가 될 수도 있다. 칼 융의 분석에 따르면 '그림자'는 억압에 의해 생겨난다. 자신 안의 원형들이 지닌 긍정적 측면을 살지 않으면, 그것의 부정적인 모습이 우리를 넘겨받는 것이다.

'가슴이 원하는 것을 따라가 자신을 발견하라'는 최근의 유행에 힘입어 가짜 방랑자도 등장하고 있다. 이들은 자기애에 빠져 여러 자기 계발 프로그램들을 찾아다닌다. 모든 프로그램들은 저마다 낙원으로 돌아가게 해 줄 것이라고 약속한다.

역설적으로 들리겠지만, 추방을 겪은 고아가 할 수 있는 진정한 영웅적인 행동은 자신의 아픔, 실망, 상실을 있는 그대로 오롯이 느끼는 것이다. 즉 자신이 고아라는 사실을 받아들이는 일이다. 이렇게 하려면 진심으로 슬퍼하면서 자신의 삶에 다른 사람들이 필요하다는 사실을 솔직히 인정해야 한다. "나는 지금 고통 속을 헤매고 있어. 어떻게 해야 할지 모르겠어."라고 용기 있게 인정하는 것이 허세를 부리거나 실망해서 다른 사람에게 분풀이하는 것보다 더 영웅적인 행동이다.

몇 해 전, 나는 심리 치료사와 함께 워크숍을 주관한 적이 있다. 그 심리 치료사는 참가자들을 깊은 카타르시스로 이끌었다. 사람들은 소리 내어 울고 주먹으로 베개를 내리치면서 자신이 그동안 실망했던 일, 이용당하고 희생당해 온 일들을 이야기하며 얼마나 애정에 굶주렸고 무력감을 느꼈는지 고백했다. 이 작업은 참가자들이 자신의 고통과 분노를 마주하는 두려움을 떨쳐 버리는 데 많은 힘이 되었다. 그렇게 하자 이제는 그것들이 더 이상 크게 느껴지지 않았다. 또한 고통을 억누르거나 다른 사람에게 분노를 쏟아낼 필요가 없음을 깨닫게 되었다. 안전한 환경에서 그것을 솔직하게 표현하는 것으로도 충분했다.

심리 전문가들의 의견과 마찬가지로, 나 역시 과거에 학대받은 경험이 있는 사람들이 반드시 모든 상처를 다 꺼내야 한다고 생각하지는 않는다. 그렇게 하는 것은 너무나 고통스럽다. 다만 여전히 고통받고 있다는 것을 부정하지 않고 표현하는 것으로 충분하다. 또다시 견딜 수 없는 공포와 슬픔과 절망의 감정으로 되돌아갈지도 모른다는 두려움 때문에 숨죽일 필요 없이 '지금 이 순간에 느끼는 감정'을 솔직하게 표현하면 된다. 모든 고통을 다 꺼내 또다시 경험하는 것은 트라우마가 반복될 수도 있다. 그런 경우에는 "그때는 그때이고, 지금은 지금."이라고 자신에게 상기시킴으로써 여행을 계속해 나갈 수 있고, 그럼으로써 내면의 다른 협력자 원형들이 표면에 등장하게 할 수 있다.

하지만 어떤 사람들은 그 단계에 계속 머물러 있기를 원한다. 그들은 분노를 쏟아내면서 자신이 희생자라는 것을 구실로 삶이 요구하는 정상적인 책임과 의무를 회피한다.

무엇보다 마음의 균형을 찾는 것이 중요하다. '추방'은 절대로 삶의 전부가 아니다. 고아는 그저 우리가 거쳐 가야 하는 많은 원형 중 하나일 뿐이라는 사실을 잊지 말아야 한다.

성장한다는 것은 궁극적으로 세상을 알아 나간다는 것이다. 성장을 위해 필요한 것은 세상이 얼마나 나쁜 곳인가에 대한 경고가 아니라, 추방된 현실에서 살아가는 데 필요한 실질적인 조언과 경험이다. 행운이 따른다면 부모와 교사, 친구들이 도움을 줄 수도 있다. 유혹하는 사람들과 안내자의 차이를 알아차리고, 안전한 환경과 위험한 상황을 구분하며, 의심하는 마음과 열린 마음 사이의 균형을 이루도록 말이다. 또한 실수를 저지른 것에 대해 자신을 비난함 없이 그 실수로부터 배우는 법, 그리고 또다시 상처받는 상황을 피하거나 상처받았을 때 얼른 회복하는 법을 배울 수 있다.

그러나 그런 좋은 환경에서 성장하지 못한 이들도 많다. 문제 가정, 심지어 학대를 일삼는 가정에서 자란 이들도 있고, 부모의 지나친 과잉보호 속에서 커서 세상에 나갈 준비를 하지 못한 이들도 있다. 또 현실감각이 없는 부모를 가진 사람들도 있다. 이런 경우에는 자신의 고통을 인정하면서 희망을 놓치지 않고 살아가는 것이 어려운 일이 될 수 있다.

사무엘 베케트(노벨 문학상을 수상한 아일랜드 출신의 프랑스 극작가)의 실존주의 연극 「고도를 기다리며」는 극 중의 어떤 것이 인간의 본질을 드러내기 때문에 관객의 마음을 사로잡는다. 주인공 에스트라공과 블라디미르는 길가에서 고도가 오기를 기다린다. '고도Godot'는 '신God', 혹은 우리를 구원해 줄 것이라고 우리가 기대하는 존재이다. 하지만 아무 일도 일어나지 않거니와 그들의 삶에 흥미로운 점이 아무것도 없기 때문에 그들을 지켜보는 것 자체가 몹시 힘들다. 어둠이 내리면 한 소년이 나타나 오늘은 고도가 올 수 없지만 내일은 반드시 올 거라고 말해 준다. 연극에서는 단지 이틀 동안의 일만 보여 주지만, 이 이틀조차도 그들에게는 무척 오랜 기다림임이 분명하다.

극이 결말을 향해 갈 때 블라디미르가 말한다.

"만약 고도가 오지 않으면…… 내일 우리 목매달고 죽자."

에스트라공이 묻는다.

"만약 그가 오면?"

블라디미르는 대답한다.

"우리를 구원해 주겠지."

마침내 에스트라공과 블라디미르는 떠나기로 마음먹는다. 하지만 그들은 결코 그 자리에서 움직이지 않는다.

객석에 앉아 이 연극을 보고 있자면 이렇게 소리치고 싶어진다.

"따분하게 굴지 말고 네 삶을 찾아! 일자리를 구해! 여자 친구라도 만들어! 결코 일어나지 않을 구원을 마냥 기다리지만 말고 뭐라도 해!"

그렇긴 하지만 이 연극은 가슴을 뭉클하게 한다. 인생이 공허하고 구원이 일어날 가능성이 없어 보이는 상황에서도 블라디미르와 에스트라공은 끝까지 희망에 매달리기 때문이다. 강제수용소 같은 참혹하고 비인간적인 상황에서도 희망은 사람들을 계속 살아 있게 만든다. 얼마나 많은 사람이 기쁨도 없고 의미조차 없는 상황에서 날마다 자살 충동과 싸우며 삶을 견디고 있는지 모른다.

자신이 추방되었다는 사실을 부정하고 싶은 마음을 극복하고 자기 삶의 진실과 마주하고 나면, 그다음에는 절망이 위협해 온다. 전사 원형 단계에 있는 사람은 고아 원형 단계의 사람들이 삶을 스스로 살아 나가지 않는 것에 몹시 불만스러워하지만, 우리들 중에 그렇게 할 준비가 되어 있는 사람은 사실 많지 않다. 살아갈 이유가 거의 없음에도 사람들을 계속 살아가게 하는 것은 그저 언젠가는 구원받을 수 있으리라는 희망이다. 본인이 스스로를 구원할 능력이 있다고 믿지 않는 한, 무력감에 빠져 있는 사람에게 어서 성장해 나가고 자신의 삶을 스스로 책임지라고 말하는 것은 소용없는 일이다. 먼저 그들이 언젠가는 구원받고 보살핌받게 되리라는 희망이라도 품게 해야 한다.

그래서 고아에 관한 이야기들은 주로 하루아침에 무일푼의 가난뱅이에서 큰 부자가 되는 내용이거나 전형적인 사랑 이야기들이다.

이런 이야기들의 밑바탕에는 고통은 언젠가는 보상받을 것이며, 지금은 없지만 어느 순간 멋진 부모(구원자)가 나타날 것이라는 주제가 깔려 있다. 찰스 디킨스의 소설 속 주인공은 가난과 모진 학대에 시달리며 오랫동안 고아로 살지만 결국에는 자신이 막대한 유산을 물려받는 상속자라는 사실을 알게 되고, 마침내 아버지와 재회해 일생 동안 보살핌을 받는다. 새뮤얼 리처드슨의 『파멜라 *Pamela*』(18세기 유럽의 인기 소설. 부잣집에서 하녀로 일하는 처녀 파멜라를 강제적으로 유혹하려던 주인 남자가 그녀의 정숙함에 감화되어 마침내 정식으로 결혼하게 되는 줄거리) 같은 고전적인 사랑 이야기 속에서 주인공 여성은 몹시 고통받는다. 가난 때문에도 고생하지만, 거의 대부분 순결을 위협받는 상황으로 인해 고초를 겪는다. 그녀가 어떻게 해서든 순결을 지켜 내자, 그 보상으로 부자 남자와 결혼하게 된다. 이때 등장하는 남자는 두말할 필요 없이 아버지를 대신하는 존재이다. 그녀가 남은 생 동안 보살핌받으며 살아가리라는 것을 암시하며 이야기는 행복한 결말을 맺는다. 사랑 이야기와 하루아침에 가난뱅이에서 부자가 되는 두 가지 줄거리가 섞인 경우도 종종 있다. 전통적인 러브 스토리 속 주인공 여성은 진정한 사랑뿐 아니라 그녀를 평생 지지하고 후원해 줄 누군가를 만난다.

스콧 피츠제럴드의 소설 『위대한 개츠비*The Great Gatsby*』의 주인공은 아름답고 인기 있는 부잣집 처녀 데이지의 사랑을 얻기 위해 부자가 되려는 야망을 품는다. 인물들의 특징이 현대적인 이 소설에서 데이지는 개츠비의 애정에 보답하지 않는다. 개츠비는 끝내

살해당하고, 아무도 그의 장례식에 참석하지 않는다. 하지만 이 소설을 끝까지 흥미진진하게 만드는 것은 개츠비를 계속 살아가게 하는 희망이다.

사랑이나 부, 혹은 그 둘 다 가능할지 모른다는 희망을 안고 사람들은 인생 여정을 떠난다. 원하는 삶을 안정되게 살 수 있을 만큼 충분한 돈을 갖게 해 줄 '구원자'는 연인일 수도 있고, 사업상의 모험일 수도 있고, 새로운 직업일 수도 있다. 어쨌든 그 희망은 우리에게 다시는 그 끔찍한 무력감과 생존에 필요한 것들을 충족시킬 수 없을 것이라는 결핍감으로 돌아가지 않아도 될 것이라고 약속한다. 그 추구가 성공적이기만 하면 그 여정에서 얻은 경험들은 삶에 대한 현실 감각과 가능성을 키워 주며, 그것을 통해 개츠비가 겪은 것 같은 비극적 운명을 피할 수 있다.

삶에서 고아 원형이 활성화되면 우리는 해답을 알고 있는 스승을 절실히 원한다. 환자로서는 더없이 지혜롭고 박식해서 '모든 상황을 더 좋게 만들어 줄' 의사나 심리 치료사를 원한다. 또 연인으로서는 완벽한 짝을 만나 힘들게 노력하지 않아도 행복감을 느낄 수 있는 관계를 갈구한다. 종교적인 면에서는 선하게 살기만 하면 신이 우리를 돌봐 줄 것이며, 진지하게 명상을 하면 마음의 평화와 깨달음을 얻을 것이고, 계율을 따르기만 하면 안전할 것이라고 믿는다. 소비자 입장에서는 '이 세제를 사용하면 훌륭한 주부가 될 것이다. 이 차를 몰면 멋진 여자들이 앞다퉈 몰려들 것이다. 이 다이어트 비법을 시도하면 남자들이 당신의 매력에서 헤어나지 못할 것이다…….' 등 즉각적인 효과를 약속하는 상품에 끌린다.

따라서 이 단계에서는 우리가 절망에 빠지지 않도록 울타리가 되어 주는 심리 치료사, 사회운동가, 종교인이나 정치 활동가를 누군가가 비난하면 크게 기분이 상한다. 그럴 때는 이 사실을 기억하는 것이 도움이 된다. 삶의 다른 부분에 대해서는 우리가 아무리 수준 높게 사고할 수 있다 해도, 구원받기를 원하는 그 부분에 있어서만은 극단적이고 이분법적인 사고방식에 사로잡힌 지극히 어린아이 같은 인식 수준이라는 것을.

사실 심한 무력감을 느낄 때 어떤 권위자나 프로그램, 혹은 이론을 따르는 것은 위안이 된다. 새로운 다이어트 계획이나 운동을 실천하는 것도 도움이 될 수 있다. 신체적으로 건강해지면 더 행복해질 뿐 아니라, 무엇이든 긍정적인 목표에 집중하는 것은 삶에 대한 믿음을 키워 주기 때문이다. 자신의 힘으로는 아무것도 할 수 없다고 느낄 때 다른 사람의 손에 모든 것을 맡기면 삶의 무게에서 해방되는 기분이 든다. 특히 성공적인 결과를 장담하는 사람을 굳게 믿을 때는 더욱 그렇다. 나아가 그 결정을 믿고 매일 충실하게 노력해 나가면 여행의 이 단계에서 삶을 긍정하게 된다.

하지만 구원자의 역할을 무조건 다른 이에게 맡기면 많은 문제가 일어난다. 우리가 실제 모습보다 과장되게 믿은 그 사람은 필연적으로 우리를 실망시킬 수밖에 없다. 예를 들어 우리가 구원자로 여긴 사람이 우리의 믿음에 부응할 만큼 지혜롭거나 도덕적이지 않을 수가 있다. 스스로를 구원자라 자처하는 이들은 대부분 도움을 주기보다 자신이 중요하고 영향력 있는 존재임을 내세우는 데 더 관심이 많다. 뿐만 아니라 삶에서 고아 원형이 일정 수준을 넘어 강해지면 사람은 자연히 자신을 불신하게 된다. 일반적으로 고아는 마음 깊은 곳에서 자신이 문제에 처한 것을 자기 탓이라고 믿는다. 그렇기 때문에 고아들은 종종 학대를 참고 견딘다. 특히 그 학대가 그 자신을 위한 것이라는 말을 들으면 더욱 그렇다.

한 가지 진실은, 구원자 역할을 자처하는 사람도 내면에서는 고아라는 것이다. 구원자 연기를 하는 것은 자신에게는 아무 문제가 없으며 다른 사람들에게만 문제가 있다고 가장하기 위해서다. 이런 사람은 당신이 그에게 계속 의존하도록 당신의 자존감을 깎아내리기 때문에 알아보기 쉽다. 흔히 그런 사람은 당신의 두려움을 이용한다. 이 종교를 믿지 않으면, 이 심리요법이 아니면, 혹은 이 정치 운동을 따르지 않으면 죄에서 헤어나지 못하거나, 회복할 수 없는 병에 걸리거나, 세상이 망하게 될 것이라고 주입시킨다.

처음에는 헌신적인 구원자로 보이던 남자가 아내나 여자 친구에게, 자신이 아니면 아무도 그녀를 사랑하지 않을 것이며 그녀 혼자 힘으로는 결코 세상을 헤쳐 나갈 수 없다고 믿게 만드는 경우도 있다. 남편이나 남자 친구가 너무 못나고 구제 불능이어서 자신이 아니면 아무도 그를 견디지 못할 것이라고 믿게 만드는 여성도 있다. 이런 관계에서는 감정적인 학대가 폭력으로 이어지기도 한다.

구원자 역할을 맡은 사람은 자신의 고통을 회피하기 위해 다른 사람의 고통을 이용하지 않아야 한다는 것이 돌봄의 윤리이다. 오랜 기간 자신의 성장과 완성을 위해 진지하게 노력해 왔거나, 동료 여행자로서 자신의 약한 모습을 다른 사람들에게 위선 없이 내보일 수 있는 사람이 아니면 그 누구도 섣불리 다른 사람의 상담자가 되려고 해서는 안 된다. 실제로 자신의 약한 모습과 고통을 스스럼없이 나누는 동료나 친구들과 함께하는 것이 자신 안의 고아가 가진 문제를 해결하는 데 많은 도움이 된다. 그렇게 하면 누군가에게 구원자 역할을 떠넘길 위험성이 줄어들고, 누구나 강한 면과 약한 면을 가지고 있다는 사실을 배우게 된다. 그 결과 모든 것을 다 갖춘 사람과 그렇지 않은 사람이라는 이분법의 틀로 사람들을 바라보는 방식에서 벗어나게 된다.

고아 단계를 넘어 앞으로 나아가기 위해서는 먼저 고아의 심리를 온전히 경험해야 한다. 이는 자신 안의 고통, 절망, 비꼬인 마음을 회피하지 않고 있는 그대로 마주하는 것을 의미한다. 이것은 또한 낙원을 잃었기 때문에 안전한 곳은 더 이상 없다는 사실을 인정하는 것이다.

물론 고아가 이 모든 것을 한 번에 할 수는 없다. 심리적으로 진실을 부정하는 것은 많이 과소평가되긴 하지만 생존을 위한 심리 방어이다. 얼마나 희망을 가졌는가에 따라 그만큼 자신의 고통과 맞서 싸울 수 있기 때문이다. 뿐만 아니라 심리적 부정은 우리가 감당할 수 있는 수준 이상의 고통으로부터 우리를 보호해 준다. 사실 스스로를 강하게 여기고 사람들과 잘 어울리는 사람은 훗날 뒤돌아보고 나서야 자신이 그 당시 얼마나 힘든 감정 상태였는지 깨닫곤 한다.

고아의 딜레마는 누군가를 비난하며 그 사람에게 책임을 돌리지 않고는 문제를 해결하지 못한다는 점이다. 물론 고통이 자신의 잘못 때문이라고 믿는 것이 효과가 있을 때도 있다. 그것을 계기로 삶을 긍정적으로 변화시켜 나갈 수 있다면 말이다. 사실 세상의 많은 종교들은 이 믿음을 퍼뜨린다. '죄의 대가는 죽음'이라거나, 우리가 겪는 고통은 전생에 저지른 행동들에 대한 당연한 업보라고 설명한다.

논리는 단순하다. 만약 고통이 우리 자신의 잘못 때문이라면 그것에 대해 우리가 무엇인가를 할 수 있지 않겠는가? 그러나 고통이 무작위로 일어나는 것이라면 우리는 그것에 대해 아무것도 할 수 없다. 그렇게 되면 희망이 없다! 몇 년 전, 나는 부모가 이혼을 한 여섯 살짜리 소년과 이야기를 나누게 되었다. 아이는 커다란 눈망울로 나를 바라보며 진지하게 말했다.

"무엇이 문제였는지 엄마, 아빠가 나한테 말해 줬다면 내가 뭐라도 할 수 있었을 거예요."

아이가 부모의 결혼 생활 실패에 대해 말할 수 없이 큰 책임을 느끼고 있다는 것을 알 수 있었다. 그런 생각을 통해 그 상황을 바꿀 방법을 알아낸다면 다행이지만, 그렇지 않다면 고통이 자신의 잘못 때문이라고 믿는 것은 아무 도움이 되지 않는다. 고통을 자기 탓으로 돌리는 경우에는 고통받는 것을 당연하다고 여기고 필요 이상으로 더 오래 고통 속에 머물게 된다.

의식적으로, 또는 무의식적으로 자신이 열등하기 때문에 불공평한 대우를 받는 것이 당연하다고 믿는다면 여성, 소수 인종, 동성애자, 노인들은 차별에 대해 아무것도 하지 못하게 될 것이다. 자신이 부족한 사람이기 때문에 스트레스를 받아 마땅하다고 믿는다면 비인간적인 장시간 노동에 시달려도 저항하지 못할 것이다.

한번은 내가 가르치는 대학 심화 학습 과정을 제대로 따라오지 못하는 학생이 있었는데, 주된 이유는 그 수업이 그녀에게 너무 벅찼기 때문이다. 학기가 중간을 지날 무렵 그녀는 수업 시간에 적대적인 태도를 보였으며, 그래서 내가 먼저 그녀에게 면담을 요청했다. 그 수업은 학생들에게 책임감을 심어 주기 위해 개설된 과목이었기 때문에 학생들 자신이 원하는 관심사에 따라 수업 방식을 바꿀 수가 있었다. 그 학생과 대화를 나누면서 나는 그녀 자신이 원하는 것을 단순히 요청하기만 하면 언제든 수업 과정을 바꿀 수 있다는 사실을 그녀가 알기를 바랐다.

그녀와의 대화를 통해 나는 많은 것을 배웠다. 한 가지는, 어떤 사람들은 불평을 통해 자신이 원하는 것을 이야기한다는 사실이다. 그들은 다른 방법을 알지 못한다. 나는 그 학생의 소통 방식을 이해하지 못했던 것이다. 나는 또한 '잘못'에 대해 배웠다. 그 학생은 처음에는 자신이 수업을 따라오지 못하는 것이 자신의 '잘못'이라고 생각했지만 나중에는 그것이 교수인 내 '잘못'임을 알았다며 자신이 화난 이유를 설명했다. 내가 잘 가르치지 못하고 있다는 것이었다. 대화를 하면서 나는 점점 더 좌절했다. 마침내 나는 그 학생에게는 모든 잘못된 상황이 다른 누군가의 탓이라는 것을 깨달았다. 자신의 잘못이라기보다는 교수인 나의 잘못이라고 여기는 편이 더 나은 것이다. 내가 가르치는 방식이 단지 그 학생에게만 맞지 않을 리는 없기 때문이었다.

나는 그녀에게 자신의 삶에 대한 책임감을 가르치고 싶었다. 그녀 스스로 수업을 그만 듣거나, 아니면 자신에게 필요한 것을 요구할 수 있는 책임감을. 그러나 내가 이해하지 못했던 것은, 그녀는 책임감을 잘못이나 비난으로 여긴다는 점이었다. 내가 그녀를 도울 수 없었던 이유이기도 하다. "너의 수업은 너의 책임이야."라고 내가 말하면 그녀에게는 자신을 비난하는 말로 들렸으며, 그녀는 아무 잘못 없이 욕을 먹는다고 여겼다. 그녀는 아직 그런 책임을 질 준비가 되어 있지 않았던 것이다.

심리 치료나 정신분석을 통해서든, 혹은 우정을 통해서든, 사람들이 자신의 이야기를 할 때 고통의 원인이 그들 외부에 있음을 볼 수 있도록 이끌어야 한다. 즉 어린 시절의 상처나 사회 환경, 혹은 부모에게서 그 고통이 비롯된 것이지 자신의 잘못이 아닌 것이다. 이런 접근법은 그 고통을 해결하고 앞으로 나아가는 데 다른 사람들의 도움을 받을 수 있다는 확신을 갖게 한다.

고아 원형에 지배당하는 경우, 자기 비난은 스스로를 불신하도록 만들기 때문에 심각한 정신적 장애가 된다. 뿐만 아니라 자기 멋대로 감정을 투영하게 만든다. 자신에 대한 기분이 덜 나쁘기 위해 종종 다른 사람에게 비난의 화살을 돌리는 것이다. 연인, 친구, 배우자, 부모, 고용주, 교사 등 자신에게 가까운 사람들이나 신 혹은 사회 전체를 비난한다. 그 결과 자신이 안전하지 못한 세상에 살고 있다는 인식이 굳어진다. 더욱 나쁜 점은, 삶에서 겪는 모든 고통에 대해 주위 사람을 탓할수록 그들과의 관계가 멀어져 결국 삶이 더 고립되고 희망 없는 상태가 된다는 것이다.

자신이 겪는 고통에 대해 자기 탓을 하는 경향이 있다면 잠시 외부의 누군가에게 의지하는 것도 도움이 된다. 더 높은 힘이든, 심리 치료사든, 모임이든, 사회운동이든, 교회나 절의 도움을 받아 '의존 아니면 독립'이라는 이분법을 넘어 서서히 자기 삶을 책임지는 기술을 터득해 나갈 수 있다. 전적으로 혼자서 고통을 해결해 나가야만 하는 것도 아니고, 또 누군가가 자신을 구해 주기를 수동적으로 기다리면서 학대를 견디며 지낼 필요도 없다. 필요할 때 도움을 청하는 것은 부끄러운 일이 아니다. 심리적으로 매우 안정되어 보이는 사람들도 그렇게 한다.

또한 도움을 받기 위해 만난 사람에게 이용당하거나 사기당하지 않으려면 그가 당신을 대신해 결정을 내리려고 하는지, 아니면 당신 스스로 결정을 내리도록 도움을 주는지 알아차리면 된다. 좋은 안내자란 당신에게 힘을 불어넣고 강해지도록 돕는 사람이지 그들이 시키는 대로 여행하라고 당신에게 강요하는 사람이 아니다.

심리 치료사, 성직자, 구루의 손에 자신을 맡기거나 치료 프로그램과 명상 프로그램 같은 것을 믿고 따르는 것은 안심하고 제대로 된 삶을 시작하는 출발점이 될 수 있다. 그러나 훗날 이 순간들을 뒤돌아보았을 때 당신은 알게 될 것이다. 그것들이 효과가 있었던 이유는 스스로 자신에게 맞는 결정을 내리도록 그들이 당신을 지지했기 때문이라는 것을.

『오즈의 마법사*The Wizard of Oz*』(회오리바람에 휩쓸려 환상의 나라 오즈로 가게 된 도로시의 신비한 모험 이야기를 다룬 명작 동화)에 나오는 착한 마녀 글린다는 여행의 끝에 이른 도로시에게 말해 준다. 도로시에게는 원할 때면 언제든지 집으로 돌아갈 수 있는 힘이 있었다고. 전에 왜 그것을 말해 주지 않았느냐고 도로시가 묻자, 글린다는 도로시가 그때는 그 말을 해 줬어도 믿지 않았을 것이라고 설명한다. 먼저 글린다는 위대하고 강력한 힘을 지닌 마법사가 도로시를 돕고 있다는 것을 확신시켜 줘야만 했다. 그 마법사를 찾기 위해 여행하면서 도로시는 자신의 힘과 능력이 커지는 것을 경험했다. 나중에 도로시는 자신이 사악한 마녀를 죽이고 집으로 돌아갈 수 있었던 것은 자신의 힘이었음을 깨닫는다. 그러나 그것을 직접 경험하기 전까지는 무력감 때문에 앞으로 나아가는 것이 거의 불가능했으며, 누군가가 자신을 구원해 줄 것이라는 환상에 매달려 있었다.

고아 원형에 머물러 있는 사람에게 힘을 주는 필수적인 사항들은 다음과 같다. 첫째는 사랑, 즉 보살핌과 관심을 보여 주는 개인이나 모임이다. 둘째는, 자신이 처한 상황을 부정하는 심리적 방어를 극복할 수 있도록 자신의 이야기를 되풀이해 말할 수 있는 기회이다. 술을 끊고, 문제에서 벗어나고, 집을 떠나고, 구조되기 전까지 얼마나 고통을 겪었는가를 이야기할 수 있어야 한다. 셋째는, 책임의 소재를 개인의 외부로 돌려 다른 곳에서 원인을 발견하도록 해 주는 심리요법이다. 그리고 넷째는, 자신의 삶을 스스로 책임지도록 돕는 행동 프로그램이다.

고통을 느끼도록 자신에게 허용하는 것 또한 중요하다. 지금까지의 삶이 극도로 힘들었음에도 사람들은 고통을 너무 두려워한 나머지 종종 고통을 차단시킨다. 그러나 심리적으로 안심할 수 있는 만남과 모임 안에서 고통을 털어놓음으로써 고통으로부터 자유로워지는 길을 발견할 수 있다. 또 심리 치료사, 종교 지도자, 모임 활동으로부터 용기를 얻어 자신의 삶에서 오는 두려움을 억압하지 않고 있는 그대로 온전히 느낄 수도 있다. 매우 평탄한 삶을 살아온 사람 역시 자신에게도 나름의 고통이 있으며 그것을 표현할 권리가 있다는 사실을 이해하는 기회가 필요하다. 비록 다른 이들이 겪은 고통만큼 크지는 않더라도 말이다.

몇 해 전 나는 분명히 힘든 고통을 겪고 있었는데도 그 사실을 부정했다. 왜냐하면 다른 많은 이들이 겪는 고통의 무게에 비하면 별것 아니라고 느꼈기 때문이다. 하지만 내가 비교적 유복한 중산층 가정 출신이라 해도 내 나름의 고통이 있을 수 있음을 인정하는 것이 나에게는 큰 전환점이었다. 나 자신의 고통을 인지하고 인정하자 심리적 부정의 단계를 넘어 내 삶을 변화시키기 위해 행동할 수 있었다. 내 삶의 어떤 부분이 잘못 돌아가고 있음을 인정하고 나서야 비로소 더 나은 삶을 만들 수 있었다.

하지만 좋은 것이 대부분 그렇듯, 자신의 고통을 인정하는 이 단계는 잘못 이용될 수도 있다. 힘든 상황에 처해 있다는 사실 때문에 다른 사람들로부터 받게 되는 관심에 집착하는 것이다. 고난에 처한 사람들은 누가 더 최악의 상황인지 경쟁하는 경우가 있다. 중요한 부분과 중요하지 않은 부분이 뒤바뀌는 것이다. 동일한 고통이나 질병 등 같은 피해를 겪고 유대를 형성한 사람들은 자신들 중 누군가가 잘되기 시작하면 위협을 느끼고 그 사람이 앞으로 나아가는 것을 막으려 든다.

과거에 겪은 부당함과 트라우마에 대한 고통과 분노를 내려놓지 못하면 그것이 더 교묘한 형태로 계속 진행될 가능성이 높다는 것이 나의 경험이다. 예를 들어 당신을 함부로 대했던 전남편에 대한 감정을 내려놓지 못해 계속 화가 나 있다면, 현재 당신의 인간 관계를 들여다보라. 이전처럼 심하게는 아니더라도 어딘가에서 전과 비슷한 대우를 받고 있지는 않는가? 타인과의 경계선을 좀 더 분명히 긋고 정당하게 대우받는 길을 찾을 때, 과거에 우리에게 상처를 주었던 것들이 얼마나 빨리 사라지는지 놀라울 정도이다.

물론 이때 중요한 것은 고통에서 해방되어 자기 효능감(어떤 문제를 자신의 능력으로 해결할 수 있다는 자기 자신에 대한 기대와 신념), 생산적인 정신(자신의 장점을 사용하고 잠재력을 실현하는 능력이 특징인 성격 유형), 풍요로움, 해방감, 기쁨을 느끼는 일이다. 당신 자신과 타인의 고통스러운 기억에 귀를 기울이는 것은 그 고통 속에 머물기 위해서가 아니라 성장과 변화의 문을 열기 위해서다. 일단 고통의 많은 부분을 털어 버린 후에는 설령 자신의 이야기를 계속 말해야 할지라도 마음을 다잡고 삶을 살아 나가는 것이 가장 좋다. 그중 한 가지 방법은 다른 이들, 특히 비슷한 어려움을 겪은 사람들을 돕는 일이다. 자신이 겪은 문제가 다른 사람들에게도 흔하게 일어난다는 사실을 알게 되면 현실 인식이 강해진다. 또한 타인을 돕는 행위는 자기만의 세계에 갇혀 있던 당신을 세상에 대한 관심으로 이동시킨다. 이 지점에 다다랐다면, 당신은 이제 영웅의 여행을 떠날 준비가 된 것이다.

비교적 정상적인 삶을 살아온 사람도 부분적이든 전체적이든 스스로 심리 치료 작업을 해야 하는 경우가 종종 있다. 이 경우에는 자신의 진실을 표현할 방법을 찾는 것이 도움이 된다. 어떤 이들은 자신의 이야기를 일기에 쓴다. 소설가이며 시인이고 영화감독인 줄리아 카메론은 『예술가의 길 *The Artist's Way*』에서 매일 아침 글을 쓰는 것으로 하루를 시작할 것을 권한다. 무엇이든 그 순간 마음에 떠오른 것들을 기록하는 것이다. 시각적인 것이 발달한 사람은 그림을 그릴 수도 있고, 어떤 이는 음악으로 표현할 수도 있다. 일이나 조각, 작곡에 끌릴 수도 있다. 그것이 자신의 소명을 발견하는 방법이다. 어떤 작업에 강한 충동을 느끼는 것은 그것들을 통해 자신의 이야기를 하고 싶기 때문이다. 손으로 자신의 앎을 표현하는 데 익숙한 사람들은 언어로 표현하는 데 익숙한 사람들과는 다른 방식으로 자신의 이야기를 할 것이다. 그들의 이야기는 퀼트의 무늬나 옷감, 한 점 도자기에 암호로 표현될 것이다. 중요한 것은 이것이다. 당신이 자신의 진실을 보고 듣는 것, 그리고 그 결과 자신의 독창적인 삶을 위해 자기만의 방식으로 행동하는 일이다.

힘든 문제를 함께 헤쳐 나갈 모임이 없다면 배우자나 친구나 부모, 혹은 당신이 아픔을 겪을 때마다 공감해 주고 이야기를 들어줄 믿을 만한 누군가에게 부탁하는 것이 좋다. 당신이 소리를 지르거나 심지어 다른 사람들을 비난하더라도 그냥 두라고 그 사람에게 부탁한다. 그런 식으로 응어리를 풀면 감정이 해소되어 자기 정화에 도달할 수 있다. 그다음에는 마음을 진정시키고 차분하게 앉아 명상하며 자신이 무엇을 생각하고 무엇을 행할지 결정한다. 그들의 역할은 당신의 문제를 해결해 주기보다는, 단지 당신 곁에 있으면서 당신이 혼자 괴로워하지 않도록 힘과 위안을 주는 일이다.

오늘날에는 거의 모든 부분에서 문제 해결을 도와주는 지원 단체와 프로그램들이 있다. 얼마 전까지만 해도 사람들은 병원에서 심리 치료를 받아야 한다고 말하면 당황했다. 지금은 친구나 동료들과 점심을 먹으며 자신의 심리 상담사 얘기를 나눈다. 또 자기계발 서적이 다양하게 출간되어 읽힌다. 어떤 면에서 우리의 문화는 건강해지기를 원하는 문화이고, 과학적인 방법뿐 아니라 영적인 방법에도 마음이 열려 있다.

현대 철학과 문학은 신이 우리를 벌하거나 구원할 것이라는 단순한 믿음에서 벗어나 그런 어린아이 같은 순진함을 내려놓도록 돕는다. 고통은 이유가 있거나 신이 우리에게 화가 나서 일어나는 일이 아니며, 그저 우연히 일어날 뿐이다. 잔인하고 몰인정한 우연, 그 이상의 어떤 의미도 없다.

고아 원형 단계의 사람이 심리적 추방을 경험한 후에 심한 고통을 겪는 것은 이분법적 사고에도 원인이 있다. '신은 죽었다'는 현대의 사상을 받아들이는 것이 그토록 힘든 이유는 우리를 돌봐 주고 보호해 주는 아버지 신이 존재해야 한다는 믿음 때문이다. 하지만 삶이 낙원 같을 거라고 누가 말했는가? 누군가가 우리를 돌봐 줘야 한다는 생각은 어디서 왔는가? 신이 우리를 보호해 준다는 관념을 버릴 때, 삶이 곧 고통이라고 말하는 대신 어느 정도의 고통과 희생은 삶에 필요한 것으로 받아들이게 된다. 신이 정말 죽었다는 것이 아니다. 그보다는 우리가 더 이상 영적으로 어린아이가 아니며, 이제 성장할 때가 되었다는 것이다.

삶을 '고통 아니면 낙원'으로 보는 식의 이분법을 넘어서면 고통을 삶이라는 강물의 일부로 받아들이게 된다. 실제로 고통과 상실은 우리를 변화시키는 힘이다. 고통과 상실은 삶 전체의 방식이 아니라 흘러가는 과정의 일부분일 뿐이다. 상실은 우리에게 더 이상 도움이 되지 않는 것들이나 우리가 집착하는 것들을 포기하고 미지의 것으로 나아가게 해 준다. 짧은 기간에 심리적 성장이 집중적으로 일어나면 고통과 아픔이 너무 크다. 그래서 우리는 조금씩 포기하는 것이다. 자신의 상황을 부정하는 심리적 방어 기제가 작동하는 이유도 여기에 있다. 부정을 통해 모든 문제를 한꺼번에 맞닥뜨리는 것을 피하기 위해서다.

심리적 부정은 자신의 고통이 정확히 어느 정도인지 알지 못하게 보호해 준다. 왜냐하면 우리는 그 모든 고통을 한꺼번에 다룰 준비가 되어 있지 않기 때문이다. 자신이 고통받고 있음을 알아차린다면, 그것은 자신이 이제 앞으로 나아가 삶을 변화시킬 준비가 되었다는 신호이다. 그때 우리가 할 일은 고통을 인식하고, 살펴보고, 자신이 정말로 상처받고 있다는 사실을 확실히 주장하는 것이다. 이런 의미에서 본다면 고통은 하나의 선물이다. 고통은 우리의 주의를 끌어 우리가 앞으로 나아갈 때임을, 새로운 행동 양식을 배우고 새로운 도전을 시도할 시기임을 알려 준다.

고통은 다른 의미에서도 선물이 될 수 있다. 특히 여행의 후반기에는 무력감이 아니라 오히려 자신이 가진 힘에 대한 과신이 문제가 될 수 있다. 자신이 모든 걸 다 갖추었다는 믿음, 자신이 다른 사람들보다 뛰어나고 능력 있으며 더 가치 있는 존재라는 믿음이 그것이다. 이럴 때 고통은 우리 모두가 똑같이 유한한 존재라는, 우리 중에서 인간 존재로서 겪는 고통의 굴레에서 벗어날 수 있는 사람은 아무도 없다는 사실을 상기시켜 주는 훌륭한 매개체이다.

큰 비극을 겪은 사람들은 거의 초월적인 자유를 얻는다. 최악의 상황에 처했다가 그것을 이기고 살아남았기 때문이다. 이제 그들은 자신이 어떤 것과도 마주할 수 있음을 안다. 그들에게 삶은 고통 자체도 아니고, 그렇다고 낙원도 아니다. 그럼에도 그들은 삶을 사랑할 수 있다. 인간의 죽음에 대한 연구에 평생을 바친 정신의학 전문의 엘리자베스 퀴블러 로스도 『죽음—성장의 마지막 단계 *Death: The Final Stage of Growth*』에서 비슷한 이야기를 한다. 그녀는 의학적으로 죽었다고 최종 진단받았다가 다시 살아난 사람들이 얻은 평화와 자유를 들려준다. 사랑과 빛을 경험하고 나서 우리의 삶을 그토록 방해하는 죽음의 두려움으로부터 자유로워진 이야기를.

물론 죽음을 대하는 자세는 우리가 삶에서 겪는 모든 작은 죽음들에 어떻게 반응하는가와 깊이 연결되어 있다. 우리는 친구를 잃고, 가족을 잃고, 연인을 잃는다. 또한 특별한 시간이나 장소와 멀어져야 하고, 직업이나 기회를 잃기도 하며, 희망과 꿈을 놓치고, 믿었던 것들과도 헤어진다. 흥미롭게도 우리가 매일 작은 상실들을 떠나보내고 현재와 헤어져 미지의 것과 만나는 법을 배우면 큰 고통에 시달릴 필요가 없게 된다. 어떤 이들은 이 배움을 얻기 위해 '최악의 상황'과 직면할 필요가 있지만, 모든 이들이 꼭 그래야만 하는 것은 아니다. 매일 작별하고 떠나보내는 연습은 사랑하는 이가 죽거나 자신이 불치병에 걸렸을 때 고통에 대처하는 기술을 가르쳐 준다.

어떤 사람들은 이런 작은 죽음들을 차단하고 부정한다. 그들은 작별 인사 없이 떠난다. 고등학교나 대학교를 졸업할 때 더 이상 찾아오지 않을 그 생활을 찬미하거나 애도하지도 않는다. 그리고 생일이 여느 날과 똑같은 날인 척한다. 마치 자신이 인정하지 않으면 헤어짐이나 상실 같은 것이 없을 것처럼 말이다. 그런 사람들은 늘 관계에서 벗어나려 애쓰고, 관계가 자신에게 아무 의미도 없는 척한다. 모든 작별과 결말을 차단한 사람들은 감정적으로 변비에 걸린 것과 같아서 다른 어떤 것도 안으로 들일 공간이 없다. 그래서 고독해지고 무감각해진다.

지혜를 얻은 사람은 때가 되면 자신이 관계나 장소, 혹은 직장을 떠나야만 한다는 사실과, 그때가 바로 성장하고 다음 여정을 향해 나아갈 시기임을 안다. 나이를 먹는다는 것이 새로운 기회를 얻는 것임과 동시에 젊은 시절이 끝났음을 의미한다는 것도 안다. 그런 사람은 자신에게 펼쳐질 새로운 미래와 성장의 기회를 기뻐한다. 그러면서도 자신이 지금까지 함께했던 사람, 직장이나 학교, 장소들이 자신에게 어떤 의미였는지 충분히 인정하며, 지나간 일들에 감사하고 그것이 사라지는 것을 애도할 시간을 갖는다. 이 감사와 애도가 그를 비워 새로운 것이 들어올 수 있도록 길을 마련한다.

이것이 '추방'이 갖는 행운의 의미이며, 우리 안의 고아 원형이 주는 궁극적인 선물이다. 이제 우리는 의존에서 벗어나 자신의 여행길을 떠날 준비가 되었다. 그 길에서 우리는 경험을 통해 배울 것이다. 고통은 아무 의미 없는 괴로움이 아니라 배우고, 공감하고, 성장하기 위한 동기가 될 수 있음을.

*Answered Prayers*(기도의 답)

# 3

# 방랑자

자기 자신을 발견하고 자신의
진실성을 위해 고독한 여정을
선택하는 것은, 그 선택으로 인해
혼자가 되고 사랑받지
못한다 해도, 궁극적으로는
자신을 지키면서 다른 사람들을
사랑하기 위한 전제 조건이다.

## 나의 얼굴을 찾을 때까지—방랑자

삶이 어딘가에 갇혀 있는 것 같은가? 살아남기 위해, 적응하기 위해 자신의 많은 부분을 포기하는 데 지쳤는가? 소외되고, 외롭고, 무료하고, 자신이 진정으로 이해받지 못한다고 느끼는가? 자신 안의 어떤 부분은 더 많은 모험을 갈구하지 않는가? 혹은 안락한 환경 밖으로 내던져져 어쩔 수 없이 미지의 것과 마주해야만 하는 상황에 놓였는가?

이 중 어느 한 가지라도 해당된다면, 당신은 지금 '방랑자'의 부름을 받고 있는 것이다.

방랑자 원형은 세상을 보기 위해 홀로 길을 떠나는 중세의 기사, 서부의 카우보이, 탐험가 이야기에 잘 나타나 있다. 그 여행에서 그들은 보물을 발견한다. 그 보물은 '진정한 자아'라는 이름의 선물이다. 여행을 떠나 미지의 세계와 만나는 것은 새로운 차원의 삶을 시작하는 첫걸음이다. 무엇보다 방랑자가 주장하는 한 가지는, 삶은 본래 고통이 아니며 하나의 모험이라는 것이다.

인류의 삶은 아프리카의 온화하고 살기 좋은 기후에서 시작되었다. 그곳은 어떤 면에서는 에덴동산이나 다름없었다. 사람들은 어머니 대지가 제공해 주는 풍부한 열매와 채소만으로도 충분히 생존할 수 있었다. 그렇지만 호모사피엔스는 천성적으로 호기심이 많은 종이라서 세상을 보기 위해 무리 지어 하나둘 길을 나섰다. 이 여정에서 거칠고, 춥고, 혹독한 기후와 맞닥뜨렸다. 그들의 생존은 그것들에 적응하는 데 달려 있었다. 어쨌든 그들은 여행을 계속해 나갔고, 마침내는 지구 전체의 거의 모든 지역에 거주하게 되었다. 훗날 유럽인들은 신세계를 향해 여행을 떠났으며, 미국 동부의 이주민들은 서부 개척지로 가는 마차에 몸을 실었다. 그리고 지금 우리는 새로운 개척지인 우주 공간을 탐사하고 있다. 방랑자 원형은 인간 종족만이 가진 고유한 모습이다. 그것 없이는 온전히 인간이 될 수 없다.

세계는 이제 사람들이 거의 자리를 잡았으며, 탐험할 지리적인 개척지가 별로 남아 있지 않다. 그러나 인간의 마음과 가슴이라는 개척지가 있다. 오늘날 많은 이들이 직업과 결혼의 틀에서 이탈하고 있다. 더 나은 무엇인가를 찾아 이제까지의 경력을 떠나고, 자신이 갖고 있는지도 미처 몰랐던 마음의 자산에 다가가고 있다. 우리 조상이 새로운 영역을 찾아 세계를 방랑하기 시작했을 때처럼.

여행을 하고 있는 것이 겉으로 드러나는 방랑자는 알아보기 쉽다. 이들은 새로운 행동 방식으로 폭넓게 여행하거나 실험적인 삶을 산다. 겉으로 보기에는 지극히 평범하게 행동하지만 내면세계를 깊이 탐구하는 이들도 있다. 에밀리 디킨슨(매사추세츠주 작은 마을에서 태어나 결혼이나 사회 활동을 하지 않았지만, 내면적으로는 격렬한 삶을 산 19세기 미국 시인)이 그런 사람이다. 말년에 그녀는 아래층으로 계단을 내려갈 엄두도 못 낼 만큼 몸이 약해졌으나, 그녀의 시를 읽은 사람이라면 그녀의 내적 탐험에 담긴 독창성, 의미, 강렬한 생명력을 눈치채지 못할 리 없다.

방랑자 유형에는 직장 내 관습 타파자, 사회의 규격에 갇히기를 거부하는 반문화주의자도 있다. 이들 모두 방랑자에 속한다. 이들은 체제와 규범에 순응하는 사람들의 정반대 편에 서 있는 인물로 스스로를 정의한다. 철학, 정치, 의료, 교육 분야에서 이들은 기존의 해결책을 불신하고, 그 대신 급진적이거나 색다른 방식을 선택할 가능성이 높다. 신체 단련을 하더라도 달리기나 수영같이 혼자 하는 운동을 선택하는 경우가 많으며, 무엇인가를 배울 때는 권위자들이 내놓은 답에 의문을 품고 자신만의 진실을 추구한다.

방랑자는 아웃사이더가 되는 것에서 정체성을 찾는다. 단연코 이들은 무리 지어 움직이는 사람은 아니다. 영적 생활에 있어서도 의심을 품는데, 특히 전통적인 도덕을 따르거나 순종하면 신이 그만큼 보상해 줄 것이라는 가르침에 대해서는 더욱 반발한다. 그런 것들은 영혼을 성장시키고 정신을 실험하려는 이들의 욕구에 맞지 않기 때문이다. 하지만 이들이 경험하는 영혼의 어두운 밤은 단순한 반발에 그치지 않고 더 성숙하고 깊은 믿음으로 이어지는 경우가 많다.

방랑자 원형은 구시대적인 부모에게 반항하는 청소년기나, 실적 기계가 되라는 압박에 저항하는 중년기 사람들에게 많이 나타난다. 이 삶의 중요한 단계에서 방랑자는 자신이 누구이며 무엇을 진정으로 원하는지 생각하며, 인간이 어떻게 살아야 하는지 잘 안다고 주장하는 사람들에게 저항한다.

고아의 이야기가 낙원에서 시작된다면, 방랑자의 이야기는 감금 상태에서 시작된다. 동화 속에서 장차 영웅이 될 사람은 탑이나 동굴에 갇혀 있으며, 대개 마녀나 사람 잡아먹는 괴물, 아니면 무시무시한 야수의 포로가 되어 있다. 그를 가두고 있는 존재는 종종 현재의 상황을 상징하는데, 사회의 지배적인 관습이 그에게 강요하는 체제에 대한 순종과 가짜 정체성이 그것이다.

그 영웅이 여성인 경우에는 알프레드 테니슨(영국 빅토리아 시대의 시인)의 시 〈샬롯의 처녀〉에 나오는 주인공처럼 거울의 마법에 갇혀 있다. 샬롯 성의 처녀는 태어나자마자 너무 아름다운 미모로 인해 성 밖으로 나가면 죽는다는 예언을 듣는다. 그래서 평생 탑 속의 방에 갇혀, 마법 거울을 통해서만 세상을 보며 살아간다.

이런 이야기 속 주인공은 자신이 갇혀 있는 곳이 낙원이며, 그곳을 떠나면 필연적으로 신의 은총에서 멀어지게 된다는 말을 수없이 듣는다. 즉 그를 가두고 있는 새장이 더할 나위 없이 좋은 곳이라는 것이다. 이때 주인공이 맨 먼저 해야 할 일은 진실을 보는 눈을 갖는 것이다. 새장은 어디까지나 새장일 뿐이며, 자신을 가두고 있는 존재가 악당이라는 사실을 인정하고 분명하게 밝혀야 한다.

하지만 그렇게 하기는 쉽지 않다. 우리는 정해진 틀에서 벗어나 탐구 여행을 떠나는 것을 두려워할 뿐 아니라 탐구 자체를 그다지 가치 있게 여기지 않는다. 그리고 이런 생각은 다른 사람들의 판단에 의해 더욱 굳어질 가능성이 크다. 이타주의자의 눈에는 인생을 탐구하겠다는 이유로 여행을 떠나는 것이 이기적으로 보일 것이고, 따라서 잘못된 것처럼 느껴질 수도 있다. 왜냐하면 자기 발견과 자아실현을 추구하는 과정에서 가족 부양과 사회적 의무를 등한시할 수 있기 때문이다. 그리고 전사의 눈에는 여행이 나약한 현실도피로 보인다. 여행을 떠나기로 했을 때 방랑자는 죄책감을 느낄 수도 있다. 자신의 정체성을 주장하고 자아를 발달시키는 행위는 신에 대한 모욕으로 묘사되어 왔기 때문이다. 가령 금단의 열매를 먹은 이브나 불을 훔친 프로메테우스(하늘의 불을 훔쳐 인류에게 준 벌로 바위에 묶여 독수리한테 간을 쪼아 먹혔다)를 생각해 보라. 고아에게 여행은 말할 수 없이 위험한 일로 들린다.

우리는 자신에게는 물론 다른 사람에게 큰 변화가 일어나는 것도 두려워한다. 그래서 영웅의 싹이 보이는 사람이 여행에 나서는 것을 말린다. 우리는 그들이 그저 지금 모습 그대로 머물러 있기를 원한다. 무엇보다 연인이나 배우자, 친구, 심지어 부모가 너무 많이 변하면 우리는 그들을 잃게 되지 않을까 두려워한다. 특히 우리의 기분을 맞춰 주고 우리를 보살펴 주던 이들이 돌연 그렇게 하기를 거부한다면 큰 위협을 느낀다.

사회규범에 순응하는 것, 자신에게 부여된 의무를 다하는 것, 다른 사람의 기대를 충족시키는 것에 남성과 여성 모두 큰 압박을 받지만, 특히 여성에게 심한 중압감으로 다가온다. 여성은 주로 자녀 양육과 집안일로 역할이 정해져 왔기 때문이다. 여성들은 여행에 대한 갈구를 자주 포기한다. 떠나는 것이 남편과 아이들에게 상처가 될까 두려워한다. 하지만 이들은 여행을 포기하는 대신 주변 사람들에게 상처를 준다. 마찬가지로 많은 남성들은 보호자 역할에 갇혀 여행을 떠날 마음을 내지 못한다. 아이들에 대한 책임감뿐 아니라 자신도 돌볼 능력이 없는 것처럼 연약해 보이는 아내에 대한 의무감 때문이다. 그리고 남성이든 여성이든 새로운 관심사가 자신의 현재와 미래를 위태롭게 할까 봐 여행을 미룬다. 자신이 변하면 세상에 맞춰 살지 못할까 불안한 것이다.

여행을 떠나는 방랑자의 좋은 점은 사랑하는 이들과 동료들도 그들의 여행을 떠나게 하는 물결 효과가 있다는 것이다. 아마도 처음에 다른 사람들은 위협을 느끼고 화를 내겠지만, 조만간 그들도 자기만의 여행을 떠나거나 여행에 동행하게 될 것이다. 여행길에 오르면 방랑자는 잠시 동안 외로움을 느낄 수도 있다. 그러나 원한다면 머지않아 더 좋은 관계, 더 진실하고 만족스러운 관계로 발전하게 된다. 서로의 여행을 존중하는 관계가 되기 때문이다.

물론 다수의 사람들이 사회적 합의를 본 진실에서 벗어나 자신의 눈으로 세상과 자신을 보기 시작할 때 방랑자에게는 두려움이 밀려온다. 그렇게 한 대가로 영원히 고립되거나 극단적인 경우에는 친구 하나 없이 가난하게 죽을지도 모른다. 부모나 교사, 사장, 친구들을 기쁘게 하지 않으면 살아남을 수 없을 것이라고 여기는 어린아이 같은 공포가 마음을 붙잡는다. 하지만 그런 두려움에도 방랑자는 이미 알려진 세계를 떠나 미지의 세계로 나아가기로 마음먹는다.

베푸는 법과 포기하는 법을 아무리 많이 배운다 해도 자신이 진정으로 누구인지 알지 못하면 그 희생은 의미가 없다. 자아를 발달시키기도 전에 자아를 초월하라고 사람들에게 말하는 것은 아무런 도움이 안 된다. 자신이 원하는 것을 향해 충분히 나아가기도 전에 욕망을 내려놓으라고 말하는 것은 무의미하다.

모든 사람이 자신이 무엇을 원하는지 알고 있지는 않다. 자기애에 빠진 고아는 "난 이것을 원해! 난 저것을 원해!" 하면서 자신의 욕망만 추구하는 것처럼 보인다. 그러나 그의 욕망은 외부에서 불어넣어진 욕망일 뿐 진정으로 그가 원하는 것이 아니며, 진정한 만족이 결여된 공허감과 결핍감을 채우기 위한 중독 형태를 띤다. 자기애에 사로잡힌 사람은 아직 진정한 정체성을 갖고 있지 않기 때문에 공허할 수밖에 없다. 그의 욕구는 사회가 주입한 것들이다. 그는 말한다. "나는 멋진 자동차를 갖고 싶어." 혹은 "최신식 아파트에 살고 싶어." 그런 것들을 손에 넣으면 행복할 것이라 생각한다. 심지어 개인적인 성장 계획도 진정한 자아에서 나오는 것이 아니라 "몸무게를 5킬로그램 빼고 싶어. 그러면 더 많은 남자들을 유혹할 수 있어."나 "대학에 가고 싶어. 그러면 돈을 많이 벌어 더 멋있게 살 수 있고, 분명 사람들이 부러워할 거야."처럼 욕구를 만족시키려는 충동에서 비롯된 것일 수가 있다.

독립적이고 자율적인 자아가 충분히 발달하지 않으면 주위 사람들의 의견에 따라 살 수밖에 없다. 고등학교 졸업 25주년 동창회에 참석한 한 여성은 내게 놀라운 이야기를 했다. 초대받은 사람들 중 상당수가 자신이 너무 살쪘다거나 늙었다거나 그다지 성공하지 못했다는 이유로 동창회에 오고 싶어 하지 않았다는 것이다. 40대인데도 그런 외부 조건에 좌우되지 않는 자아감을 발달시키지 못한 것이다.

우리 문화의 중독 현상 중 하나는 사랑에 대한 것이다. 우리는 사랑받기 위해, 그리고 성적으로 매력 있게 보이기 위해 특정한 여성상과 남성상을 따라야 한다고 은연중에 배운다. 그러나 자신의 여행을 떠나지 않고 주어진 역할만 수행하는 한 결코 사랑받는다는 느낌을 가질 수 없다. 그렇기 때문에 연인은 많아도 여전히 공허하고 애정에 굶주려 있으며 더 많은 것을 갈구한다.

세상의 경제계와 교육계는 이 애정 결핍을 이용한다. 열심히 일하거나 공부하면 사람들의 사랑과 존경을 한 몸에 받고 선망의 대상이 될 많은 것을 소유할 수 있다고 우리는 배운다. 멋진 집과 차를 구입할 수 있고, 돈을 벌어 건강 관리와 치아 관리를 받을 수 있으며, 고급 헬스클럽에도 등록할 수 있다고. 좋은 짝을 유혹할 수 있는 그 모든 것을 가질 수도 있다고. 이는 확실히 노동자에게 동기를 부여하는 강력한 방법이지만, 이 전략이 사람들에게 궁극적인 행복을 선물하지는 못한다.

무엇보다 이런 식으로 욕망에 이끌리면 자아감을 키울 시간도 없고 생각조차 하지 않게 된다. 그 대신 최신 유행에 대한 충동을 자극하는, 남보다 멋있어 보이는 상품들을 구입해 세련된 가짜 독립성에 안주한다. 가짜 방랑자는 방랑 충동을 갖고 있음에도 사회에 편입되는 데 순응하는 쪽으로 방향을 정한다. 진정한 자아감 없이는 실제로 사랑을 줄 수도 받을 수도 없다. 자신의 진정한 모습은 숨긴 채 사랑받거나 존경받는 역할을 연기하면, 자신이 진정으로 사랑받고 있다는 느낌은 결코 가질 수 없다. 그 역할이 사랑받는 것일 뿐이다.

가짜 방랑자의 사랑은 결국에는 다른 사람에게 해롭다. 그들의 사랑은 강박적이고, 상대방을 소유하고 통제하려 들며, 의존적인 경우가 많기 때문이다. 자신의 정체성을 자녀, 남자 친구, 여자 친구를 소유하는 것에서 찾으므로 상대방에게 특정한 모습이 되기를 강요한다. 그 상대방이 탐구 여행을 떠나고 싶어 해도 여행을 포기하고 자기 곁에 있어 주기를 원한다. 이런 사람은 자신이 멋있어 보이도록 옆에서 특정한 방식으로 연기해 줄 누군가가 필요할 뿐이다. 또 그런 관계를 유지하기 위해 스스로 자신의 성장을 억누른다. 상대방을 위해 자신의 이익을 희생하지 않으면 관계에 금이 갈까 두려운 것이다.

고아와 이타주의자는 사랑을 얻기 위해 진정한 자신을 어느 정도 포기해야 한다고 믿는다. 진정한 자신으로 존재하면 결국 고립자가 되고, 친구도 없이 가난해질 것이라 여기기 때문이다.

여성들은 대부분 방랑자 단계를 좋아하지 않는다. 캐럴 길리건(미국 심리학계의 뛰어난 학자)이 『다른 목소리로 *In a Different Voice*』에서 지적했듯이, 남성은 친밀해지는 것을 두려워하는 반면에 여성은 혼자가 되는 것을 두려워한다. 이는 친밀한 관계를 갖거나, 아니면 독립적이고 강한 자아를 갖거나 둘 중 하나만 가능하다는 믿음에서 나오는 두 가지 다른 반응이다. 그래서 여성은 친밀함을 선택하고, 남성은 독립을 선택한다. 역설적인 점은, 이런 식으로 선택하면 남성과 여성 모두 자신이 진정으로 원하는 것을 얻지 못한다는 사실이다. 첫 번째 이유는, 사람들이 실제로는 그 두 가지 다 원하기 때문이다. 또 다른 이유는, 다른 하나 없이 두 가지 중 하나만 얻는 것은 사실 불가능하기 때문이다.

독립성 대신 친밀함을 선택하면, 그 관계를 유지하기 위해 너무 많이 희생해야 하기 때문에 관계에서 온전한 자기 자신이 될 수 없다. 겉으로는 그 관계가 단단한 척 연기를 하면서 자신의 역할을 하지만, 속으로는 왜 이토록 혼자라는 느낌이 드는지 의아해한다. 반대로 독립을 선택해도 친밀한 관계에 대한 욕구가 어디로 가는 것은 아니다. 오히려 그 욕구를 억누르고 그런 욕구가 있다는 것을 인정하지 않기 때문에, 그것이 극단적이고 강박적인 행동으로 나타난다. "나는 누구도 필요 없어."라며 금욕 생활을 하는 남성과 여성은 대부분 지독히 외롭다. 많은 사람들은 자기 혼자만으로 충분하다는 환상을 가지면서도 한편으로는 사람들로부터 버림받을까 봐 두려워한다.

이런 상태의 남성은 여성이 자기를 떠날 용기를 갖지 못하도록 어린애 취급한다. 아이를 낳아 키우는 전통적인 의무를 다하도록 아내를 집에 묶어 두거나, 그녀가 혼자 먹고살 기술이나 자신감이 없기를 바란다. 직장에서도 마찬가지여서, 여비서나 부하 여직원이 엄마 역할, 아내 역할을 하며 자신을 보살펴 주기를 원한다. 또한 남자 동료나 상사, 심지어 부하 직원들의 평가에 너무 의존한 나머지, 자신의 윤리관에 어긋나더라도 남자다워 보이려고 애쓴다.

이런 남성은 '약하다'는 비난에 특히 예민하다. 그래서 예를 들어, 직장 동료들에게 환경 문제나 걱정하는 이상주의자라고 비난받는 것이 두려워 화학 폐기물을 아무렇게나 처리해선 안 된다는 주장은 결코 하지 못한다. 사람들 눈에 좀스럽게 지구에 대해, 여성에 대해, 그리고 타인에 대해 신경 쓰는 것처럼 보이는 것이 두려운 나머지 자신의 의지와 상관없이 부도덕하게 행동할 수도 있다. 이런 식의 남자다운 행동 방식을 흉내 내는 여성도 있다. 그 밑바탕에는 '인기 있는 남자아이'처럼 행동해 남자들의 인정을 받고 싶어 하는 복잡한 심리가 담겨 있다.

많은 여성들은 혼자 남겨지는 것을 두려워하지만, 친밀한 관계에 대한 두려움도 똑같이 가지고 있다. 친밀한 관계를 두려워하는 남성 역시 혼자 있는 것을 두려워하기는 마찬가지다. 자율적이고 독립적이든지, 아니면 사랑하고 소속되든지 둘 중 하나여야 한다고 믿는다면 우리는 그 둘 다를 두려워할 수밖에 없다.

방랑자는 혼자서는 살아남을 수 없을 것이라는 두려움에 맞서 외로움과 고립, 심지어 사회적 배척의 대가를 치르게 되더라도 진정한 자기 자신이 되기로 결심한다. 누구나 인생의 어느 시기가 되면 독립적인 삶과 친밀한 관계, 이 두 가지가 다 중요해진다.

여성들은 혼자가 되는 것이 두려운 나머지 이타주의자 단계에 너무 오래 머무는 경향이 있다. 그리고 이 두려움은 혼자 사는 여성은 남자 하나 얻지 못한 인생 실패자라고 여기는 세상의 관념 때문에 더욱 커진다. 여성이 혼자 살기를 바라는 것은 결코 좋은 생각이 아니며, 그것은 곧 아이를 낳아 키우는 의무를 저버리는 것이기에 전혀 여성답지 않다는 것이다.

반면에 남성들은 독립성에 너무 매력을 느껴 그것에서 벗어나지 못한다. 우리 문화에서 독립성은 남성다움과 거의 동의어이다. 뿐만 아니라 남성들의 독립성에는 비장감마저 감돈다. 독립적이고 완벽한 삶을 살기 위해 사랑에 대한 욕구를 희생시킬 때 특히 그렇다. 대니얼 레빈슨(인생의 중년기에 관한 연구를 집중적으로 한 예일대학교 심리학과 교수)이 쓴 남성 발달에 대한 연구서 『남자 인생의 사계절*The Seasons of a Man's Life*』에 보면, 높은 성취를 이룬 남성일수록 자신의 아내 모습을 제대로 묘사하지 못한다.

베티 프리단(미국의 사회심리학자)이 여성해방운동에 큰 영향을 미친 『여성의 신비*The Feminine Mystique*』를 출간한 뒤, 많은 여성은 직업을 가져야 자유로울 수 있다는 결론을 내렸다. 물론 부분적으로는 맞다. 여성이 스스로 먹고살 만큼의 수입을 가지면 자기만의 선택을 할 자유가 더 많아지기 때문이다. 그러나 오늘날 많은 여성들은 심한 공허감을 느끼고 있다. 성공하기 위해 남성들과 같은 직업관을 갖게 되자, 여성의 삶이 관계 중심에서 성취 중심으로 바뀐 것이다.

타인에 대한 욕구를 부정할 때마다 우리는 어떤 부분에서는 그들을 차단하게 된다. 그렇게 함으로써, 사람들을 차단하는 만큼 고독한 자기애에 빠지게 된다. 타인과 연결되고 싶은 열망을 차단한 결과 외로워지는 것이다.

삶에서 방랑자 원형이 깨어나면 우리는 실제로는 전혀 혼자가 아닌데도 자신이 외부로부터 단절되었다고 느낀다. 외로움을 느끼는 상황에는 여러 가지가 있다. 한 가지는 정말로 혼자 살고 혼자 여행하고 홀로 시간을 보내는 경우이다. 그러나 무한정 그렇게 지낼 수 있는 사람은 드물다. 또 다른 경우는 자신의 외로움을 숨기는 방법도 있다. 심지어 자기 자신에게조차! 그중 하나가 자신의 느낌과 소망을 무시한 채 타인이 원하는 것을 하고 타인이 원하는 모습으로 존재하는 것이다. 외로움을 숨기는 또 다른 방법은, 다른 사람들을 자신의 욕망을 충족시키는 수단으로 삼는 것이다. 이때는 상대방을 한 인간 존재로서 제대로 보려고 하지 않는다. 한 사람은 위에 있고 다른 사람은 밑에 있는 이런 관계는 실제로는 외로운 관계일 수밖에 없다.

외롭게 지내는 또 다른 방식이 있다. 전통적인 성역할에서 봐 왔듯이 완벽한 여성이나 남성, 완벽한 어머니나 아버지, 완벽한 상사나 직원 등을 자신의 역할로 받아들여 늘 그렇게 행동하는 일이다. 아니면 사이가 좋지 않은데도 계속 가족과 함께 사는 것도 외롭게 사는 한 방법이다. 그런 식으로 불행한 결혼 생활도 유지할 수 있고, 공통점이 거의 없는 룸메이트와도 한방을 쓸 수 있다. 이렇게 외로운 상황이 심각해지면, 세상 사람 모두가 자신을 이용하려 한다고 생각하게 된다.

내 말투가 너무 비관적으로 들리지 않도록 서둘러 다음의 문장을 덧붙여야겠다. 사실 이 모든 전략들은 자신이 탐구 여행을 떠나겠다는 결심을 굳히기 위해 그만큼 많은 궁리를 하고 있다는 뜻이다. 두려움에서 생기는 공허감과 상처는 자신을 발견하거나 혹은 새롭게 탄생하기 위해 행동하는 계기가 된다. 성장도 변화도 없이 일생을 소외감과 외로움 속에 살아가는 사람들도 분명 많다. 하지만 이 시기를 '숨어 있는 영웅'이 되는 기회로 삼는 이들도 있다. 그들은 겉으로는 늘 그랬듯 평범한 삶을 살지만, 실제로는 새로운 생각을 하며 다른 대안을 떠올리는 시기로 활용한다. 내가 아는 어떤 여성은 지극히 전통적이고 피상적인 결혼 생활을 피난처 삼아 11년을 보내면서, 그 안전한 고치 안에 숨어서 날아오를 준비를 했다. 결혼할 당시 그녀는 그런 것을 전혀 알지 못했다. 전통적인 여성의 역할에서 오는 공허감과 부부 관계의 외로움이 그녀를 새로운 탐구의 길로 나아가도록 자극한 것이다. 속박 속에서 느끼는 소외감은 많은 이들에게 방랑의 첫 단계가 되어 주며, 그럼으로써 여행의 첫걸음을 떼는 의식적인 선택을 하게 된다.

전형적인 방랑자는 작은 마을을 떠나 여행에 몸을 맡긴다. 비트족(1920년대 대공황 시기에 태어나 2차세계대전을 경험한 세대로, 세상의 고정관념에 저항한 작가와 예술가 그룹)과 그 후의 히피 세대 영웅들은 먼 길을 떠났다. 서부극의 영웅들은 말을 타고 석양 속을 달린다. 현대의 여성들도 부모나 남편, 연인과 작별하고 여행을 떠난다.

오늘날 방랑자와 관련해 가장 흔한 주제는 외로움을 무릅쓰고 직장을 떠나는 것이다. 그러나 작은 도시를 떠나지 않는 사람, 자신을 구속하는 결혼생활을 떠나지 못하는 배우자, 회사에 계속 남아 있는 근로자도 방랑자 못지않게 외롭다. 도시든 결혼 생활이든 회사든 급격한 변화를 겪고 있으므로 그곳에 계속 머물러 있다 해도 변화에 맞추기 위해 자신이 발전해야 하며, 그 과정에서 반드시 정체성의 혼란을 겪는다.

여행을 떠날 시간이 되면 방랑자는 결혼을 했든 하지 않았든, 자녀가 있든 없든, 남들이 선망하는 직업을 갖고 있든 아니든 외로움을 느낀다. 그 감정은 피할 길이 없다. 그 감정을 회피하려고 하면 오히려 자신이 처한 상황을 모른 척하게 되기에 배워야 할 것들을 더 늦게 깨달아 더 오래 외로움 속에 머물게 된다. 강한 모험심을 지니고 탐구 여행을 시작하는 사람도 있지만, 많은 경우에는 소외감이나 숨 막혀 죽을 것 같은 두려움 때문에 어쩔 수 없이 여행길에 오르기도 한다. 연인이 죽거나 사람들에게 버림받거나 배신을 당해 여행을 떠나기도 한다.

이 단계의 사람에게는 먼저 다가가 진정으로 친밀한 관계를 맺으려고 노력해도 소용없다. 그들은 친밀한 관계에 계속 벽을 쌓을 것이다. 이 단계에서 그들의 발달 과제는 홀로 있음을 이겨 내는 것이기 때문이다. 하지만 그런 마음을 솔직하게 말할 정도로 자신의 성장 과정을 충분히 인식하는 사람도 드물다. 대부분의 사람들은 "물론 나도 친해지고 싶어."라고 말하면서도 친밀한 관계를 의도적으로 거부한다. 자신이 실제로 혼자라는 사실을 자각하는 일만이 그들을 앞으로 나아가게 할 수 있다.

이 단계에서는 오히려 누군가로부터 버림을 받는 것이 도움이 된다. 방랑자가 부모나 연인, 심리 치료사나 정신분석가, 교사 등을 자기 세계로 들어오지 못하게 할 때는, 그 방랑자가 자신의 성장을 위해 스스로 창조한 외로움을 충분히 느끼도록 멀리 떨어져 있어 주는 것이 중요하다. 그렇지 않으면 자신이 쌓아 올린 벽을 넘어오려는 타인들에 맞서 싸우느라 정작 자신의 외로움을 뼈저리게 인식하는 일에서는 멀어지게 된다.

어떤 사람들은 버림받아야 성장 여행을 시작한다. 샬롯 브론테(『제인 에어*Jane Eyre*』를 쓴 영국 소설가)의 소설 『빌레트*Villette*』에 나오는 루시 스노우가 그런 사람이다. 바다 건너 다른 나라로 일자리를 찾아 떠난 루시는 세상살이의 조건을 이겨 내려 애쓴다. '여자 혼자 사는 어려움'에도 열정을 포기하지 않는다. 그녀는 타인을 위해 봉사하는 일에 기꺼이 자신의 삶을 바친다. 그러나 루시가 한곳에 정착할 때마다 작가는 등장인물들을 죽게 만든다. 루시가 자신의 삶을 살기로 선택하지 않은 것에 대해 어떤 변명도 할 수 없게 만드는 것이다.

오늘날 남성들은 처음으로 힘이 반드시 자유를 가져다주지 않는다는 사실을 깨닫게 되었다. 상대방보다 한 걸음 앞서기 위해 전력투구할 때마다 어느 틈엔가 감옥에 갇혀 버린다. 남자들은 여자나 우는 것이라고 배웠지만, 자신의 고통을 다른 이들과 나눌 수 없는 것보다 더 큰 외로움은 없다.

방랑자의 여행은 우리에게 자신만의 고유한 세계를 찾을 것을 요구한다. 충분한 고독 없이 자신을 발견하는 일은 불가능하므로 자신을 분명하게 보기 위해 매일 이따금 홀로 있는 시간이 필요하다. 우리는 진정한 자신을 찾는 과제를 피하기 위해 많은 전략을 사용한다. 자신에게 정체성을 안겨 줄 이상적인 배우자나 완벽한 직업 등을 찾는 것이다.

물론 삶이 늘 우리의 대본대로 흘러가지는 않는다. 자신의 계획과 다르게 실제로 일어나는 일들에서 우리는 배움을 얻고, 이 경험들을 통해 자신이 무엇을 원하고, 무엇을 믿으며, 자신이 중요하게 여기는 가치가 무엇인지 하나씩 배워 나간다. 지금까지의 틀에 박힌 생활을 그저 계속한다면 자신이 누구인지, 무엇을 원하는지 결코 알지 못할 것이다. 성장하기 위해 어느 정도 방랑의 길을 걸어야 하는 이유가 여기에 있다.

우리는 자아를 가지고 이 세상에 오지만, 그 자아는 충분히 발달한 정체성이라기보다는 하나의 잠재 가능성에 불과하다. 자신의 역할을 제대로 해내지 않으면 자아를 형성하기 어려울 수도 있다. 주어진 역할을 잘 해냈을 때 우리는 처음으로 자존감을 느낀다. 따라서 어떤 역할을 할 것인지 선택하는 것은 자신의 정체성을 결정하는 첫걸음이다.

예를 들어 여성은 머릿속이 단순한 미인, 능력 있고 신뢰할 수 있는 사람, 두려움 없고 앞일을 걱정하지 않는 모험가, 어머니처럼 잘 돌봐 주는 역할에서 선택을 할 수 있다. 또한 좋은 학생이 되기 위해 노력할지 말지, 부모님을 기쁘게 해 줄지 반항아가 될지도 선택할 수 있다. 직업여성이 될지 전업주부가 될지도 선택할 수 있고, 미술을 공부할 것인가 과학을 전공할 것인가도 선택의 문제이다. 심지어 아무것도 선택하지 않는 것조차 결과적으로는 일종의 선택이 된다. 이 모든 역할 중에서 하나를 선택해 자신에게 맞는지 안 맞는지 시도해 보면서 진정한 자신에 대한 시각을 가질 수 있다.

역할을 잘 해내면 자존감이 높아져서 그 역할과 별개로 '나는 누구인가'에 대해 좀 더 근본적인 질문을 던질 수 있게 된다. 아니면 스스로 너무 높은 기준을 설정한 나머지 자신이 하는 모든 일에 불만족하고 심한 우울증에 빠질 수도 있다. 이때는 상황의 본질을 이해하는 심리 치료사나 친구의 도움을 받아, 그 위기를 자신의 사회적 역할 밖 자아를 발견하는 기회로 삼을 수 있다.

이런 식으로 계속 성장해 나가다 보면 어느 순간 자신의 본질은 자신이 수행하는 역할과 다르다는 것을 자각하기 시작한다. 처음에 좋게 여겼던 역할이 차츰 공허하게 느껴질 때 우리는 그런 구분을 하기 시작한다. 사실 이것은 이제 세상의 관념에 따라 선택하지 않고 자신이 정말로 원하는 것을 주장하기 시작했음을 의미한다. 가령 한 여성은 자신이 지금 하고 있는 모든 일들이 1년 전이나 10년 전, 혹은 심지어 30년 전에 선택한 역할 때문에 이미 정해졌음을 알게 된다. 게다가 그 선택조차 당시의 사회적 분위기나 가족, 친구들에게 영향을 받은 것이어서 자신이 그 선택을 할 때 전혀 자유롭지 못했다는 사실도 이해한다. 모두가 그렇게 한다는 이유로 결혼을 했고, 직장을 그만두었으며, 아이를 가졌던 것이다.

실제로 그 선택을 했을 당시는 경험도 많지 않았고, 자신이 진정 무엇을 원하는지 그다지 명확하지 않았다. 그 선택들이 더 나은 사람이 될 수 있게 도와준 것은 사실이다. 그러나 스물두세 살에 자신의 모습을 선택하고 남은 생을 그 선택에 따라 살아야만 한다는 세상의 기대는 자유롭게 새로운 삶을 선택하는 데 걸림돌이 될 수밖에 없다.

물론 잘못된 것을 바로잡는 일은 가능하다. 과거에 내린 서투른 결정 때문에 사회나 타인들, 그리고 자기 내면의 목소리가 자신에게 '종신형'을 선고하는 것은 옳지 않다고 결론 내리고 새로운 선택을 시작할 수 있다. 그러나 그렇다 해도 상황은 단순하지 않다.

어쩌면 더 이상 아내 역할을 하지 않겠다고 결정할 수도 있다. 삶을 실험해 보고 세상에 대한 자신감을 갖기도 전에 결혼을 했기 때문이다. 아이가 있을 경우에는, 자신이 지금 부모로서 준비가 되었는지 상관없이 그 책임을 계속 질 수밖에 없다.

역설적이지만 부모나 직장인으로서의 책임감과 개인적 탐구 사이의 도저히 해결될 것처럼 보이지 않던 갈등을 해결할 때 우리는 진정한 자신을 더 온전히 발견하게 된다. 타인을 돌보는 일과 자기 존재에 대한 책임이 조화를 이루도록 순간순간 결정을 내리는 과정 속에서 자기 자신을 알아 나가는 것이다. 과거의 선택에 대해 책임을 지는 동시에 모든 상상력을 동원해 자신의 탐구 여행을 계속할 방법을 찾아 나가면서 우리는 성장한다.

방랑자가 한 번에 모든 배움을 얻는 것은 아니다. 방랑자는 어린 아이였을 때 친구들이나 교사에게 일반적이지 않은 생각을 말함으로써 처음으로 독립적인 행동을 시도한다. 그러다 부모에게서 벗어나 더 이상 아이가 아닌 어른이 된다는 것의 의미를 탐구해 나가면서 방랑자 원형의 영향을 더 많이 받는다. 성인이 되어서는 결혼이나 직장, 친구들까지 잃을 각오를 하고 자신의 가슴과 신념을 따름으로써 방랑자 원형을 더 깊이 경험한다. 이것은 평생 계속되는 과정으로, 단순히 위험을 감수하는 것만으로 끝나지 않는다. 때로 우리는 무엇인가를 얻기 위해 좋은 것 하나를 잃어야 한다.

방랑자가 자신을 위해 처음으로 선택을 할 때는 이타주의자나 전사와 마찬가지로 미숙하고 서툴다. 이들은 대개 자신이 원하는 것과는 전혀 다른, 타인들의 의견을 따르며 살아왔다. 너무 오래 그렇게 해 왔기 때문에 막상 자신의 존재를 위해 행동하려고 할 때는 이미 억울한 감정이 깊어진 상태이다. 그 결과 참아 왔던 분노를 폭발시키며 자신을 위한 선택을 하기도 하며, 혹은 어려운 결정을 의식적으로 미룰 수도 있다. 이때는 자신도 모르게 무의식적인 마음이 작용해 규칙을 어김으로써 어쩔 수 없이 현재 상황에서 내쫓기게 될 수도 있다. 이브가 새로운 세계의 탐험을 적극적으로 선택하는 대신 규칙을 어겨 에덴동산에서 추방당한 것처럼.

타인을 위해 희생하고 남을 행복하게 해 줄 때 칭찬받는 환경에서 성장하면, 독립적인 삶을 갈망하는 것 자체에 죄책감을 가질 수 있다. 따라서 방랑의 첫 시도는 겉보기에는 통제가 안 되는 돌출 행동으로 여겨질 것이고, 눈에 띄게 잘못되어 보일 것이다. 이들은 술집에서 많은 시간을 보내고, 문란한 생활을 하며, 심지어는 절도 행각을 저지르면서 사랑하는 이들에게 상처와 실망을 안긴다. 물론 이들이 그렇게 하는 것은 사랑을 받으려면 착하게 행동해야 하는데, 지금의 울타리 안에서 착하게 행동하는 것은 다른 사람들을 기쁘게 하기 위해 자신의 여행을 포기하는 것을 의미하기 때문이다.

불행히도 이런 패턴은 파멸을 부른다. 왜냐하면 그런 행동 양식에 사로잡힌 사람은 갈수록 자신을 무가치한 존재라고 믿게 되기 때문이다. 사랑하는 이들이 위협을 느끼고 반감을 나타내더라도 자신의 여행을 시작해 자신이 진정으로 누구인지 발견할 책임이 스스로에게 있다는 것을 누군가가 일깨워 줘야만 한다.

방랑이 필요한 시기에 방랑을 하지 않을 때 나타나는 또 다른 현상은 몸이 아픈 것이다. 자신이 처해 있는 상황이 반복되는 것을 중단시키기 위해 무의식적으로 아프게 되는 것이다. 그러나 자기 자신으로 존재하는 데 좀 더 익숙해지면 그럴 필요가 없어진다. 자신을 구하기 위해 극적으로 상황을 벗어나거나, 변화의 필요를 자각하기 위해 죽음에 내몰리는 등의 순탄치 않은 위기는 더 이상 없게 된다. 방랑자는 궁극적으로 우리에게 '자기 자신이 될 것', 매 순간 온전히 자기 자신에게 진실할 것을 가르쳐 준다. 이를 위해서는 많은 연습이 필요하며, 모든 관계 속에서 자신의 몸과 마음, 그리고 자신의 정신, 영혼과 늘 연결되어 있어야 한다. 그렇게 하는 한, 크게 분노를 폭발시킬 일은 일어나지 않는다.

방랑의 첫 단계에서 중요한 것은 예민함이 아니라 행동에 옮기는 일이다. 고아에게 중요한 존재가 구원자라면 방랑자를 변화시키는 인물이나 개념은 악당 혹은 감금자이다. 사실 악당이 자기 삶에 정말로 위협적인 존재라는 것을 인식할 수 있어야만 여행을 시작하는 동기가 된다. 일단 어떤 개인이나 단체, 신념 등이 자신을 불행하게 만드는 원인임을 알아차렸을 때 비로소 그 원인을 피하거나 달아날 수 있다.

이 시기는 분리의 단계이다. 남성을 압제자로 인식하는 여성해방론자, 백인을 적으로 보는 유색인종, 자신의 직장을 혐오하고 회사나 상사에 비판적인 직원, 자본가들은 절대 신뢰할 수 없다고 결론을 내린 노동자계급과 빈민층 사람들—이들 모두 자신들을 억압하는 집단과 가능한 한 분리되어 살려고 분투노력한다. 억압당하는 사람의 정체성이 억압하는 자의 가치관에 의해 결정될수록, 억압당하는 사람은 그 사실을 깨닫고 억압으로부터 분리되어 독립된 집단 정체성을 형성하려고 한다. 예를 들어 여성들은 스스로에게 질문을 던진다.

"여성스러움에 대한 고정관념에서 벗어나 여성으로 존재한다는 것은 어떤 의미일까?"

직장에서 방랑자들은 조직의 사고방식이 개인의 정체성을 결정하는 압력에 저항해 스스로를 다르게 정의하려고 노력한다. 결혼이라는 덫에 걸렸다고 느끼는 남자나 여자는 자신의 배우자가 악당이라는 사실을 먼저 인식해야 이혼을 정당화할 수 있다. 마찬가지로 직장을 떠날 수 있는 유일한 길은 회사에 문제가 많다거나 고용주가 직원들을 착취한다고 스스로 확신하는 것이다.

고전적인 영웅 신화에서 젊은 영웅은 왕국이 폐허로 변해 가는 것을 깨닫고 홀로 여행을 떠나기로 결심한다. 왕국이 황폐해지고 낯선 곳이 되어 버린 것은 늙은 왕 때문인데, 이때의 왕은 무능하거나 범죄자이다. 좀 더 현실적인 이야기에서는 왕이 폭군으로 등장한다. 큰 뜻을 품은 영웅은 미지의 땅으로 가서 괴물과 대결하고 성배나 신성한 물고기 같은 보물을 발견하고, 왕국에 새 생명을 불어넣는 데 필요한 것들을 가지고 돌아온다.

이런 신화에서 모험을 마치고 돌아온 영웅은 종종 왕이나 여왕으로 추대된다. 온 국민이 그 새로운 통치자의 말을 따른다. 그러나 시간이 흐르면서 새로운 통치자도 어쩔 수 없이 세상을 보는 자신의 방식을 고집하게 되고, 그것이 세상의 발전을 가로막는 걸림돌이 된다. 그러면 그다음 세대의 젊은 도전자가 나타나 왕의 독선으로 왕국이 폐허 상태가 된 것을 알아차린다. 젊은이는 이 현실을 인간 사회의 불가피한 문제로 해석하는 대신 늙은 통치자를 악당이라고 선언한다. 이런 식으로 이야기가 반복된다.

고아는 왕이 자신을 잘 보살펴 주기를 바라고, 이타주의자는 왕국이 더 잘 돌아가도록 왕에게 힘을 보태는 방식으로 상황에 대처할 것이다. 하지만 우리 안의 방랑자는 왕과 여왕이, 즉 우리가 떠받드는 사람들이나 우리를 구원해 줄 것이라고 믿었던 자들이 악당이고 폭군이라는 사실을 인식한다. 이때 우리가 할 일은 그 악당과 결별하고 떠나는 것이다. 우리 자신의 존재를 주장할 수 있을 만큼 그들과 충분한 거리를 두는 것이다. 어떤 경우에도 영웅의 여행을 미루지 말아야 한다는 것이 중요하다.

방랑자 원형은 심리 치료를 통해 깨어나는 경우가 매우 많다. 내담자가 불행으로 고통받을 때, 심리 치료사는 그 고통이 그들의 어머니(나쁜 여왕)나 아버지(나쁜 왕)의 실패한 인생에서 비롯된 것임을 볼 수 있게 돕는다. 그러면 내담자는 새로운 결정을 내리고 자신만의 여행을 시작할 용기를 얻는다. 물론 이런 접근 방식은 내담자가 고아 단계에서 벗어나지 못하고 있거나, 그 사람 내면의 방랑자를 깨울 필요가 있을 때 가장 효과가 있다.

방랑자 원형이 이미 깨어 있는 사람의 경우에는 그가 정말로 달아날 필요가 있는지 없는지를 따지는 것은 중요하지 않다. 그 자신은 이미 그럴 필요가 있다고 결론 내렸기 때문이다. 한번은 내 친구가 결혼 생활 상담을 받으러 오는 한 여성에 대해 불평한 적이 있다. 그 여성의 남편은 그녀를 행복하게 해 주기 위해서라면 무슨 일이든 하는 자상한 남자인데도, 그 여성은 그를 계속 악당으로 여긴다는 것이었다. 친구가 가장 짜증이 났던 부분은 그 여성이 더할 나위 없이 행복한 결혼 생활을 누릴 완벽한 조건을 갖추고 있다는 점이었다.

하지만 내 친구가 놓친 것은, 그 여성이 남편과 함께 사느라 자신만의 여행을 할 수 없기 때문에 결혼 생활이 행복하지 않았다는 사실이다. 남편과 함께 있는 한 그녀는 타협해야 하고, 그의 기분을 맞춰 주기 위해 노력하고, 자신만의 여행을 포기할 수밖에 없는 많은 일들을 해야만 했다. 아무리 멋진 사람이라 해도 남편은 그녀를 감금하는 사람이었으며, 그와 함께 있으면서 동시에 그녀 자신일 수 있으려면 남편과의 사이에 충분한 경계선을 그을 수 있을 때까지 얼마간 떨어져 있는 시간이 필요했던 것이다.

똑같은 이유로 십 대들은 자신의 부모를 고지식하고 억압적이고 도저히 이해가 안 되는 존재로 단정 짓는다. 자신이 떠나려는 대상—부모, 자식, 연인, 직업, 혹은 삶의 방식—이 나쁘다는 결론에 이르지 않고는 자신의 떠나는 행위를 정당화하기 어렵기 때문이다. 단순히 성장이 필요하기 때문에 떠난다는 것은 생각할 수 없는 일이다. 그리고 떠나야 할 시기에 떠나지 않으면 구원자는 억압자가 된다. 내 경험에 비추어 보면, 만약 누군가가 갑자기 당신에게 적대적이 되었거나 그 사람을 기쁘게 해 주던 행동 방식이 더 이상 통하지 않는다면, 그때는 당신이 급격히 변했거나 상대방이 변화를 겪고 있어서 둘 사이의 관계가 더 이상 맞지 않게 되었음을 알아차릴 필요가 있다. 아마도 당신의 오랜 친구나 연인은 당신과 어느 정도 거리를 두는 것이 필요할 것이다. 당신이 그 거리를 허용하지 않는다면 상대방은 그 거리를 확보하기 위해 계속 싸움을 걸어 당신을 악당으로 만들 것이다.

만약 당신이 그 거리를 허용하고 상대방이 성장할 공간을 주기로 결정한다면, 결국 당신은 새롭고 더 깊고 진실한 관계를 보상으로 받을 가능성이 높다. 아니면 최악의 경우, 상대방을 놓아줌으로써 두 사람 모두를 위해 좋은 일을 했다는 사실을 알게 될 것이다. 이때 당신은 혼자 남겨지는 것이 두렵고, 사랑하는 이를 자신의 뜻대로 통제하고 싶고, 따라서 그 사람의 여행을 무산시키고 싶을 것이다. 그렇더라도 잠시 숨을 고르고, 자신을 돌아보고, 자신의 두려움과 외로움을 직시해 이겨 낸 후 그 사람을 놓아주는 것이 최선이다.

우리 모두에게 '저항'은 정체성 형성에 가장 중요한 요소이다. 사회나 가정, 학교, 공동체는 특정한 행동 양식을 따르도록 압력을 가한다. 이로 인해 우리는 오히려 자신의 '다름'을 인식하고 자신의 정체성을 모색하게 된다. 사회의 요구에 제대로 적응하지 못하면 카멜레온이 되거나, 아니면 다른 이들과 자신을 분리시키는 위험을 감수하는 선택의 위기에 직면한다.

위험을 감수하고 미지의 세계로 걸어 들어가는 것은 '시험의 길'에 들어서는 일이다. 이것은 영웅에 입문하는 첫 관문이라 할 수 있다. 우리 대부분은 삶에서 종종 이 첫 관문을 경험한다. 자신이 아는 안전한 세계에 머물고자 하는 욕망과, 과감히 미지의 세계에 부딪쳐 보고 더 성장하고 싶은 욕구 사이에서 우리는 매번 흔들린다. 십 대 청소년이나 젊은이들이 성장해 집을 떠나면서 고통을 겪는 이유도 이 갈등 때문이다. 중년의 위기에 경험하는 어려움도 마찬가지다. 자신이 해 온 역할이나 성취, 타인과의 관계에 바탕을 둔 정체성에서 벗어나 '나는 누구인가' 하는 심리적이고 영적인 질문에 직면하게 되는 것이다. 사람이 죽음을 앞두고 두려움을 느끼는 것도 바로 이 때문이다.

선사시대 유럽에서 살았던 인간 종족을 주제로 한 M. 아우얼의 연작 소설 『동굴곰족*Clan of the Cave Bear*』에는 방랑자의 딜레마가 잘 묘사되어 있다. 어느 날 최초의 호모사피엔스 중 하나인 에일라가 수영을 하던 중 지진이 일어나 부족 전체가 몰살당한다. 그때 에일라는 고작 다섯 살이었다. 며칠 동안 혼자 헤매던 그녀는 동굴곰 부족의 여성 주술사에게 발견된다. 동굴곰 부족도 인간이긴 하나 호모사피엔스보다는 한 단계 아래이다. 이들은 놀라운 기억력을 갖고 있지만, 추상적 사고나 문제 해결력은 그다지 뛰어나지 못하다. 또한 매우 엄격한 가부장적인 성역할을 갖고 있다. 중요한 부분에서 일탈 행위를 하면 사형에 처해질 수 있다. 그런 삶의 방식이 그들의 유전자 속에 깊이 각인되어 있어 부족의 누구도 일탈 행위는 생각조차 하지 않는다.

자신의 한계를 뛰어넘어 더 성장하고 싶은 욕망과, 다른 사람들을 기쁘게 하고 환경에 적응하려는 욕망 사이의 갈등은 방랑자의 상황에서 흔히 일어나는 일이다. 에일라 이야기가 그것을 잘 보여준다. 그녀는 주위의 동굴곰 부족 사람들과 눈에 띄게 다르고, 그들은 그녀의 '다름'을 두려워한다. 그래서 그녀 역시 두렵긴 매한가지다. 그녀의 '다름'이 그녀의 생존에 위협이 되었기 때문이다. 아이일 때 에일라의 생존은 동굴곰 부족 사람들을 기쁘게 하는 일에 달려 있었다. 그러나 자기 자신을 찾기 위해 자신이 누구보다 사랑하는 이들을 떠나야만 한다. 그래야만 그들을 기쁘게 하려고 타협하는 일을 중단할 수 있기 때문이다.

에일라가 느끼기에 자신이 동굴곰 부족 사람들과 가장 다른 점은 자신이 남성적 특성과 여성적 특성 둘 다를 지니고 있다는 것이었다. 그녀에게는 남성의 일과 여성의 일 둘 다를 수행할 능력이 있었다. 또 자신이 할 수 있는 일이라면 무엇이든 배우고 싶어 할 만큼 호기심이 많았다. 부족 사람들과 함께 있을 때는 집단의 방식에 순종함으로써 그 갈등을 해결했지만, 혼자 있을 때는 사냥하는 법을 몰래 터득했다.

아니나 다를까 그녀가 가진 사냥 능력은 발각될 수밖에 없었고, 부족은 그런 그녀에게 죽었다고 선언을 한다. 이 부족은 그 선언의 힘을 매우 강하게 믿기 때문에 죽었다고 선언이 된 사람은 대개 실제로도 죽었다. 그런데 동굴곰 부족의 신화에는 한 가지 규정이 있었다. 죽었다고 선언된 자가 일정한 달이 지난 뒤 살아서 돌아오면 다시 부족의 일원으로 받아들여질 수 있었다. 이것은 에일라가 추운 겨울을 견디며 오랜 기간 혼자 힘으로 살아남아야 한다는 걸 의미했다. '혼자 힘으로'라는 것은 단지 육체적으로 살아남는 일만이 아니라 정서적 위기를 딛고 부족 사람들과 반대되는 자신의 감각을 신뢰하는 법을 배우는 것까지 의미한다. 즉 사람들이 그녀를 죽은 사람으로 취급해도 그녀는 완전히 확신하지는 못하지만 자신이 살아 있다고 여겨야 하는 것이다.

에일라가 돌아왔을 때 부족민은 그녀를 받아들인다. 그녀는 다시 부족의 일원이 되기를 간절히 원한다. 왜냐하면 그동안 지독히 외로웠기 때문이다. 하지만 혼자 힘으로 버텨 낸 경험이 에일라에게 훨씬 더 자신감을 심어 주었고, 그 결과 부족의 관습에 덜 휘둘리고 더 독립적이 되었다. 그러던 중 아이를 갖게 되자 에일라는 부족에서 도망친다. 이는 자신의 집과 남편을 떠나는 것을 상징한다. 에일라가 도망친 이유는 부족 사람들이 그녀의 아이를 돌연변이로 여겨 죽일지도 모르기 때문이다. 다행히 에일라는 자신의 아이가 기형이 아님을 알게 된다. 하지만 아이는 절반은 동굴곰 부족이고, 절반은 '다른 종족'(호모사피엔스)이기 때문에 부족의 다른 아기들과는 다른 모습이다.

에일라의 총명함과 부족장의 자비심이 보태져 상황이 큰 문제없이 해결되지만, 점점 더 독립적이고 모험적이 되어 가는 에일라와 갈수록 혼란스러워하는 부족민 사이의 충돌은 커져만 간다. 그러나 결단을 내리는 것은 불가능해 보인다. 그녀는 그들을 너무 사랑하고, 그들 역시 그녀를 사랑하기 때문이다. 관계를 끊기를 원하는 사람은 거의 없다. 단 한 사람만 제외하고.

이제 악당이 등장한다. 에일라가 부족민으로부터 받는 관심을 시기해 그녀를 극도로 미워하던 남자 브라우드가 새 부족장이 된 것이다. 그가 가장 먼저 한 행동은 에일라의 죽음을 다시 한 번 선언하는 것이다. 에일라는 자신과 같은 사람들인 '다른 종족'을 찾아서 떠난다. 과연 그들을 만날 수 있을지 알지 못한 채. 소설의 속편 『말들의 계곡*Valley of the Horses*』에서 우리는 에일라가 동굴곰족 사회에서 떨어져 나와 세 번의 혹독한 겨울을 포함해 3년을 지내는 모습을 보게 된다. 그녀의 곁에는 동굴사자 한 마리와 말 한 마리만 있을 뿐이다.

아이를 남겨 두고 부족을 떠나긴 했지만 그녀는 혼자 있기 위해서는 자신의 중요한 부분을 포기할 수밖에 없다는 사실을 안다. 순종하면 사랑받을 수 있지만, 그렇지 않으면 남은 생을 혼자 지내야 한다. 예를 들어 동굴곰족 사람들은 웃거나 울지 않는다. 말들의 계곡에서 홀로 지내며 에일라는 덜 외롭기 위해 자신의 어떤 부분을 기꺼이 포기할 것인지 곰곰이 생각한다. 결국 사냥은 포기하겠지만 웃는 것은 포기할 수 없다고 결론을 내린다. 그녀는 온전히 자기 자신으로 살 수 있는 공동체를 발견할 수 있을 것이라고는 생각하지 않는다. 자신과 같은 종족의 남성이 그녀를 발견하고 그녀와 사랑에 빠졌을 때도—그는 단순하게 세상 사람 모두가 웃고 울 줄 안다고 생각하며, 사냥을 잘하는 여성을 좋아하고 높이 평가했다—에일라는 그를 믿지 못하고 그가 성차별적 생각을 가진 동굴곰족 남자인 양 대한다.

중요한 것은, 에일라가 느낀 정체성에 대한 위협이 진짜였다는 것이다. 그녀는 육체적으로나 정신적으로나 살아남기 위해 동굴곰 부족에게 전적으로 의존해야만 했다. 부족 안에 남아 있으려면 자신의 모습을 일부 포기하고 타협해야 했다. 자신에게 부모 역할을 해 준 부족장과 여성 주술사를 비롯해 부족 사람들을 기쁘게 하기 위해 자신을 훈련시키고, 동시에 처벌받지 않는 한도 내에서 최대한 관습에 저항하면서 그녀는 중요한 배움을 얻었다. 여기서 우리는 어린 시절에서 청소년기로 넘어갈 때 경험하는 '복종'과 '반항'이라는 두 가지 교훈을 엿볼 수 있다.

타인과 어울리기 위해서는 자신의 중요한 부분을 일부 포기하고 타협해야 한다는 믿음은 사랑에 대한 욕구와, 그 욕구만큼이나 강한 '진정한 나'를 탐구하고 싶은 욕구를 동시에 보여 준다. 이 믿을 수 없을 만큼 강한 두 가지 충동이 치열하게 갈등을 일으키기 때문에 처음에 우리는 순응 쪽을 선택하고 자신의 중요한 부분을 포기한다. 그리고 그것을 통해 사랑과 소속감이 자신에게 얼마나 큰 의미를 갖는지 배운다. 그러나 결국에는 갑자기 방향을 바꿔, 다른 이들의 보살핌이나 자신의 생존보다도 훨씬 중요한 자신만의 여행, 혹은 자기 자신을 선택하게 된다.

우리는 방랑자라는 전통적 영웅에 대해 그다지 환상을 갖지 않는다. 우리의 문화가 고전 속 영웅의 '혹독하고 외로운' 여행을 지나치게 부각시키기 때문이기도 하지만, 사회에는 함께 협력해서 일할 사람들이 필요하기 때문이다. 이타주의자 원형이 갖는 순교자적 태도와 마찬가지로, 문제는 방랑자 원형 그 자체에 있는 것이 아니라 그 원형의 의미를 사람들이 오해하는 데 있다. 마찬가지로 고통 그 자체가 목적인 양 고통을 정당하게 여긴다면 순교는 파괴적이 된다. 고독 역시 고독 자체를 가치 있는 것으로 여길 때 단순히 공동체로부터의 도피 행위가 된다. 예를 들어 독립을 성숙과 동일시해 다른 사람이 필요 없는 것이라고 정의 내릴 때, 그 독립은 오히려 개인의 성장을 가로막는다.

그러나 자기 자신을 발견하고 자신의 진실성을 위해 고독한 여정을 선택하는 것은, 그 선택으로 인해 혼자가 되고 사랑받지 못한다 해도, 궁극적으로는 자신을 지키면서 다른 사람들을 사랑하기 위한 전제 조건이다. 자신을 알고 자신이 무엇을 원하는지 알기 위해서는 자기 자신과 다른 사람들의 차이를 볼 수 있도록 관계에 적절한 경계선을 긋는 것이 필수적이다. 오직 그때만이 다른 사람들을 마음으로부터 공감하고 존중하면서 동시에 자기 자신을 위해 필요한 일을 할 수 있다.

적당한 경계선을 긋는 것은 자신의 천직을 찾기 위해서도 필수적이다. 인간이 된다는 것은 전에 없던 것을 있도록 만드는 창조자가 된다는 의미이다. 우리가 신의 형상에 따라 창조되었다는 말의 의미가 그것이다. 에일라는 혼자 계곡에 있으면서 도구를 만들고 발명했으며, 말과 동굴사자를 길들였다. 새로운 약 조제법과 옷 입는 법, 머리 손질법도 실험했다. 자신이 혼자서도 생존할 수 있다는 사실을 깨닫게 되자, 자신이 원래부터 가진 창의성과 능력을 마음껏 발휘할 수 있었다. 그런 식으로 자신의 잠재력을 탐구하면서 에일라는 도구들과 자기 밖의 경험을 창조했을 뿐만 아니라, 자신이 자랑스러운 존재라는 사실을 발견했다.

일은 우리가 자신의 정체성을 찾는 데 도움을 준다. 무엇보다 노동은 인간의 생존 방식이기 때문이다. 독립해서 혼자 힘으로도 살아갈 수 있다는 것을 알게 되었을 때 우리는 다른 사람들에게 의존할 필요가 없어진다. 그것을 넘어, 보수를 받고 하든 취미로 하든 자신의 영혼을 표현할 수 있는 일을 찾으면 자신의 창조물들을 통해 자신을 발견하게 된다. 방랑자의 여행 역시 선택, 생산성, 창조성과 동떨어진 것이 될 수 없다. 자신이 진정으로 원하는 일을 하면서 스스로 생존할 수 있다는 것을 알게 되면, 자신의 본질적인 부분을 포기하지 않고도 사람들과 조직에 휘둘리지 않고 인생을 살아갈 수 있다.

아무리 사랑받고 싶고 인정받고 싶고 소속되기 원한다 해도, 자기 자신에게 헌신하기 전까지는 외로울 수밖에 없다. 그 헌신은 전적인 것이어야 한다. 필요하다면 온전히 자기 자신이 되기 위해 공동체나 사랑을 포기할 만큼. 아마도 그것이 내가 아는 가장 안정감 있는 사람들, 자신에 대해 가장 분명한 정체성을 지닌 사람들이 엄청난 위험을 무릅쓴 이유일 것이다. 이 목록에는 나의 몇몇 친구들의 이름도 포함된다. 영혼 깊이 예술가가 되어야 한다는 음성을 듣고 자신의 예술을 추구하기 위해 부유한 남자와의 결혼 생활을 포기한 여성, 자신이 발명한 상품을 개발하는 사업을 시작하기 위해 안정된 직장을 떠난 중년 남성, 그리고 사회적으로 외면당하거나 직장을 잃을 위험을 무릅쓰고 자신이 동성애자임을 공개적으로 밝힌 남성과 여성. 또한 자신의 교파에서 여성 성직자를 받아들일지 확신할 수 없는데도 성직자가 되기 위해 과학자로서의 지위를 떠난 여성도 포함시키고 싶다.

모든 방랑자가 그런 식으로 극적인 결정을 내리는 것은 아니지만, 어떤 수준 이상으로 성장하려면 자기 자신에게 전적으로 집중하고 헌신할 필요가 있다. 이타주의자 경우와 마찬가지로 우리는 몇 가지 단계를 거친다. 먼저 그런 어려운 선택을 해야만 하는 사실에 화를 내는 것으로 시작한다. 처음에는 고아처럼 행동하면서 누군가가 우리를 보살펴 줘야 한다며 발로 차고 소리를 지른다. 아니면 누구도 자신의 본래 모습을 사랑해 주지 않는다고 불평하고, 자신은 이런저런 걸 하고 싶지만 그 분야에서는 일자리를 구할 수 없다고 불평한다. 다시 말해, 삶이 힘들다는 불만을 나열하면서 자신이 정말로 원하지 않는 안정된 직업을 선택하거나 안전해 보이는 관계에 머무는 것이다. 그런 것들이 그다지 만족감을 주지 않는데도 말이다.

그러던 어느 날 "우리는 모두 혼자 걷는 거야. 어느 누구도 예외 없이."라고 말하면서 명치끝에서 느끼는 외로움과 실존적인 공허감을 인정한다. 어떤 사실을 완전히 인정하고 느끼면 다른 곳으로 나아갈 수 있게 된다. 성장을 거부하면 스스로를 가두게 되지만, 외로움을 인정하면 반란을 꾀하게 된다. 즉, 자신이 정말로 원하는 것을 하고, 정말로 사랑하는 사람을 사랑하고, 정말로 관심 있는 일을 하고, 자신이 누구인지 발견해 나가면서 조용하게 혹은 공개적으로 실험적인 행동을 하는 것이다. 그때 에일라가 자신을 벗 삼아 살아가면서 발견한 기쁨 같은 것이 찾아온다. 이 경우에 홀로 있음은 외로움과는 완전히 다른 의미이다. 자기 자신에 더 가까워질수록 덜 외로워진다. 자기 자신과 함께할 때 우리는 결코 혼자가 아니다.

이와 같이 방랑자의 여행은 다른 사람들이 우리를 어떻게 생각할까 하는 걱정에서 우리를 해방시켜 준다. 나아가 본연의 자기 자신과 자신만의 여행을 온전히 껴안을 수 있게 해 준다. 톰 로빈스(미국의 소설가)의 소설 『카우걸 블루스*Even Cowgirls Get the Blues*』에 나오는 시씨 행크쇼는 그 사실을 이해한 대표적인 영웅이다. 시씨는 기형적으로 큰 엄지손가락을 가지고 태어났다. 모든 사람이 그녀를 장애인으로 여기지만, 그녀는 그런 방식으로 사물을 보는 것에 저항한다. 십 대 때 시씨는 거울 앞에서 자신이 아름답다는 사실을 깨닫는다. 성형수술로 엄지손가락 크기를 줄이면 '정상적인 삶'을 살 수 있었다. 그녀가 그 대안을 심각하게 생각하고 있을 때 그녀의 손가락이 씰룩거리기 시작하더니 그녀에게 "용기가 있다면 다른 차원의 삶에 도전해 보라."고 설득한다.

성형수술 대신 시씨는 세계 최고의 히치하이커가 되기로 결심한다. 그녀의 실력이 어찌나 뛰어난지 그녀가 커다란 엄지손가락을 세우면 4차선 반대편에 가던 차가 그녀를 태워 주기 위해 멈출 정도이다. 그녀는 히치하이킹을 도의 경지까지 끌어올린다.

하지만 다른 사람들처럼 시씨에게도 자신에 대한 회의감이 밀려온다. 그런 회의감을 이기지 못해 결혼을 하고 자신의 경력을 포기한다. 그러나 남편이 키우던 애완용 새를 시씨가 새장 밖으로 날려 보내자 남편은 그녀를 정신과 의사에게 데려간다. 정신과 의사 로빈스 박사는 시씨를 이해한다. 그는 심리학자인 동료 의사에게 시씨가 세계 최고의 히치하이커가 된 것이 얼마나 인상적인지 이야기하며 자신이 받은 감동을 설명한다. 그녀는 자신에게 진정으로 의미 있는 삶을 찾은 사람인 것이다. 핵심을 이해하지 못한 동료 의사는 그녀가 자신의 고통을 초월했다는 뜻인지 묻는다. 로빈스 박사는 그런 이야기가 아니라고, 초월은 무엇인가를 뛰어넘는 것을 연상시키는데, 그런 사고방식으로는 시씨의 내면 세계를 알 수 없다고 말한다.

그는 계속해서 말한다.

"비결은 고통을 초월하는 것이 아니라 탈바꿈시키는 것이지. '초월'에는 고통을 나쁘게 여기거나 부정하는 의미가 있는데, 그렇게 하는 게 아니라 고통을 더 온전히 드러내고 그 안에 숨어 있는 의미를 찾는 것이야. 겁에 질려서 현실을 초월하려고 시도하면 건강한 충동이 있을 수 없어. 반면에 경이롭고 창조적이며 용기 있는 방식으로 행동함으로써 물리적 현실을 탈바꿈시키는 것이지."

시씨가 로빈스 박사의 삶에 일으킨 변화가 얼마나 컸던지, 그는 안부 전화만 하고는 다시는 병원으로 돌아가지 않는다.

이런 관점에서 보면 모든 사람이 영웅적인 존재이다. 우리가 할 일은 단지 자신이 누구인지 흔들림 없이 확신하는 것이다. 자신이 괜찮다는 것을 사람들에게 증명하느라 조금이라도 시간을 쏟을 필요가 없다. 모두가 무조건적으로 자신을 사랑하는 법을 배우면 된다. 방랑자의 여행을 떠난 사람들은 직장이나 공동체에 매우 큰 자산이다. 그들은 새로운 아이디어를 가져오는 정찰병 역할을 하며, 진실을 말하는 것을 두려워하지 않는다. 그리고 열정을 쏟아 세상을 위해 일한다.

고립과 외로움 속으로 깊이 들어간 사람은 궁극적으로 공동체로 돌아온다. 시씨는 카우걸들을 만난다. 또 에일라는 자신과 동일한 종족을 발견한다. 관습 타파에 열을 올리던 사람은 마침내 자신에게 맞는 일터를 찾아 공동체 안에서 적극적인 역할을 하면서 정착한다. 그리고 방랑자는 의존 단계에서 독립 단계를 거쳐 마침내는 상호 의존이라는 맥락에서 자율성의 단계로 나아간다. 독립성과 함께 외로움까지 껴안는 법을 배운 사람은 자신이 인간적인 유대를 그리워한다는 사실을 깨닫는다. 이제 그는 새로운 차원에서 친밀한 관계를 맺을 수 있는 능력을 갖게 되었다. 왜냐하면 다른 사람들 속으로 합류해 들어가는 것을 두려워하지 않을 만큼 강한 자아를 발달시켰기 때문이다. 놀랍게도 그는 자신이 혼자 설 준비가 되었을 때 비로소 자신의 본래 모습을 있는 그대로 사랑해 주는 사람들이나 공동체를 만나게 된다는 사실을 깨닫는다.

자기 자신을 선택하면서도 관계에 대한 갈망을 거부하지 않을 때, 겉보기에는 해결이 불가능할 것처럼 보이던 갈등이 사라진다. '의존 아니면 독립'이라는 이분법을 넘어, 세상을 보는 이 새로운 방식 속에서 온전히 자기 자신이 될 때 사랑과 존경, 공동체라는 보상이 따라온다. 하지만 이 보상을 충분히 누리기 위해서는 좀 더 기다려야 한다. 관계 속에서 자신이 원하는 것을 주장하는 전사의 능력, 다른 사람들에게 베풀고 헌신하는 이타주의자의 수용 능력, 세상에 부족한 것은 없으며 우리는 타고난 권리로서 필요한 사랑을 모두 가질 수 있다는 순수주의자의 앎을 얻을 때까지 기다려야만 한다. 그렇지 않고 서두르다가 삶을 빼앗기는 대가를 치를 필요는 없다.

*Moon of Long Nights*(긴 밤들의 달)

# 4

# 전사

누군가에게 헌신한다는 것은
지금 눈앞에 존재하는 결함 있는
인간을 사랑하는 것을 의미한다.
진실한 마음으로 그렇게 할 때,
그 헌신은 변화의 힘을 갖는다.
그때 친밀감과 기쁨이 오가는
마법 같은 관계가 생겨난다.

## 내 삶의 주인공으로 살기 위해—전사

삶과 자신에 대해 높은 기준을 가지고 있는가? 성취하기 위해 자신을 몰아붙이는가? 피해와 모욕과 공격에 맞서 자신이나 다른 사람을 방어하는가? 무엇보다 성취가 자신에게 중요한 의미를 갖는가? 할 수 있는 한 최고가 되기 위해 밤잠 안 자고 노력하는가? 필요 이상으로 더 열심히, 더 오래 일하지는 않는가?

모임에서 만나 처음 인사를 나눌 때면 사람들은 묻곤 한다. "무슨 일을 하세요?" 심지어 아이들조차 일상적으로 질문을 받는다. "넌 커서 뭐가 되고 싶니?" 전사 유형의 사람은 직업이 무엇이고 얼마나 성공했는가에 따라 사람들을 평가한다. 삶에서 자신의 가치를 증명할 수 있는 곳이 바로 직장이기 때문이다. 전사 유형의 사람은 생산적인 일을 하지 않으면 자신이 무가치한 존재라고 느끼기 때문에 일을 내려놓지 못한다.

이 모든 성향은 인간이 수렵과 채집에 의존해 살던 시대부터 시작되었다. 간신히 허기를 채우며 살고 있는 자신을 상상해 보라. 당신은 배가 고프다. 당장 먹을 것을 구하지 못하면 당신 자신뿐 아니라 당신에게 의지하고 있는 이들이 죽게 될 것이다. 압박감이 극심하고, 당신의 위는 쥐어짜듯 쓰리다. 남자인 경우에는 다른 남자들과 사냥에 나선다. 여자라면 다른 여자들과 함께 열매나 채소류 등 먹을 수 있는 것은 무엇이든 채집한다. 남자든 여자든 성공적으로 먹을 것을 구해 오면 허기를 채울 뿐 아니라 다른 이들의 존경도 받는다. 만약 계속해서 식량을 구하지 못한다면 죽음을 맞을 수밖에 없다.

여유 시간을 누릴 수 있을 만큼 충분한 식량을 가지고 있을 때 당신은 새로운 형태의 무기를 설계하고, 채집한 식량을 운반할 바구니나 음식을 담고 저장할 그릇을 발명한다. 당신뿐만 아니라 구성원 모두가 기술을 연마하는 것이 얼마나 필수적인 일인지 안다. 따라서 당신은 가능한 한 최고의 사냥꾼, 최고의 채집가가 되기 위해 부단히 노력한다. 뛰어난 실력을 발휘할수록 사람들로부터 많은 존경을 받는다. 실제로 부족 경제에서는 모두가 서로의 역량에 의존한다. 현대사회에서도 '자질'에 대해 이야기하지만, 원시사회에서 뛰어난 자질은 말 그대로 전부를 의미했다. 미숙한 기술로 엉성하게 일을 하면 구성원 모두의 생명과 안전을 위험에 빠뜨렸다. 그러므로 당신이 가진 정확성과 기술은 부족 내에서 당신이 어떤 사람인지 보여 주는 척도였다.

먹을 것에 대한 허기뿐 아니라 인간 삶에는 많은 종류의 허기가 있음을 기억한다면 사냥과 채집으로 살아가던 시절의 삶이 어떠했을지 쉽게 상상할 수 있다. 우리는 음식에만 굶주려 있는 것이 아니라 사랑, 성적 행위, 권력, 모험, 때로는 삶의 진정한 의미에도 굶주려 있지 않은가.

사냥꾼과 채집가의 삶은 우리 내면의 전사 원형과 이타주의자 원형에 대한 깊은 배경을 제공해 준다. 나아가 남성과 여성이 왜 종종 그렇게 달라 보이는지도 설명해 준다. 남성의 문화는 전사(사냥꾼)의 전통에서 비롯된 반면 여성의 문화는 이타주의자(채집가)의 전통에서 유래되었다. 고대의 이러한 성역할 속에서 남성들은 먹잇감을 사냥하기 위해 소규모 조직을 이루었고, 이 조직은 서로 죽이고 위협하고 경쟁하는 사냥꾼 무리나 씨족, 부족으로 발전했다. 여성들도 식량을 찾아 들판이나 덤불숲을 누빌 때 아이들을 돌보고 서로를 챙기기 위해 무리를 이루었다.

당신의 욕구를 충족시키고자 할 때 이 두 가지 원형을 이용할 수 있다. 당신 안의 전사는 당신이 치열하게 싸워 승리를 손에 넣도록 돕고, 이타주의자 원형을 이용하면 공동체 안에서 상호 간의 이익 관계를 발전시킬 수 있다. 이 공동체 안에서는 모두가 기여하고, 모두가 받으며, 따라서 누구도 부족함이 없다.

지금 세상에서는 전사 원형이 남성만큼이나 여성에게도 중요하다. 치열한 경쟁 속에서 경제활동을 해야만 하기 때문이다. 뿐만 아니라 전사 원형은 나와 타인 사이에 그어진 경계선을 지켜 준다.

그렇기 때문에 전사 원형이 잠들어 있는 사람은 학대받거나 무시당하고 자신의 존재를 제대로 평가받지 못할 위험이 크다. 또 전사 원형은 우리를 근본적인 욕망과 연결되도록 도와주기 때문에 중요하다. 자신이 무엇을 원하는지 알도록 돕고, 그것을 얻기 위해 앞으로 나아가게 한다. 사냥꾼에서 시작된 전사의 역사, 그리고 그 원형이 어떻게 발전해 왔는가를 생각한다면 전사 원형이 왜 그토록 능력과 성취를 중시하는지 알 수 있을 것이다. 사냥을 하거나 무기 만드는 데 무능력하다는 것은 그 자체로 죽음을 의미했다.

성년이 된 사람의 삶에서 스스로를 부양하는 능력은 기본적인 것이다. 현대사회에서 '사냥'에 해당하는 것은 직장을 구하는 일이며, 또 그 직장에서 뛰어난 능력을 보여 줘야 한다. '먹지 않으면 먹힌다', '살아남기 위해 이겨야 한다' 등의 표현은 현대의 직장 세계에 전사 문화가 얼마나 뿌리 깊은지 말해 준다. 게다가 실직은 자존감뿐 아니라 가족을 부양하는 능력까지 위태롭게 한다. 말 그대로 죽을 곤경에 처하는 것이다.

자신이 하는 일이 아무리 미천하더라도 그 일에 뛰어난 능력을 발휘하면 자부심이 생긴다. 자신과 가족을 먹여 살릴 급료를 들고 집에 올 때도 자긍심을 느낀다. 정말 힘들게 노력해서 성공을 거두었을 때 전사의 자부심은 하늘을 찌른다.

어느 날 우리 가족이 모여 요즘 젊은이들이 얼마나 많은 스트레스를 받는지 이야기하고 있을 때였다. 미국에 이민 와서 사업으로 성공한 내 남편의 할아버지께서 불쑥 말씀하셨다.

"너희들이 스트레스에 대해 알기나 하니? 스트레스란 말 한마디 못하는 나라에 와서 낯선 동네에 가기 위해 지하철을 타는 것이란다. 일자리를 구하지 못하고 집에 돌아오면 아내와 자식들이 굶을 거라는 걸 아는 것, 그것이 진짜 스트레스다."

그 말에 모두 입을 다물 수밖에 없었다.

무엇인가를 쉽게 얻은 사람은 힘들고, 불쾌하고, 위험한 일을 해냈을 때 얻는 자부심이 부족한 경우가 많다. 스스로를 부양하는 능력을 얻기 전까지는 세상에 자신의 가치를 진정으로 증명했다고 할 수 없다. 그러나 자칫하면 이 단계의 여행에 갇힐 수가 있다. 사회적 압력이 높아져만 가고, 광고와 물질 만능주의는 유혹을 더해 가고 있기 때문이다. 우리는 더 많은 것을 살 수 있도록 더 많은 돈을 버는 것이 자신을 증명하는 일이라 생각한다. 얼마 지나지 않아 그런 노력은 자신의 진정한 욕구나 필요를 만족시키지 못하게 되며, 삶은 지루해진다.

창으로 들소를 사냥하거나 사랑하는 사람들을 지키기 위해 침략의 무리들과 대결하려면 격렬함이 필요하다. 하지만 만약 당신이 관료적인 업무 환경에서 일하고 있다면? 자신이 하는 일이 중요한 기여를 하고 있다는 느낌도 들지 않고, 실수를 저질러도 심각한 결과로 이어진다는 생각 없이 그저 무감각하게 서류를 작성하고 있다면? 그렇기 때문에 전사는 아드레날린이 계속 분출되도록 자신이 소속된 조직 안에 여러 가지 정치적 책략들을 만든다.

광고 역시 인간의 원초적 욕망을 자극해 상품에 대한 2차적인 심리적 욕구를 만들어 낸다. 광고는 당신이 어떤 향수나 애프터셰이브 로션을 바르면 멋진 애인이 생기거나 적어도 상대방을 유혹할 수 있을 것이라고 은연중에 약속한다. 어떤 즉석식품을 사면 좋은 부모가 될 것이고, 어떤 자동차를 사면 자유를 만끽하게 될 것이라고 선전한다. 만약 이런 상품들 덕분에 정말로 사랑을 발견하고, 자녀들을 훌륭하게 돌보고, 가고 싶은 곳은 어디든 갈 수 있다면 당연히 인간의 진정한 만족을 실현하는 데 도움이 될 것이다. 그러나 불행히도 상품 자체가 주는 만족감은 그리 오래가지 못한다. 당신의 모든 관심이 오직 돈을 많이 벌어 더 큰 텔레비전을 사고 여러 가지 물건을 구입하는 데 집중되어 있다면, 마음은 틀림없이 온갖 걱정거리로 가득 차고, 동시에 무척 지루해질 것이다.

매력적인 레바논 억양을 지닌 나의 동료 크리스 사데가 몸을 앞으로 숙이고 주먹을 흔들면서 자신이 진정으로 원하는 것을 알아야 한다고 강조할 때 청중은 열광한다. 그가 그렇게 말할 때 청중 속에는 두려움을 느끼는 이들도 있다는 것을 나는 안다. 그들은 자신이 진정으로 갈망하는 것을 알고 싶어 하지 않는다. 만약 그것을 알게 되면 자신의 삶을 바꿔야 할지도 모르기 때문이다. 그러나 오늘날 많은 사람들은 한 가지 속담에서 진리를 발견한다. '자신이 원하지 않는 것은 아무리 가져도 부족하다.'는 것이다. 자신의 진정한 허기와 갈망에 다가가지 않는다면 돈, 지위, 심지어 표면적으로 자유를 갖는다 해도 불행할 수밖에 없다.

모든 원형이 그렇듯이 우리 안의 전사 원형도 위대한 선물을 가져다줄 수 있다. 하지만 무엇을 이루고 어떤 것을 얻기 위해 노력하는지는 잊은 채 전사의 방식에만 사로잡히면 결국 추락하게 된다. 자기 존재에 대한 근본적인 질문, 즉 자신이 뼛속 깊이 무엇을 원하는지 물음을 던질 용기가 있을 때, 전사 원형은 그 갈망을 실현할 수 있는 집중력과 기술과 추진력을 줄 것이다.

우리 안의 전사에게 에너지를 불어넣는 것은 자부심과 자존감이다. 악당에게 모욕을 당한 총잡이 카우보이는 보복을 하기 위해 정오의 뙤약볕 아래서 결투를 벌인다. 자신의 명예가 걸린 일이다. 무시를 당하고도 가만히 있는 것은 전사에게는 수치 그 자체이다. 또한 다른 사람, 특히 약하고 방어할 힘이 없는 사람이 학대당하게 내버려 두는 것도 불명예스러운 일이다.

카멜롯 전설에서 기사단이 곤경에 처한 이들을 구하는 것은 당연한 도리이다. 또한 누군가를 구해야 하는 상황이 아니라면, 마음에 들지 않는 사람이라고 해서 싸움을 하지는 않는다. 그렇게 하는 것은 불명예스러운 행동으로 여긴다. 덧붙여 그들은 정정당당하게 싸우겠다고 맹세하며, 무기를 갖고 있지 않은 사람은 해치지 않는다는 원칙도 여기에 포함된다. 자신을 방어할 준비가 되어 있지 않은 사람을 이기려 드는 것은 진정한 기사도 정신에 어긋나기 때문이다.

전사의 전통에 담긴 이 고결한 정신은 오늘날에도 중요하다. 사업 분야의 전사들은 멋진 대결을 벌여 훌륭한 경쟁자를 물리치는 것을 좋아한다. 운동경기도 마찬가지다. 실력이 비슷한 팀들이 막상막하의 경기를 벌일 때 명승부가 펼쳐진다. 공정한 대결을 펼치지 않는 전사들은 시간이 지나면 자존심도 잃고 다른 사람들의 존경심도 잃는다. 심지어 그들 자신이 보기에도 악당이 되어 간다.

전사 원형은 내적 규율과도 관계가 있다. 유혹을 받거나, 올바르지 않은 방법으로 속임수를 쓰거나, 게으름을 피우고 방탕한 생활을 하려고 할 때 당신 내면의 전사는 당신이 그것을 거부하도록 돕는다. 우리 안의 전사 원형은 우리의 감각적인 욕망이 부정적인 방향으로 나아가지 않도록 금을 그어 준다.

전사 원형이 등장하는 대부분의 이야기에서 영웅은 목숨을 위협당하는 모험을 수차례 겪는데, 상황이 험난할수록 이야기는 더욱 흥미진진해진다. 하지만 영웅은 결코 포기하는 법이 없다. 불가능해 보이는 역경을 물리치고 승리할 방법을 찾는 일에 힘과 용기와 창의성을 발휘한다.

구원을 갈망하는 고아의 여행을 생각하면 얼마나 큰 진전이 이루어졌는지 알 수 있다. 자신을 구원받아야 할 희생자로 여겼던 생각을 버리고, 이 단계에서 우리는 타인을 구원하는 전사와 자신을 동일시한다. 이때 자신이 얼마나 강하게 느껴지겠는가! 전사는 사람들이 자기 삶의 주인이 되도록 도와주고, 자기 자신뿐 아니라 다른 사람들도 돕도록 격려한다.

전사 원형은 범죄자를 추적하는 형사, 진리와 정의와 가치를 위해 악에 맞서 싸우는 만화 속 슈퍼 영웅, 전쟁터로 떠나는 군인의 모습에 들어 있다. 또 승부를 내야만 하는 운동경기, 약육강식이 지배하는 기업들의 세계, 정치 활동, 사회운동, 노조 활동 등에서도 전사 원형이 나타난다. 때로는 동료, 친구, 연인 간의 힘겨루기에도 그 원형의 모습이 엿보인다.

인간의 뇌 구조는 인류의 진화 역사를 고스란히 담고 있다. 오늘날 인간 뇌의 어떤 부분은 조상인 파충류와 포유류의 뇌와 흡사하다. 안전, 음식, 성에 대한 기본적인 욕구를 충족시키고자 할 때 우리 안의 전사 원형은 인간의 특징뿐 아니라 공격적이고 자기 영역을 주장하는 파충류의 성향을 드러낸다. 물론 여기에 배움을 얻으려 하고, 자기 분야에서 성공하기를 원하고, 근본적으로 충만하고 만족스러운 존재가 되려는 인간 고유의 목적이 더해진다. 이것은 파충류에게는 없는 모습이다. 하지만 목표를 이루는 데 사용되는 모든 공격적인 수단은 파충류적인 면을 담고 있다.

또한 우리 안의 전사는 무슨 일이 있어도 목숨을 부지하려는 본능을 넘어서도록 돕는다. 온전한 인간이 된다는 것은 때로는 대의를 위해 고통을 견디고 죽음을 감수할 필요가 있음을 아는 것이다. 비교신화학자 조지프 캠벨은 여러 문화에 존재하는 신성한 전사의 전통을 이야기하면서, 강인한 전사들이 때로는 고문을 참아내다 죽음에 이른다는 사실에 주목한다. 굴하지 않고 고통을 견디는 그들의 능력은 전사가 지닌 최고의 덕목인 용기, 불굴의 의지, 인내심을 보여 준다.

# 정오표(正誤表)

바로잡습니다.

p.127 4 전사

자신을 표현하고 타인과의 사이에
적절한 경계선을 긋는 기술은
사람들과 긍정적인 관계를 맺게 해 주며,
궁극적으로는 삶 자체를 사랑하고
음미할 수 있게 한다. 건강하고
친밀한 관계를 맺으려면 자신의
진정한 모습과 자신이 원하는 것을
표현할 수 있어야 한다.

p.161 5 이타주의자

누군가에게 헌신한다는 것은
지금 눈앞에 존재하는 결함 있는
인간을 사랑하는 것을 의미한다.
진실한 마음으로 그렇게 할 때,
그 헌신은 변화의 힘을 갖는다.
그때 친밀감과 기쁨이 오가는
마법 같은 관계가 생겨난다.

전사의 정신을 지닌 사람은 심리 치료를 받을 때 당황해서 입을 다물 수도 있다. 심리 치료에서는 감정 그대로를 느낄 뿐 아니라 그 감정을 타인과 공유해야 하기 때문이다. 고아 단계에 있는 사람은 자신의 감정을 느끼는 법을 배우면 된다. 그렇게 하면 그 감정을 이겨 내고 내려놓을 수 있다. 반면에 전사는 자신이 느끼는 감정을 힘의 원천으로 삼으려고 노력한다.

전사의 이야기는 선이 악을 이길 수 있고 반드시 이길 것이라는 희망을 준다. 하지만 전사의 이야기에 담긴 더 근본적인 메시지는, 인간이 자기 자신을 위해 용기를 가지고 싸울 때 자신의 운명을 바꿀 수 있다는 것이다. 따라서 선이 승리하지 못하는 결말은 힘이 빠진다. 왜냐하면 그 결말이 우리를 무력한 존재라고 느끼게 만들며, 우리 사회의 중요한 신념 체계를 약화시키고, 냉소주의와 절망감을 깊어지게 하기 때문이다.

반면에 영웅이 악당을 물리치고 승리를 거두면 우리 자신도 괴물을 알아볼 수 있을 뿐 아니라 그 괴물을 물리치는 것이 가능하다는 믿음이 깊어진다. 자기 삶을 스스로 책임질 수 있고, 자신의 문제를 직접 해결할 수 있으며, 나아가 더 나은 세상을 만들 수 있다는 믿음이 생긴다. 그렇게 함으로써 우리는 우리 모두의 내면에 있는 고아, 즉 곤경에 처한 자신을 구출한다. 전사는 자기 내면의 고아에게 말한다.

"너 자신을 구원해 줄 누군가를 꼭 밖에서 찾아야만 하는 건 아냐. 내가 너를 돌봐 줄 수 있어."

전사는 우리에게 세상 속에서 자신의 힘을 주장하고, 자신의 정체성을 분명히 표현하라고 가르친다. 그 힘은 육체적인 것일 수도 있고, 심리적인 것일 수도 있으며, 지적인 것일 수도, 영적인 것일 수도 있다. 육체 차원에서 전사 원형은 자신의 생존권을 주장하는 역할을 한다. 전사의 의식에는 자기방어가 포함되는데, 자신이 공격을 당하면 기꺼이 싸우겠다는 의지가 그것이다. 심리적 차원에서 전사는 어디까지가 자신의 영역이고 어디서부터가 다른 사람의 영역인지 건강한 경계선을 긋는다.

지적인 면에서 전사 원형은 어느 길, 어떤 생각, 어떤 가치가 더 도움이 되고 삶의 질을 높여 주는지 분간하는 안목을 키우도록 돕는다. 영적 차원에서는 어느 신앙이 삶에 더 활기를 불어넣어 주고, 어느 신앙이 자신 안의 생명력을 억압하고 불구로 만드는지 구별할 수 있게 해 준다. 또한 자신의 가슴과 영혼에 자양분을 주는 것을 위해 싸울 수 있도록 돕는다. 인간 정신을 약하게 하고 쪼그라들게 하는 것들에 대해서는 진실을 밝히고 그것이 우리 삶 속에 들어오지 못하도록 과감히 물리칠 수 있게 한다.

전사의 역량을 키우는 일은 풍요로운 삶을 위해 꼭 필요한 요소이다. 이타주의자 원형의 부족한 면을 보완해 주는 데도 그것이 필요하다. 이타주의자는 자신을 다른 이들을 위해 희생해야 하는 사람으로 여긴다. 반면에 전사는 초기 단계에서는 자신을 보호하기 위해 다른 이들을 물리쳐야 한다고 생각한다. 전사가 서슴지 않고 그런 행동을 하는 것은 자신의 자긍심에 헌신하겠다는 표현이다.

즉 자신은 이곳에 존재할 권리가 있으며, 다른 사람들로부터 위엄 있게 대우받고 존경받을 권리가 있다는 기본적인 의사표시이다.

역사적으로 여성, 소수 집단, 유색인종, 노동자 계층은 열등한 존재로 규정되어 왔다. 그래서 이들은 주로 다른 사람들을 위해 봉사하는 역할에 한정되었다. 그런 생각이 본인들의 머릿속에도 각인되어, 누군가를 위해 봉사하지 않으면 자신은 이곳에 있을 권리가 없다고, 즉 자기 자신을 위해서는 존재할 권리가 없다고 무의식적으로 믿게 되었다. 많은 여성은 남편과 자녀, 직장 상사가 바라는 것을 만족시킨 후에야 자신이 원하는 일을 할 수 있다고 생각한다. 그런 요구는 결코 완전히 만족되는 법이 없기에 여성은 자신을 위해 무엇을 하면 죄책감을 느낄 수밖에 없다. 심지어 조깅하러 가는 것과 같은, 기본적으로 건강에 필요한 일이라 해도 죄의식을 갖는다. 그 결과 심각하게 자신이 고아가 된 것처럼 느낀다.

과거에 조연으로 다른 사람들의 뒷바라지 역할을 맡았던 많은 이들이 이제는 스스로를 전사로 인식하기 시작한다. 정글의 법칙이 지배하는 세상의 경쟁에서 뒤처지지 않으려는 열의 때문이기도 하지만, 동등한 권리를 위해 투쟁하려는 사회운동가적인 충동 때문이기도 하다. 하지만 문제는 생각보다 복잡하다. 여성이나 유색인종이 권리를 주장하는 것에 대해 세상이 두려움을 갖고 있기 때문에 그들이 전사로서 자신의 모습을 드러내는 것은 쉽지 않다. 그래서 여성은 종종 자신의 전사 기질을 모성애나 매력적인 외모로

가린다. 남성 동료처럼 자기주장을 강하게 펴는 여성은 욕을 먹으며 묵살당하거나, 비정상적이거나 여성스럽지 않다고 간주되기 때문이다. 마찬가지로 내게 심리 상담을 받으러 온 흑인 남성들은 자신들이 어디서든 행동을 자제하고, 차분하고 유능하며 따뜻하게 배려하며 행동해야 한다고 불평한다. 그렇지 않으면 많은 백인들이 자신들을 화난 흑인으로 여겨 두려워한다는 것이다.

우리의 문화가 자신을 한 단계 낮추는 태도를 미덕으로 여기는 반면에 우리 안의 전사는 평등하게 인정받는 것을 중요하게 여긴다. 더 전형적인 전사는 경쟁을 통해 자신이 '최고'임을 입증하려는 충동을 가지고 있다. 이는 경제 발전의 강력한 동기가 될 수 있다. 승부욕 때문에 사람들이 전력을 다해 역량을 발휘하기 때문이다. 중세의 기사들은 누가 최고의 투사인지 가리기 위해 말을 타고 창 시합을 했다. 자신의 일을 대신하기 위해 도입된 최신 기계보다 짧은 시간에 더 많은 일을 할 수 있다는 걸 증명하려다 죽음에 이른 민담 속 주인공도 같은 경우이다. 이 남자는 기차선로를 놓기 위해 터널을 뚫을 때, 바위에 폭약을 채워 넣을 구멍 뚫는 일을 맡은 인부였다. 그의 구멍 뚫는 속도는 증기 드릴 속도와 맞먹었고, 실제로 증기 드릴과의 대결에서 승리했으나 너무 힘을 쏟은 나머지 망치를 손에 쥔 채 죽고 만다.

진정한 전사는 공정한 경쟁을 추구하지만, 가짜 전사는 겉으로만 공정한 척 가장한다. 가짜 전사는 주로 여성보다 자신이 우월하다고 주장하는 데서 자존감을 찾는 남성들, 노동자 계층보다 우월하게 타고났다고 뻐기는 상류층 남녀, 유색인종보다 자신이 우월하다고 믿는 백인들이다. 자신들에게 유리한 조건이 산처럼 쌓여 있는 것일 뿐인데 이들은 단순히 더 좋은 위치에 있다는 이유만으로 스스로를 더 나은 존재라고 믿는다.

자신이 무시당한다고 느끼는 사춘기 청소년은 전사 에너지를 발산할 출구가 없으면 패거리를 만들어 다른 이들에게 공격적으로 행동한다. 아니면 마약이나 술에 빠져 몸을 망가뜨린다. 전사 원형은 늘 십 대 청소년들에게 나타난다. 그 이유는 청소년기의 발달과제가 처음으로 세상에 자신을 증명하는 일이기 때문이다.

청소년기의 남자아이는 엄격하고 고압적으로 보이는 아버지에게 억압받는다고 느낀다. 아들은 아버지가 자신의 삶을 좌지우지하려 들고, 자신의 일거수일투족을 평가하며, 아버지 자신만 늘 옳다고 생각하는 것에 불만을 품는다. 내면의 전사가 발달하기 시작하면 아들은 아버지와 언쟁을 벌이고 때로는 반항까지 한다. 하지만 아들의 전사 원형은 결국 자기 내면에 존재하는 아버지를 닮아 간다. 자신의 기준을 만들고 스스로에게 규율을 정해 주면서 노력을 통해 공부와 운동에서 성취를 이뤄 나간다. 그런 후에야 아버지가 자신에 대해 안심하고 더 이상 자신의 행동을 통제하려 들지 않는다는 사실을 알아차린다. 이제 아들은 아버지와 의견이 다를 때도 언쟁 없이 차분하게 대화를 이끌어 나간다.

아들 내면의 전사가 성장했음을 알아차리지 못하거나 인정하지 않는 아버지는 아들이 자기 관리를 할 수 있을 만큼 충분히 발전했는데도 계속 아들의 삶을 통제해 나간다. 그때 아들의 전사는 보이지 않는 곳으로 숨고 자기 파괴적인 방식으로 행동할 수도 있다. 전사 원형에 사로잡힌 아버지는 늘 경쟁적이고, 승리해야 하며, 자신이 옳아야 한다는 강박증에서 벗어나지 못한다. 내가 만난 한 남자는 자신이 이 부분에서 문제를 겪고 있음을 인정했다. 그는 체스 게임에서조차 딸에게 지는 것을 스스로 용납할 수 없었다.

전사 원형은 무엇보다 남성에게 위험하다. 사회화 과정에서 전사 에너지에 따라 살도록 입력되기 때문이다. 전사 이미지에 맞추기 위해 자신이 진정으로 원하는 것을 포기하고 실적 기계로만 살아가면 너무 큰 대가를 치르게 된다. 회사에서 이룬 성공 때문에 그들은 특권층처럼 보일 수도 있다. 그러나 책상 앞에서 일만 하다가 죽어 가는 남자들의 숫자가 놀랄 만큼 많다. 보통 우리는 남자가 일찍 사망하는 것, 그리고 종종 심장마비로 죽는 것을 당연히 여긴다. 그들이 자신 안의 전사 원형에 집착하다 일찍 죽는 것이라는 생각은 거의 하지 않는다.

전사는 온 힘을 기울여 세상을 변화시킨다. 가정, 학교, 직장, 공동체나 문화 전반에서 자신의 필요에 맞게, 또 자신의 가치관에 따라 환경을 개선하려고 시도한다. 하지만 자신의 정체성을 발견하기도 전에 전사의 길에 들어선 사람은 괴물을 무찌르는 것처럼 보여도 아무 의미가 없다. 괴물과의 대결에서 이길 수도 있겠지만 그 승리는 공허하다. 자신이 진정으로 원하는 것이 무엇인지 모르기 때문에 진정으로 원하는 것을 얻을 수도 없다. 이타심이 없는 전사는 다른 사람들을 보호하거나 돕기보다는 오직 자기 개인의 이익만을 위해 경쟁한다. 사실 전사는 더 큰 선을 위해 용기와 집중력을 쏟을 때만 진정한 영웅의 모습이 된다.

'영웅과 악당과 희생자'의 신화는 사람에 따라 무의미한 대결 구도로 보일 수도 있고, 깊은 의미를 지닐 수도 있다. 어떻게 보든 그 신화는 과거와 마찬가지로 지금도 여전히 우리 문화에 영향을 미치고 있다. 옛날처럼 운동경기나 정치나 사업에서 패배한 사람이 죄인으로 간주되는 시대는 더 이상 아니지만, 패자는 여전히 수치심을 느낀다. 단순히 승부에서 진 것이 아니라 자신이 형편없는 존재로 추락한 것처럼 여기기 때문에 나타나는 심리적 반응이다. 경제 불황기에 갑자기 재산을 잃고 자살하는 사람들의 이야기를 우리는 안다. 더 이상 정상의 위치를 누리지 못하는 현실을 받아들일 수 없는 것이다. 경제 위기로 구조조정이 확산되면서 많은 사람이 일자리를 잃는데, 이들은 자신이 패배자라는 생각 때문에 우울증의 늪에서 헤어나지 못한다. 해고당할 만한 일을 전혀 하지 않았는데도 회사에서 버림받으면 심한 수치심을 느낀다.

전사는 강인한 정신을 갖고 현실을 직시할 수 있어야 한다. 세상을 바꾸기를 희망한다면 적의 눈을 똑바로 쳐다보며 말할 수 있어야 한다. "너는 괴물이고, 나는 너를 무찌를 것이다." 혹은 "나는 네가 어떻게 생각하든 상관하지 않아. 나는 승리를 원하고, 그건 내가 너를 반드시 패배시킨다는 걸 의미해."라고 말이다. 특히 직장에서 전사는 동료가 충분히 강한지 알기 위해 시험을 한다. 나약한 겁쟁이가 있으면 다른 팀원들까지 힘이 빠지기 때문이다. 경영 팀에서 일하는 한 남자는 직장은 전쟁터나 다름없다고 부하 직원들에게 외치곤 한다.

"나는 여러분이 상황이 힘들고 불리할 때 겁먹거나 도망치지 않을 수 있는지 알고 싶습니다! 격렬한 전투를 견딜 수 있는지!"

『황금 가지*The Golden Bough*』에서 저자 제임스 프레이저(고전문학 자료를 비교 정리해 주술, 종교의 기원과 발달 과정을 정리한 스코틀랜드 출신의 민속학자)는 신화 한 편을 들려준다. 이 이야기는 전사 원형에 사로잡힌 조직의 경영진이 겪는 곤경을 암시한다. 숲의 왕은 호위병을 절대로 앉지 못하게 하고 한순간도 잠을 재우지 않는다. 누군가가 새로운 왕이 되기 위해 자신을 죽일지도 모른다는 두려움 때문이다. 프레이저는 그 상황을 이렇게 설명한다.

"세상의 어떤 군주도 이보다 더 불안하게 누워 있거나 심한 악몽에 시달리지 않았다. 해가 가고 달이 가도, 여름이든 겨울이든, 좋은 날씨든 궂은 날씨든 호위병은 외롭게 보초를 서야 했으며 깜박 졸다가 발각되면 목숨을 내놓아야 했다. 경계를 조금이라도 늦추거나 팔다리의 힘이 약간이라도 줄거나 방어 기술이 조금만 약해져도 처형감이었다. 흰 머리카락이 몇 올 생겨도 목숨을 부지하기 어려웠다."

어떤 원형이든 다른 원형들과 균형을 이룰 때 더 높은 차원의 조화롭고 긍정적인 모습으로 표현될 수 있다. 균형 잡힌 의식과 결합될 때 전사 원형은 개인적인 욕망 추구보다 사랑으로 헌신한다.

단지 자신 안의 고아나 방랑자 원형에만 연결된 전사는 지나치게 냉정해지기 쉽다. 하지만 이타주의 원형을 발달시킨 전사는 타인을 위해 싸운다. 여기에 순수주의자와 마법사 원형까지 깨어난다면 전사의 투쟁은 영적 차원에 이른다. 그때 그는 인류의 삶을 더 나아지게 하기 위해 노력할 것이다. 『샴발라—전사의 신성한 길 *Shambhala: The Sacred Path of the Warrior*』에서 초감 트룽파(티베트 출신의 영적 스승으로, 20세에 달라이 라마와 함께 인도로 망명 후 북미 최초의 불교 대학인 나로파대학을 설립했다)는 말한다.

"전사의 본질, 인간이 가진 용맹함의 본질은 그 어떤 존재도 포기하기를 거부하는 것이다."

원초적인 형태에서는 전사적인 행동이 해로운 부작용을 낳을 수도 있다. 무조건 적과 아군을 가르는 그런 이분법에서 벗어날 때 비로소 전사적인 행동은 건강하고 긍정적인 행위가 될 수 있다. 전사는 자기 자신과 사랑하는 이들이 해를 입지 않도록 보호하기 위해 행동에 나선다. 사람의 생명을 위협하는 맹수를 죽이는 것이든, 침략자 무리를 막아 내는 것이든, 산성비나 핵 확산을 인류에 대한 위협으로 여기는 것이든, 우리는 우리 모두를 지키기 위해 강력하게 행동할 전사들이 필요하다.

전사가 어떤 차원을 경험해 나가는가는 두려움에 맞서는 법을 얼마나 배웠는가에 달려 있다. 초기 단계의 전사는 말 그대로 적을 해치우는 것만이 유일한 해결로 보이기 때문에 두려움이 건잡을 수 없다. 군대 지휘관은 적의 위협에 맞서기 위한 무기가 아무리 많아도 부족하다고 생각한다. 그가 상상하는 세상은 끊임없는 위협에 둘러싸여 있다. 그의 머릿속에 등장하는 악당은 이성이라고는 조금도 없는 인물로, 그가 아끼고 소중히 여기는 모든 걸 파괴할 기회만 노리고 있다. 그가 아는 가능성은 오직 죽거나 죽이거나 이다. 정치나 사업, 운동경기, 학교 등에서의 경쟁은 그것에 비하면 가볍지만 두려움은 못지않다. 즉 자신이 패배할지도 모른다는 두려움, 최고가 못 되거나 무능력한 인간이 될지도 모른다는 두려움, 열등한 실패자가 될지도 모른다는 두려움 말이다.

그보다 한 단계 높은 차원의 전사는 적을 죽이거나 물리쳐야 할 대상이 아니라 자기편으로 만들어야 할 사람으로 인식한다. 악당이 구원받아야 할 '희생자'로 재정의되는 것이다. 전사는 자신의 삶에 희망과 의미를 불어넣어 준 진리를 들고 세상에 나아가 그것으로 세상을 바꾼다. 개인의 삶에서도 전사는 사랑하는 이들과 친구들을 변화시키기 위해 피그말리온 효과를 실천한다. 키프로스섬의 조각가 피그말리온은 자신이 만든 이상적인 여인의 조각상을 사랑하게 된다. 사랑의 여신 아프로디테에 의해 그 조각상은 실제의 여인이 되고, 피그말리온은 그녀와 결혼해 행복한 삶을 산다.

당신이 이상적이고 인간미 넘치는 세상을 건설하기를 원할 때 사람들 사이의 차이점을 있는 그대로 받아들이기는 쉽지 않다. 이타주의자는 더 좋은 세상을 만들고자 할 때 흔히 다른 사람들이 원하는 것에 맞지 않는 자신의 모습을 포기하는 방법을 쓴다. 이와 반대로 전사는 다른 사람들을 바꾸려 한다. 두 경우 모두 사랑이 넘치는 공동체를 창조하기 위해서는 '모두가 똑같아야 한다'는 것을 전제 조건으로 삼고 있다. 자신이 달라지거나, 다른 이들을 제거하거나 변화시켜서라도.

전사의 행동만으로는 이상적인 세상을 만들지 못하지만, 전사의 행동은 모두를 위한 더 나은 세상을 건설하는 데 도움이 되는 중요한 과정을 가르쳐 준다. 첫째, 전사는 자신이 중요하게 여기는 진리를 믿고, 절대적인 확신을 갖고 그 진리에 따라 행동하며, 위험에 맞서는 법을 배운다. 그러나 그러려면 먼저 자신의 삶을 책임질 수 있어야 한다. 고아는 자신을 희생자로 여기고, 방랑자는 스스로를 아웃사이더로 여긴다. 이들은 자신이 사회 속에서 아무 힘이 없다고 생각하기 때문에 어떤 책임도 질 필요가 없다. 하지만 자신을 전사로 여긴다는 것은 이렇게 말하는 것이다.

"나는 이곳에서 일어나는 일에 책임을 지겠어. 나 자신뿐 아니라 다른 이들을 위해 이 세상을 더 나은 곳으로 만들려면 내가 할 수 있는 일을 해야만 해."

둘째, 자신을 전사로 여긴다는 것은 자신의 권리를 주장하는 것이다. 전사는 어떤 것이 자신에게 해가 되는지에 대한 스스로의 판단을 신뢰한다. 그리고 어쩌면 가장 중요한 것은, 전사는 자신이 진정으로 원하고 믿는 것을 위해 싸울 용기를 다진다는 것이다. 설령 일자리를 잃고, 배우자와 친구를 잃고, 사회적 명성이나 심지어 목숨까지 잃어야 하는 상황이 올지라도.

시간이 지나면서 전사 원형도 진화되었다. 목숨을 건 검투사 시합은 축구 경기로 대체되었고, 제국주의의 자리를 기업 인수가 차지했다. 몇 년 전만 해도 성차별적인 발언을 하는 남성을 맹공격하던 여성은 지금은 따분한 말투로 "그런 한심한 소리 하지 말아요." 하고 끝낸다. 더 강해지고 자신감을 가질수록 전사는 폭력을 사용할 일이 줄어들고, 자신에게나 타인에게나 더 온화해진다. 최종 단계에 이르면 전사는 상대방을 악당이나 적, 심지어 자신이 장차 변화시켜야 할 사람으로도 볼 필요가 없어진다. 오히려 자신처럼 또 다른 영웅이 될 가능성을 지닌 사람으로 인식한다.

이처럼 전사 이야기는 '영웅과 악당과 희생자' 구도에서 '영웅과 영웅과 영웅' 구도로 진화한다. 이 단계에서는 전사가 한 가지 진리를 믿는다고 해서 다른 이상, 다른 사람, 다른 믿음에 헌신할 수 없는 것이 아니다. 겉보기에 뚜렷이 반대되는 대상을 적이 아닌 미래의 친구로 환영하는 것은 전사의 과정에서 수준 높은 성취이다.

"여기에 내가 따르는 진리가 있다. 나는 당신에게 그것을 내가 할 수 있는 한 충실히 설명할 것이다. 당신은 당신이 믿는 진리를 내게 설명해 달라."

이때 그 영웅이 맡은 임무는 물리치거나 전향시키는 것이 아니라 다리를 놓아 서로를 연결하는 일이다.

나는 학교에서 핵 공격에 대비해 책상 밑에 쪼그리고 숨는 훈련을 받으며 자란 세대이다. 그런 위협이 완전히 사라졌다고 말하기는 이를 것이다. 하지만 전쟁의 위협은 세상이 언제든 끝날 수 있다는 걸 알면서도 자신의 삶을 계속 살아 나가는 법을 배우게 했다. 자신이 가장 두려워하는 괴물과 맞설 때, 그 괴물을 죽이든 단순히 마주 보기만 하든 말을 걸어 보든, 그 과정을 통해 우리가 얻는 선물은 용기이다. 자신을 묶고 있는 두려움에서 벗어나 자유를 얻는 용기 말이다. 전사는 오랫동안 두려움과 함께 지내 왔기 때문에 마침내는 두려움과 친구가 되는 법을 배운다. 불을 뿜는 괴물이 나타난 것처럼 몸이 얼어붙거나 문제를 회피하고 억누르는 대신, 영웅은 두려움을 성장의 초대장으로 삼는다.

두려움을 긍정적인 관계로 발전시킨, 내가 좋아하는 영웅은 수잔 그리핀(여성과 자연을 동일시한 작품으로 퓰리처상과 에미상을 수상한 미국의 시인이며 작가)의 『여성과 자연*Women and Nature*』에 나온다. 그리핀은 거울에 질문을 던지는 '정직하지 못한 늙은 여인'에 대해 쓴다. 여인은 자신이 왜 어둠을 두려워하는지 거울에게 묻는다.

거울이 말한다.

"당신이 두려워하는 데는 이유가 있어요. 몸이 작아서 잡아먹힐 수 있기 때문이에요."

여인은 잡아먹히지 않도록 더 커지기로 결심한다. 그러나 그렇게 결심하자 너무 커지는 것이 두려워진다. 그러자 거울이 설명한다.

"당신이 누구인지는 너무나 분명해요. 그래서 숨는 것이 쉽지 않아요."

그래서 여인은 그만 숨기로 한다. 또다시 두려움이 밀려왔을 때 거울은 그녀에게 말한다. 그녀가 두려워하는 이유는 "자신이 보는 것을 다른 사람은 보지 못하고, 자신이 보는 것이 진실이라는 것을 아무도 그녀에게 말해 주지 않기 때문"이라고. 그래서 그녀는 다른 사람들이 뭐라 하든 자신을 신뢰하기로 결심한다.

노인이 된 여인은 자신이 생일을 두려워하는 것을 깨닫는다. 거울이 그녀에게 말한다.

"당신이 언제나 하고 싶었던 것이 있었어요. 그런데 두려움 때문에 그것을 하지 않았고, 이제 시간이 얼마 남지 않았다는 걸 당신은 알아요."

여인은 즉시 '시간을 붙잡기 위해' 거울을 떠난다. 그러다가 마침내 거울과 친구가 되고, 거울은 그녀가 두려워하던 것이 현실이 되었을 때 마음 아파하며 그녀와 함께 눈물을 흘린다. 거울 속 그녀가 그녀에게 묻는다.

"네가 아직도 두려워하는 것이 뭐야?"

여인이 대답한다.

"나는 아직도 죽음이 두려워. 아직도 변화가 두려워."

거울 속 그녀가 동의한다.

"맞아, 그것들은 당연히 두려운 일이지. 죽음은 닫힌 문이거든. 변화는 열린 문이고."

"맞아! 그리고 두려움이 그 문을 여는 열쇠이지."

여인이 웃는다.

"우리에겐 아직 두려움이라는 열쇠가 있어."

그렇게 말하며 거울 속 그녀도 미소 짓는다.

일단 자신 안의 원형이 주는 선물을 받으면 그 원형의 속박에서 놓여나게 된다. 전사 원형이 주는 '용기'라는 선물을 통해 두려움이 줄어들면 사고에 여유가 생기고 세상에 대해서도 열린 마음을 갖게 된다. 그때 현실을 '영웅과 악당과 희생자' 공식으로 나누는 것이 얼마나 작은 생각인지 깨닫는다.

톰 로빈스의 『카우걸 블루스』가 그것을 보여 준다. 시씨가 만난 목장의 카우걸들은 서부의 거친 방식대로 '오케이 목장의 결투'를 벌이기로 한다. 사연은 이렇다. 미국 정부가 연방수사국 요원 한 명을 목장으로 보낸다. 표면상으로는 목장에서 중간 휴식을 취하는 미국흰두루미들을 구조하기 위해서지만, 실제로 그 FBI 요원은 새들을 죽일 계획이다. 카우걸들은 그와 총격전을 벌일 준비를 한다. 가부장적인 문명의 폭력에 대항해 새를, 즉 자신들과 자연을 수호하기 위해서다.

그런데 마지막 순간에 카우걸들의 지도자는 위대한 여신의 환영을 본다. 여신은 그들에게 물러서야 한다고 말한다. 우선 한 가지는 그들이 FBI 요원을 물리칠 방법이 없다는 것이다. 대결이 너무 불공정한 것이다. 그러나 동시에 여신은 악당과 영웅의 개념 자체에 의문을 제기한다. 여신은, 흑인의 적이 백인이 아닌 것처럼 여성의 적은 남성이 아니라 바로 '무기력한 마음이 저지르는 횡포'라고 설명한다.

문제를 해결하기 위해 상상력을 동원해 더 심층적으로 접근해야 하는 경우도 있다. 때로는 맞서 싸우기에 악당이 너무 거대할 때가 있다. 어쩌면 여성이 전투를 벌이지 않는 이유가 거기에 있는지도 모른다. 남성이 신체적으로 더 강한 것이다. 영국이 자랑하는 거대한 군사력 앞에서 마하트마 간디는 인도를 독립시키기 위해 전형적인 군대 동원보다 더 복잡하고 성공적인 접근법을 선택했다. 전투를 통해 영국군을 물리치는 것은 현실적으로 불가능한 일이었다. 하지만 간디는 영국인들조차 존경하지 않을 수 없었던 도덕적 힘을 이용해 승리할 수 있었다. 적을 반드시 물리쳐야 한다는 전사의 이분법적 사고에서 벗어날 때 전투적인 에너지를 자신의 목표를 이루는 데 더 집중시킬 수 있는 문이 열린다.

높은 차원의 전사는 다른 사람들과 경쟁하는 것보다 자신과 싸워 이기는 데 더 관심을 갖는다. 아이는 어떤 일을 잘 해냈을 때 자존감이 올라간다. 학교 공부나 운동경기에서 뛰어난 실력을 보이거나, 나중에 예술이나 과학, 사업 분야에서 두각을 나타내면 자신이 잘하는 만큼 자신을 좋아하게 된다. 우리는 누구나 더 나아지고 싶은 타고난 본능을 지니고 있다. 따라서 타인과 비교하기보다 자신의 이전 능력과 비교해 지금의 자기 모습을 평가한다. 또는 자신이 원하는 결과를 이루는 데 집중한다. 예를 들어 전 과목 A 학점을 받거나, 사업에 성공적인 결과를 얻거나, 주어진 거리를 달리는 데 전보다 시간을 단축하는 것이 그것이다. 이때는 목표를 방해하는 사람들이나 환경은 지엽적인 문제에 불과해진다.

자신의 뛰어남을 즐기기 위해 굳이 다른 사람을 이길 필요는 없다. 사회의 번영도 한 집단이 다른 집단을 이겨서 오는 것이 아니다. 실제로 부의 양극화가 심각한 나라에서 무슨 일이 일어나는지 우리는 본다. 그곳에서는 모든 사람이 고통받는다. 전반적인 생활수준이 낮아지고, 약물복용이나 범죄율이 증가하며, 거리가 더 이상 안전하지 않기 때문에 사회적으로 성공한 이들은 자기 집에 갇힌 죄수처럼 생활한다. 공산주의의 실패를 통해서도 성취와 열망이 필요한 인간이 가장 낮은 공통분모로 하향 평준화될 때 어떤 일이 일어나는지 볼 수 있다.

하버드대학 교육심리학 교수 하워드 가드너(일반적으로 받아들여 온 단일하고 획일적인 지능 개념에 반대해 인간은 다양한 능력과 지능을 가지고 있다는 다중 지능 이론을 주장한 미국 심리학자)는 저서 『다중 지능*Frames of Mind: The Theory of Multiple Intelligences*』에서 '똑똑한 사람'과 '멍청한 사람'이라는 기존의 구분은 시대착오적인 것이라고 역설한다. 그는 인간에게는 8가지 기본 지능이 있다고 설명한다. 그러나 그 8가지 지능을 다 가진 사람은 한 명도 없다. 따라서 세계를 완전히 이해하기 위해서는 말 그대로 서로가 필요하다.

원형들도 우리처럼 진화한다. 전사 원형이 사냥꾼에서 투사로, 투사에서 성취자로 한 단계씩 진화할 때 개인적으로나 집단적으로나 지금까지 유례 없던 풍요를 이룰 수 있다. 전사가 가진 역사적으로 부정적인 측면에 사로잡히지 않으면서도 전사 원형의 강한 의지력과 추진력을 이용할 수 있다.

우리 안의 전사는 우리가 목표를 정하고 그 목표를 이룰 수 있도록 계획을 세우는 일을 돕는다. '해야 할 일' 목록을 만들고 자신이 해낸 일들을 하나씩 체크해 나갈 때 당신 내면의 전사가 깨어난다. 그 목록에 당신이 진정으로 이루고 싶은 일이 담겨 있을 때는 더욱 그렇다. 여러 해 동안 나는 한 동료와 정기적으로 아침 식사를 함께하며 목표를 세우고, 그 목표를 끝까지 이뤄 나가도록 서로에게 힘이 되어 주었다. 우리 둘 다 지금까지 대부분의 시간을 우리 자신이 아닌 다른 사람 위주로 살아왔다는 데 인식을 같이했다. 그 아침 시간에 세운 목표와 그것에 대한 책임감이 우리의 삶을 변화시켰다. 서로의 발전을 위해 즉석에서 일종의 '전사 팀'을 만든 것이다. 일 년도 안 돼 우리는 단순히 다른 이들의 필요와 요구에 응하는 삶이 아니라 자신의 꿈을 실행에 옮기기 위해 노력하게 되었다. 물론 훨씬 더 행복하고 활기찬 삶이 찾아왔다.

융 이론가인 토머스 무어(세계적인 영성 지도자이며 심리 치료사. 융 심리학, 원형 심리학, 신화, 예술에 관한 글을 발표해 왔으며, 대표 저서 『영혼의 돌봄*Care of the Soul*』은 뉴욕 타임스 46주 연속 1위의 기록을 세웠다)는 인간의 영혼은 최선을 다할 때 큰 만족감을 느낀다고 말한다. 그런 성취감은 일터에서도 가정에서도 가능하다. 그 성취는 소득의 형태로 돌아오기도 하지만, 그 자체로 기쁨을 느끼기 위한 행위일 수도 있고, 다른 이들을 위한 선물일 수도 있다. 어떤 경우든 좋은 결과물이나 타인에 대한 봉사는 우리의 영혼을 비춰 주고, 또 그런 식으로 자신의 참된 가치를 자신에게 드러내 준다. 자신이 하는 일에 최선을 다하는 것보다 자긍심을 높여 주는 길은 없다.

전사의 아킬레스건은 자만이다. 고전적인 비극 작품들 속 영웅은 휴브리스(지나친 자만과 과신. 역사학자이며 문명 비평가인 토인비가, 성공한 사람이 자신의 능력을 우상화함으로써 오류에 빠지게 된다는 뜻으로 사용한 역사 해석학 용어. 신의 영역까지 침범하려고 들 정도의 오만을 뜻하는 그리스어 '히브리스'에서 나온 말) 때문에 권력을 잃는다. 따라서 영웅이 겸손을 배우는 것은 꼭 필요한 일이다. 내가 좋아하는 카멜롯 전설에서 아서왕은 술과 여자, 노래에 유혹당한다. 그는 자신의 안전을 보장하는 엑스칼리버 검(아서왕이 호수의 요정으로부터 받은 성검)이 도난당하고 아무 힘없는 모조품이 칼집에 들어 있다는 사실도 모른 채 감옥에서 깨어난다. 그리고 엑스칼리버를 손에 넣은 무시무시한 적과 싸워 이기면 감옥에서 풀려날 수 있다는 말을 듣는다. 이 결투에서 아서왕은 최악의 상황에 빠진다. 그때 문득 자신의 힘이 신으로부터 나온다는 사실을 겸허하게 기억한다. 그가 기도를 올리자 그에게 처음 검을 주었던 호수의 요정이 나타나 마법처럼 엑스칼리버를 공중에 띄워 다시 그에게 돌려보낸다.

전사 원형 이야기가 담긴 현대의 작품인 『추적*The Search*』에서 톰 브라운(야생동물 추적자이며 재난 구호 전문가. 아파치족 노인에게서 추적에 관한 전문 기술을 전수받고 그랜드캐니언 등 험난한 곳에서 목숨을 건

생존 훈련과 추적을 몸에 익혔다)은 여벌의 옷과 칼 한 자루만 지닌 채 1년 동안 숲에서 지낸 경험에 대해 쓰고 있다. 그는 스토킹 울프(따라다니는 늑대)라는 이름의 아메리카 인디언 스승으로부터 추적자가 되라는 가르침을 받고 이 고독한 모험을 준비했다. 춥고 혹독하기 이를 데 없는 겨울을 살아남았을 뿐 아니라, 물론 전부는 아니었지만 대부분의 시간을 즐겁게 보냈다.

숲에서의 체류가 막바지에 이를 무렵 장기간 단식을 하고 있던 중에 값진 경험이 찾아왔다. 단식을 끝내고 다시 먹기 시작하려는데 이상한 일이 일어났다. 그의 사냥 기술이 전혀 쓸모가 없어진 것이다. 7일 동안 동물들의 뒤를 밟았지만 모두 교묘히 그를 피해 달아났고, 굶어 죽을지도 모른다는 두려움이 엄습했다. 매우 쇠약해져 갔고 서서히 정신을 잃기 시작했다. 바로 그때 작은 동물 한 마리를 죽일 절호의 기회가 왔다. 그러나 손이 굳어져 움직이지 않았다. 이 시점에서 그는 모든 것을 포기한 채 그저 우주에 대한 신뢰와 신비로운 일체감에 자신을 내맡겼다. 그러자 강렬한 환희에 휩싸였다. 그다음 순간, 사슴 한 마리가 그를 향해 걸어왔다. 그는 감사하는 마음으로 그 사슴을 잡아 허기를 해결할 수 있었다.

이런 절대적인 포기의 순간이 늘 그렇게 현실 초월적인 것만은 아니다. 때로 사업 실패, 심장마비, 사랑하는 이의 죽음이나 비극적인 사건으로 인해 우리는 모든 것을 내려놓고 받아들일 수밖에 없는 상황이 된다. 죽음 앞에서는 전사가 가진 어떤 기술도 소용이 없다는 사실을 알고 성숙해지는 것, 그것만이 전사를 더 위대한 질서에 '항복'하게 만든다.

전사는 다른 사람들과 투쟁하고, 스스로 무가치하다고 여기는 자신의 일부분과 맞서 싸우며 살기 때문에 결국 에너지가 소진된다. 많은 남성과 여성이 상대방보다 한 걸음 앞서겠다고 분투노력하다가 마침내는 자신의 마음과 영혼, 때로는 몸까지 죽음에 이르게 하는 경우를 나는 많이 봐 왔다.

한때는 자신의 삶을 책임지고 원하는 대로 일을 이루는 능력을 가진 것에 자부심과 자신감을 느끼던 전사가 몇 년 후에는 지치고 소진되기 시작한다. 이때부터 삶이 달라지기 시작한다. 즉 성공을 지속해 나가기 위해 카페인, 각성제, 술에 중독되는 것이다. 아니면 실패에 대한 두려움 때문에 계속 앞으로만 질주한다. 이 경우에는 건강했던 성취 욕구가 사라지고 강박적이고 중독적이 된다.

이때 필요한 것은 자신이 평범한 인간으로서 다른 사람들과 마찬가지로 상처받을 수 있으며 사랑을 필요로 하고 누군가가 필요하다는 것, 영적인 활력과 육체적 돌봄이 필요하다는 사실을 인정하는 것이다.

전사는 처음에 다른 사람들보다 자신이 우월하다는 것을 증명하면서 자신감을 키운다. 대부분의 사람보다 더 주체적으로 살아왔고, 다른 사람들이 어떤 일이 일어나기를 수동적으로 기다리는 동안 자신은 원하는 일이 일어나도록 만들 수 있기 때문이다. 그러나 그 자기 주도적인 삶이 실패할 때도 선물을 얻는다. 근본적으로 우리가 서로 다르지 않다는 사실을 어렴풋하게 깨닫게 되는 것이다. 우리 모두는 한 배에 타고 있으며, 궁극적으로 서로에게 의존하는 관계 속에 있다. 우리는 다른 사람이 필요하고, 지구 전체가 필요하고, 신이 필요하다.

톰 브라운이 『추적』에서 그랬던 것처럼, 통제하려는 마음을 내려놓는 순간 전사는 자신이 '다른 사람보다 한 수 위거나 한 수 아래'라는 인생관을 뛰어넘는다. 다른 사람보다 한 수 위이고 싶은 유일한 이유는 단지 평범하기만 한 것은 좋지 않다는 관념 때문이다. 전에는 특별하지 않거나 남과 차별화되지 않는 것은 고아의 무력함과 동일한 것으로 여겨졌고, 전사에게는 마땅히 경멸받을 만한 일이었다. 그러나 이제는 다른 사람들과의 상호 의존성을 인식하게 되면서, 자신의 삶을 주도권을 갖고 살아가는 사람뿐만 아니라 주도권을 내려놓거나 주도권을 빼앗긴 사람이 가진 인간다움도 존중하게 된다. '다른 사람들보다 나은' 존재가 되려는 욕구를 버릴 때, 영웅은 끊임없이 자신을 증명해야만 한다는 생각을 멈추고 최소한 가끔은 그냥 순수하게 존재할 수 있다.

전사는 처음 몇 번은 자신이 원하는 것을 주장하기 위해 지나치게 투쟁하려 들고, 그래서 그다지 좋은 결과를 얻지 못한다. 그러나 다음 단계에서는 더 섬세해지고 현명한 방법을 터득함으로써 원하는 것을 더 자주 얻는다. 그러나 궁극적으로 전사는 결과를 자신의 뜻대로 조종하려는 마음을 내려놓고 삶이라는 춤의 일부분으로서 자신을 표현할 수 있어야 한다. 이때 그 표현 과정 자체가 그에게는 값진 보상이다. 그 과정을 통해 진정한 자기 자신에게 다가갈 수 있기 때문이다.

그리고 이때부터 기적이 일어나기 시작한다. 특정한 결과에 대한 집착을 버리고 사람들을 조종하거나 사람들이 자신을 만족시켜 주기를 바라는 생각도 없이 자신의 욕망을 내려놓을 때, 전사는 오히려 자신이 희망했던 것보다 더 좋은 결과를 얻는 것을 자주 경험한다. 집착을 버리라는 불교의 가르침과 자아를 초월하라는 유대교 신비주의의 믿음이 의미를 갖고 다가오는 순간이다.

고대 영웅 신화의 마지막 부분에서 전사는 자신의 두려움을 극복하고 괴물을 죽인 후 고향에 돌아와 결혼한다. 이것은 상징적인 면에서 중요한 의미가 있다. 투쟁에 대한 보상으로 비로소 타인을 사랑하는 사람이 된 것이다. 자신을 표현하는 기술, 그리고 자신과 타인 사이에 경계선을 긋는 기술 없이는 진정한 사랑의 관계가 불가능하다. 한 사람은 무조건 지배하고 한 사람은 요구를 들어주는 관계만 가능할 뿐이다. 자신을 표현하고 타인과의 사이에 적절한 경계선을 긋는 기술은 사람들과 긍정적인 관계를 맺게 해 주며, 궁극적으로는 삶 자체를 사랑하고 음미할 수 있게 한다.

*A Different April*(이전과 다른 4월)

# 5

# 이타주의자

누군가에게 헌신한다는 것은

지금 눈앞에 존재하는 결함 있는

인간을 사랑하는 것을 의미한다.

진실한 마음으로 그렇게 할 때, 그 헌신은

변화의 힘을 갖는다. 그때 친밀감과

기쁨이 오가는 마법 같은 관계가 생겨난다.

사랑하는 것을 의미한다.

## 누군가에게 기쁨이 될 때 행복하다—이타주의자

당신이 목숨과도 바꿀 만큼 사랑하는 사람은 누구인가? 당신의 아이인가, 아니면 배우자나 연인인가? 혹은 부모님인가? 세계 평화를 위하고, 기아를 해결하고, 자유를 지킬 수만 있다면 기꺼이 목숨을 바칠 수 있는가? 목숨까지는 아니더라도 세상을 더 나은 곳으로 만들기 위해 당신은 무엇을 희생하고 있는가? 자신이 하는 일이 얼마나 많은 돈과 사회적 지위를 가져다주는가에만 관심 갖는 것이 아니라 그 일이 세상에 미치는 영향에도 관심을 갖는가? 당신이 소중히 여기는 가치는 무엇인가? 당신이 세상에 주고 싶은 것은 무엇인가? 이 삶 이후에 남기고 싶은 것은 무엇인가?

아득한 옛날부터 영웅은 자신의 나라와 가족, 원칙, 사랑, 신 등 자신보다 위대한 무엇인가를 위해 삶을 바쳤다. 동기는 저마다 다르지만 모든 영웅은 자기 자신은 물론 세상에 새로운 생명을 불어넣는 초월적인 역할을 한다.

우리 내면의 전사 원형이 파충류 뇌의 특징을 가지고 있듯이, 이타주의자 원형에는 인간적인 특성에 가려 드러나지 않을 뿐이지 그 이면에 포유류의 뇌가 숨어 있다. 포유류는 새끼에게 젖을 먹일 뿐만 아니라 서로 꼭 껴안고 자며, 지속적인 유대 관계를 맺는다. 포식자가 무리를 공격하면 늙고 약하고 병든 동물 하나가 무리에서 떨어져 나와 포식자를 유인함으로써 나머지 무리를 위해 자신을 희생한다. 우리의 포유류 조상은 우리에게 사랑하고 헌신하는 능력과 필요할 때 자신을 희생하는 본능을 유산으로 물려주었다. 이타주의자 원형은 우리가 그런 미덕을 자각하도록 돕는다. 그리하여 우리는 사랑할 사람을 선택할 뿐만 아니라, 필요하면 모르는 타인을 위해서도 기꺼이 자신을 희생한다.

우리 안의 이타주의자가 깨어나면, 우리는 우리의 포유류 조상과 인간 조상이 가졌던 본능에 연결된다. 다른 원형들과 마찬가지로 이타주의자 원형도 매우 구체적인 형태에서 더 추상적인 형태로 진화한다. 원시사회에서는 신의 비위를 맞추기 위해 인간을 산 제물로 희생시켰다. 좀 더 발전한 문화에서는 자신의 조국이나 신념을 위해 목숨을 바친 위대한 인물과 순교자를 숭배했다. 그리고 지금 시대에는 집단의 훌륭한 구성원이 되기 위해 개인적 성취를 포기하거나, 자녀를 위해 희생하거나, 행운을 덜 타고난 사람들에게 봉사하는 것으로 이타주의자 원형이 표현된다.

고아가 고통과 상실감 속에서 구원의 손길을 애타게 기다리는 반면, 이타주의자는 고통과 상실을 존재의 변화를 위한 계기로 삼는다. 자신을 기꺼이 희생시키는 마음은 자기애에 빠진 고아가 자기중심적인 태도에서 벗어나 한 단계 나아가는 것과 같다. 이는 쉬울 때만이 아니라 어려울 때에도, 그리고 자신이 손해를 보는 것같이 느껴질 때에도 타인에게 베풀고 돌볼 수 있어야 함을 의미한다. 이와 비슷하게, 불교 수행은 욕망을 버리면 행복을 발견할 수 있다고 가르친다. 역설적으로 들리지만 자신이 원하는 것을 얻음으로써가 아니라, 더 위대하고 초월적인 행복을 위해 에고의 집착을 포기함으로써 만족감을 얻는 것이다.

쾌락을 추구하는 세상에서는 희생과 순교가 인기가 없을 수 있다. 하지만 인간 영혼은 어떤 형태로든 희생과 순교의 가치를 믿는다. 그 믿음의 바탕에는 '이 세상에는 나만 존재하는 게 아니다'라는 인식이 자리하고 있다. 때로 우리는 다른 누군가에게 유익하기 때문에, 혹은 그렇게 하는 것이 옳다고 믿기 때문에 무엇인가를 하기로 선택한다. 다른 사람들과 애정이 깃든 관계를 원한다면 얼마간의 자기 희생은 필수적이다. 또한 희생이 크나큰 환희를 주지는 않을지라도 우리 모두는 타인을 도울 때 느끼는 기쁨과 자부심을 잘 안다. 과학적인 연구 결과도 타인을 도울 때 우리의 면역 체계가 강화된다는 사실을 보여 준다.

죽음이 자연계의 기본 조건임을 이해하는 것도 삶에 담긴 희생적인 측면을 받아들이는 길이다. 해마다 가을이면 잎들이 나무에서 떨어져 봄에 꽃이 필 수 있게 해 준다. 인간을 포함한 모든 동물은 다른 생명체를 먹음으로써 자신의 생명을 유지한다. 우리가 아무리 부정해도 인간 역시 엄연히 생태계 먹이사슬의 일부이다. 인간은 식물과 동물을 먹으며, 인간의 배설물은 더 많은 식물이 자랄 수 있도록 흙을 비옥하게 한다. 우리의 목숨을 지탱하는 호흡은 산소와 이산화탄소를 교환하는 식물들과의 공생 관계에 의존한다. 또 우리의 육체는 죽으면 썩어서 땅에 거름이 된다.

우리의 삶 자체도 우리가 우주에게 주는 선물이다. 우리는 이 선물을 아무 바라는 것 없이 애정 넘치는 마음으로 줄 수도 있지만, 주저할 수도 있다. 마치 삶을 주저함으로써 죽음을 피하는 일이 가능하기라도 한 것처럼 말이다. 하지만 누구도 죽음을 피할 수 없으니, 진정으로 살아본 적도 없이 죽는 것만큼 불행한 일이 또 있겠는가?

우리 안의 이타주의자가 주는 궁극의 교훈은 베푸는 것 자체를 목적으로, 아무 대가 없이 자신의 삶을 선물로 주라는 것이다. 우리의 삶 그 자체가 이미 선물로 거저 주어진 것이기 때문이다. 또한 삶에서 일어나는 모든 작은 죽음과 상실들은 항상 변화를 몰고 와 새로운 삶에 이르게 한다. 그래서 실제로 죽음은 끝이 아니라 단지 미지의 세계로 들어가는 더 극적인 통로일 뿐이다.

삶에 기꺼이 자신을 바치지 않으면 늘 죽음에 대한 생각에 사로잡혀 살아갈 수밖에 없다. 철학적인 논리를 동원해 희생을 거부할 수도 있지만, 방랑자의 길을 걷거나 전사의 삶을 살거나 마법을 실현하기 위해서는 필연적으로 자신을 희생시킬 수밖에 없다. 인간이 본래부터 자기보다 위대한 것을 위해 자신을 희생하려는 욕구를 가지고 있다고 나는 믿는다. 이 글을 쓰고 있는 지금, 스물한 살인 내 딸은 청소년 마약 중독자들의 삶을 도와줄 교육용 비디오를 완성하기 위해 벌써 며칠째 꼼짝 않고 편집실에 틀어박혀 초인간적으로 일하고 있다. 단지 야망 때문이라면 저렇게 열심히 일하지는 못할 것이다. 세상에 대한 애정이 있기 때문에 그렇게 할 수 있는 것이다.

다양한 조직과 함께 일하면서 나는 세상의 변화에 기여하겠다는 뜻을 품고 일하는 사람들을 많이 만난다. 이들은 훨씬 더 많은 돈을 벌 수 있고 더 많은 여가 시간을 즐길 수 있는데도 자신이 중요하다고 생각하는 일에 헌신한다. 자신이 하는 일이 세상 사람들에게 도움을 준다는 사실을 알기에 끝없이 이어지는 회의, 머리를 마비시킬 정도의 서류 작업, 기나긴 일들을 견뎌 낸다.

경영 분야의 고전으로 꼽히는 『깊은 변화*Deep Change*』에서 로버트 퀸(미시간대학 경영대학원 교수)은, 현대의 기업 소유주들은 더 높은 지위와 성공보다는 세상에 대한 기여에 더 관심을 가져야 한다고 주장한다. 지금 세상에 필요한 것은 비전을 가진 리더십이라고 그는 말한다. 경영진들과 함께 미래에 대한 비전을 토론하면서 퀸은 이 비전을 위해서라면 목숨을 바칠 준비가 되어 있는지 묻는다. 물론 문자 그대로 죽을 수 있어야 한다는 것이 아니라 가진 것 전부를 희생할 준비가 되어 있는가 하는 것이다. 이 새로운 패러다

임에서 성공은 당신이 얼마나 돈을 많이 버는가가 아니라, 당신이 세상에 얼마나 기여하는가에 달려 있다. 퀸이 말하는 핵심은 이것이다. 지금 우리의 경제 분야와 사회 분야에서 일어나고 있는 인식의 변화를 따르려면 개인적인 이익보다는 기업의 이익, 그리고 더 큰 공동체의 이익을 앞세우는 리더십이 필요하다는 것이다.

우리 대부분은 건강한 가정을 이루기 위해 자신이 가진 당장의 욕망을 밀쳐놓는다. 가족을 먼저 생각하는 마음이 필요하다는 것을 알기 때문이다. 아픈 아이를 간호하느라 밤을 지새운 부모는 기진맥진한 상태에서도 다음 날 아이 곁을 떠나지 않는다. 진실하고 헌신적으로 사랑하는 관계에 있는 사람은 그 관계를 지속시키기 위해서는 자기 뜻대로만 하려는 욕구를 버려야 한다는 것을 안다. 대부분의 부부와 연인은 일정 기간 전사 단계를 거친다. 이 기간에 양쪽 모두 자신의 의지를 관철시키려고 겨루면서 상대방을 자신의 생각에 맞게 바꾸려고 노력한다. 거의 늘 그렇듯 이 시도가 실패할 때 두 사람은 싸우는 두 개인이 되기를 중단하고 연인으로서 '우리'라는 의식을 갖는다. 꼭 '나'에게 최선이기 때문에 선택하는 것이 아니라 '우리'에게 좋기 때문에 선택한다.

자신보다 더 위대한 것을 위해 희생하려는 인간의 욕구를 가치 있게 여기지 않고 무엇보다 '내가 먼저'인 세상에서는 자기 파괴적이고 중독적인 현상들이 일어날 수밖에 없다. 자신이 믿는 더 높은 가치를 위해 의식적으로 희생하지 않으면, 우리는 우리의 삶을 망칠 뿐 구원을 가져다주지 않는 행위에 사로잡힐 것이다.

보수도 좋지 않고 승진 기회도 거의 없는 일을 하는 많은 이들이 있다. 보육 시설이나 요양원, 지역 공동체 등 다른 이들의 더 나은 삶을 위해 다양한 장소에서 일하는 이들이다. 우리는 그들이 누구인지 거의 모를 수도 있지만, 그들은 매일 세상을 더 나은 곳으로 만든다. 물질적 부나 권력 등의 보상이 돌아오지 않아도 자신이 진정으로 다른 사람들의 삶에 도움이 되고 있다는 사실만으로 자신의 삶을 의미 있고 가치 있다고 여긴다.

이타주의자 원형이 얼마나 큰 영향을 미치는가는 영국의 다이애나 왕세자비가 죽었을 때 사람들이 흘린 애도의 눈물에서 입증되었다. 다이애나는 향락에 빠져 화려한 인생을 보낼 수도 있었으나, 그러는 대신 어려운 환경에 놓인 사람을 돕는 기관들을 지원하며 '자신의 일'이라 여긴 일들을 하는 데 실로 많은 시간을 보냈다. 사람들은 그런 모습 때문에 그녀를 사랑했다. 에이즈 환자에게 일찍부터 관심을 보이고, 전쟁과 무관한 아이들과 민간인들의 삶을 파괴하는 지뢰 제거 운동에 나서는 그녀의 모습에 사람들은 감동받았다.

오늘날 사람들이 영웅으로 여기는 이들은 특별히 대단한 사람들이 아니다. 그들 역시 우리 모두가 겪는 것과 똑같은 일상의 문제와 씨름한다. 사람들이 다이애나 왕세자비를 좋아한 것은 그녀가 세상 사람들에게 마음을 열고 자신이 겪는 고통을 숨기지 않았기 때문이다. 폭식증으로 고통받는 자신의 모습, 그리고 모든 소녀들의 환상인 왕자와의 결혼에서 느낀 실망감 등을. 그렇게 함으로써 그녀는 강인함만이 아니라 슬픔도 가진 동료 인간으로 사람들에게 다가갈 수 있었다.

영웅은 모든 것을 다 갖출 때까지 기다렸다가 세상을 돕는 사람이 아니다. 영웅은 남을 배려하는 모습과 진정한 자신의 모습 둘 다를 통해 죽어 가는 세상에 생명을 불어넣는다. 자신의 삶을 충실하게 살면 누구나 그렇게 할 수 있다. 다만 세상이 필요로 하는 것을 기꺼이 내줄 마음이 되어 있어야 한다. 그렇게 함으로써 고통과 슬픔을 겪더라도 할 수 있는 한 충분히 사랑하고, 실패와 가난이 따르고 인정받지 못할 위험이 따르더라도 자신의 일을 하며, 마침내는 살아온 것에 대해 지불해야 할 대가라 여기고 죽음을 받아들이는 것이다.

희생에는 긍정적인 면과 부정적인 면 둘 다 있지만 지금까지는 주로 부정적인 의미로 받아들여져 왔다. 과거에는 희생이 자발적인 선택이 아니라 강요된 것이었기 때문이다. 부모나 교회, 학교 등에서 '좋은 사람'이 되기 위해 자기 본연의 개성을 희생하도록 강요받은 사람은 아무 대가 없이는 무엇인가를 베풀지 못하게 된다. 진정으로 베푸는 법을 배우려면 역할에 의해 강제로 정해진 불필요한 희생을 거절할 수 있어야 한다.

타의에 의해 강요된 희생으로는 누구도 구원하지 못한다. 이 세상은 남성에게 '정글'로 비유되는 세상 속에서 경쟁하고 안락한 가정을 지키기 위해 때로는 싸울 수도 있어야 한다고 기대한다. 그리고 여성에게는 애정과 다정함이 넘치는 가정환경을 가꿔야 한다고 가르친다. 모진 비바람으로부터 안전한 피난처가 되어 주는 가정은 불가피하게 여성의 희생을 요구한다. 그 희생은 단순히 자녀를 키우는 데 필요한 희생 이상의 것이다. 남성은 정복의 세계에서 싸우느라 돌봄의 세계에 참여하지 않기 때문에 여성이 남편과 자녀 둘 다를 돌봐야만 했다. 실제로 이것은 여성이 다른 사람을 돌보기 위해 자신의 창조적 표현과 성취 욕구를 희생해야 함을 의미한다. 이런 방식은 여성의 존재에 심한 손상을 입혀 왔다. 희생이 발달과제가 되는 대신 삶을 한정된 틀에 가두었기 때문이다. 사랑과 희생에 관한 신화들도 여성을 전통적이고 제한된 역할에만 가둬왔다.

남성의 경우에는 가족을 보살피기 위해 개인적인 성취를 포기하라는 요구를 받지는 않았지만, 그 대신 사회는 남성에게 부양자라는 역할을 맡겼다. 이는 식탁 위에 음식을 올려놓기 위해 필요하다면 위험을 무릅써야 하고 지겨운 일도 해야 함을 의미한다. 뿐만 아니라 남성의 역할이 강조되는 전사 원형이 이타주의자 원형과 결합하면, 기꺼이 싸워서 이겨야 할 뿐 아니라 필요한 경우에는 대의를 위해 목숨을 바칠 수도 있어야 한다. 금욕적인 전사의 경우는 실적을 올리는 데만 매진하느라 자신의 다른 모든 것을 희생한다. 일과 관련된 스트레스로 인해 심장마비로 사망하는 남성들을 보면, 회사와 가족을 위해 돈을 버는 한 아무도 자신이 어떤 감정을 갖고 살아가는지 신경 쓰지 않는다는 생각에 가슴앓이를 하다

죽는 게 아닌가 하는 생각이 들기도 한다.

동서양을 막론하고 이타심을 강조하는 전통적인 여성상은 여성 본연의 고귀함을 드러내기보다는 여성이 지닌 온전한 인간성을 왜곡한다. 그리고 그렇게 강요된 희생은 원망과 가식, 죄책감을 낳는다. 남성 역시 자신의 더 깊은 갈망과 관심사를 돌아볼 여지도 없이 부양자 역할만 강요받을 때, 진정한 삶을 살지 못한 것에 대한 보상으로 무엇인가를 바라게 되고 남성 위주의 특권 의식에 사로잡힌다. 남성이든 여성이든 주위에서 기대하는 역할을 수행하기 위해 자신의 삶을 포기할 경우, 필연적으로 상대방에게 보상을 요구한다. 남편을 질책하는 매서운 아내, 아이들에게 죄책감을 느끼게 하는 부모, 또 사회적으로 무시당하는 일을 하다가 집에 와서는 가족들에게 왕처럼 명령을 내리는 남성의 모습에서 그 심리를 엿볼 수 있다.

희생에는 보상이 잘 따르지 않는다. 가정주부는 남편이나 자녀의 뒷바라지를 위해 자신의 사회적 경력을 포기하거나 자신이 좋아하는 일을 희생한다. 그러나 그녀는 가족들이 자신의 희생을 갈수록 당연하게 여긴다고 느낀다. 이런 부정적인 자기 평가에 길들여져 그녀는 사람들을 만나서도 "나는 그냥 가정주부예요."라고 자신을 소개한다. 남자는 청소부로 일하면서 전적으로 가족을 부양하기 위해 그 일을 하는 것인데도, 가족이 자신이 하는 일을 부끄러워한다는 것을 안다. 근로자는 주말과 저녁을 반납하고 회사를 위해 일해 왔는데도 갑자기 정리 해고당한다. 교사나 간호사처럼 다른 이들을 돌보는 직업을 가진 사람들은 자신들의 전사 원형을 불러내 노동조합을 결성하지 않는 한 형편없이 낮은 보수를 감수해야 한다. 다른 이들을 위해 자신을 희생하는 사람을 세상 사람들은 자존감이 없다고 여기고 또 그런 식으로 취급한다.

자신을 희생해서라도 타인을 돌보겠다는 결심은 삶을 선택하고 절망에 맞서는 일이다. 자기 희생은 수천 년 동안 사람들이 실천해 온 강력한 영적 가르침이다. 종교, 철학, 나아가 진보 정치에서도 그것을 강조해 왔다. 시대와 장소를 막론하고 언제 어디서든 영웅은 자신을 넘어서는 무엇인가를 위해 삶을 바친 사람들이다.

최근에 나는 한 친구와 함께 인간의 마음에 내재한 원형들에 대해 대화를 나누었다. 친구는 자신이 생각하기에 영웅이란 인생의 시련과 고난을 이겨 낸 사람이라고 말했다. 내가 그 생각에 대해 파고들자, 그는 잠시 생각하더니 실제로는 그 이상을 의미한다고 설명했다. 영웅은 고난을 견딜 뿐 아니라 삶에 대한 애정과 용기, 그리고 다른 사람들을 돌보는 능력을 끝까지 잃지 않는 사람이라고 말을 이었다. 친구의 말에 따르면, 아무리 많은 고통을 겪어도 영웅은 그 고통을 다른 사람에게 넘겨주지 않으며, 자신이 고통을 다 끌어안고 이렇게 선언한다.

"고통은 나 한 사람이면 충분해!"

초기 이타주의자 단계에서는 어머니가 자식을 위해 자기 개인의 성장과 성취를 희생하는 것을 당연하게 여긴다. 그것이 대물림되어 그 어머니의 딸들도 자녀를 위해 희생할 것이다. 아버지와 아들은 부름을 받으면 조국을 위해 기꺼이 목숨을 바치는 것을 당연한 의무로 여긴다. 그리고 누구나 신에게 자신을 바치는데, 더 정확히 말하면 자신의 잘못되거나 죄에 물든 부분을 선을 위해 희생한다. 그러나 이 단계에는 희생밖에 없다. 거의 희생 자체로 끝나 버리기 때문에 세상을 더 나아지게 하는 데는 아무 도움이 되지 못한다. 실제로는 세상의 축적된 고통에 고통을 더할 뿐이다.

이타주의자 원형이 한 단계 발달하면 의식이 깨어 선택의 변화가 일어난다. 조지프 헬러(2차세계대전 중 이탈리아 전선에서 싸운 경험을 다룬 소설 『캐치 22*Catch-22*』로 미국 자본주의 체제를 신랄히 풍자해, 베트남전쟁 당시 반전운동을 펴는 젊은이들에게 폭발적 반향을 일으킨 미국 작가)의 소설 『캐치 22』에서 주인공 요사리언 대위는 자신이 몸담고 있는 체제(2차세계대전 당시의 군대)가 온통 고통에 짓눌린 집단이라서 희생자 모두가 다른 누군가를 부당하게 희생시키고 있다는 사실을 깨닫는다.

요사리언은 말한다.

"언젠가는 누군가가 나서서 무엇인가를 해야만 했다. 모든 희생자가 범죄자였고, 모든 범죄자가 희생자였다. 따라서 누군가는 모두를 위험으로 내모는 이 대물림되는 습관의 고리를 끊는 시도를 해야만 했다."

요사리언은 가족과 나라를 구하기 위해 비행 폭격 임무를 지시받지만, 그 비밀 임무가 단지 국제 사업을 보호하기 위한 것임을 알게 되자 출격을 중단한다. 군대가 그를 군법회의에 회부할 것이기 때문에 자신이 자유로울 수 없다는 걸 안다. 하지만 파괴적인 비행 임무를 수행하는 무의미한 고통을 거부하는 것은 몇 가지 긍정적인 결과를 가져올 것이다. 최소한 자신의 가치관에 따라 행동하는 것이며, 그럼으로써 자신의 진실성을 회복할 수 있다. 그리고 잘하면 그의 행동에 자극받아 다른 병사들도 폭격 임무를 거부할지 모르는 일이다. 그러면 고통의 고리가 끊어질 수 있다.

지금까지 자신에게 강요된 희생이 자기 자신과 다른 사람들을 적극적으로 파괴하고 있음을 요사리언은 알아차린 것이다. 폭격 임무를 계속 수행하는 것은 불필요하게 사람들을 죽이는 양측의 군대에 순응하는 일이다. 물론 주어진 임무를 거부하는 것에도 희생이 따른다. 명예롭게 제대하는 것을 포기해야 하고, 고국에 돌아가도 존경받기는커녕 취업의 기회조차 얻지 못할 것이다. 하지만 이 희생은 변화의 힘을 가지고 있다. 그것은 특정 상황에 대한 올바르고 용기 있는 대응이기 때문이다.

그렇다면 자신이 올바른 희생을 하고 있는지 어떻게 알 수 있는가? 올바른 희생을 하고 있을 때는 그것이 자신의 정체성과 일치한다는 느낌이 든다. 그래서 그 행동이 자신의 진정한 모습에서 우러나오는 것임을 안다. 궁극적으로 우리는 자신이 무엇을 위해 목숨을 바칠 수 있는가를 통해 자신이 누구인지 안다. 예를 들어 마틴 루터 킹(노벨 평화상을 수상한 미국의 흑인 운동가이며 목사. 버스의 차별적 좌석제에 대한 비폭력 저항운동을 이끌었다)과 이차크 라빈(팔레스타인 자치 체결을 이끈 이스라엘 총리. 노벨 평화상을 수상한 이듬해 피살

되었다) 같은 순교자들은 자신이 따르는 대의에 대한 신념이 강했기에 영혼을 파괴하는 삶과 위축된 존재감을 견디느니 죽음을 초월할 수 있었다. 마더 테레사 역시 노숙자들을 위해 자신을 바칠 수 있었던 것은 그것이 자신의 소명이라고 느꼈기 때문이다. 언제, 어느 만큼 자신을 희생할지 결정하면서 우리는 자신이 진정으로 누구인지 배우게 된다.

아무리 베풀어도 상대방이 받아들이지 않으면 변화의 힘을 갖지 못한다. 누군가가 우리에게 주는데 우리가 그 선물을 거부한다면 반드시 해로운 일이 일어나는 것은 아니지만 좋을 것도 없다. 또한 누군가가 우리에게 주는데 우리가 그것에 중독되거나 나쁘게 이용한다면 오히려 해로운 결과를 낳는다. 반면에 자신이 받을 자격이 있어서 받는다는 특권 의식에 사로잡히면 아무리 많은 것을 받아도 받았다는 사실을 알지 못한다. 그 결과 베푸는 사람은 주는 것을 그만둘 수도 있다. 자신이 주는 선물이 눈에 띄지도 않고 가치를 인정받지 못한다고 느끼기 때문이다.

또한 특정 상황이나 관계에서 자신을 '주는 사람'으로만 규정한다면, 자신 역시 얼마나 많이 받고 있는지 모를 수도 있다. 부모의 경우가 특히 그렇다. 내 딸 샤나가 다섯 살쯤 되었을 때의 일이다. 직장에서 유난히 힘든 하루를 보낸 후 집에 돌아와 샤나에게 재빨리 저녁을 만들어 먹이고 아이 친구와 함께 차에 태워 서둘러 체조 교실에 데려갔다. 집으로 돌아오기에는 학원과의 거리가 너무 멀었기에 나는 아이가 수업이 끝나고도 한참을 장난치며 놀 동안 허기와 피로를 꾹 참고 그곳에서 기다렸다. 그러고 나서 급히 집으로 돌아와 아이를 목욕시키고 잠옷을 입힌 후 동화책을 읽어 주었다. 그때까지도 나는 여전히 아무것도 먹지 못한 채 출근할 때 입었던 옷 그대로였다.

아이가 자장가를 불러달라고 했을 때 나는 약간 짜증을 내며 말했다.

"엄마는 너무 피곤해. 가끔은 엄마 생각도 해 줘야지."

그러자 아이는 잠들기 위해 돌아누우면서 팔을 뻗어 그 작은 손으로 내 뺨을 어루만지며 말했다.

"엄마, 난 항상 엄마를 생각해."

사랑이 가득 담긴 아이의 목소리에서 아이가 늘 나를 지켜보고 있으며 사랑을 보내고 있음을 느꼈다. 아이의 손길에 내 에너지가 되돌아왔다. 분명 그것은 내가 아이에게 저녁을 해 먹이고 체조 교실에 데려다준 것만큼이나 큰 선물이었다. 하지만 만약 내가 모든 것을 주기만 하는 엄마여야 한다는 생각에 사로잡혀 있다면 아이가 단순하고 솔직한 방식으로 내게 주는 사랑을 알아차리지 못했을 것이다. 아이가 두 팔을 벌리고 껑충껑충 뛰며 "엄마 왔다!", "아빠 왔다!" 하고 맞이할 때 얼마나 기분이 좋은가.

어린 샤나를 키우면서 나는 내 안의 여자아이와 다시 연결되었고, 노는 법을 다시 배웠으며, 매일 기쁨과 사랑을 경험했다. 그 느낌과 경험을 마음 안으로 온전히 받아들일 때, 내가 아이에게 주는 사랑만큼 아이도 내게 사랑을 주고 있다는 사실을 알아가게 되었다.

실제로 일방적이어야만 하는 관계는 거의 없다. 심리 치료사도 내담자에게 배운다. 교사는 학생한테 배우고, 성직자는 신도들에게서 배운다. 에너지가 양방향으로 흐르지 않는다면 무엇인가가 잘못된 것이다. 주고받음에 장애물이 없을 때 양쪽 모두 자신이 준 것보다 더 많이 받는다. 왜냐하면 주고받는 과정에서 에너지가 증폭되고 풍요로워지기 때문이다. 올바르게 베풀고 희생하는 법을 배우는 것은 야구에서 공을 던지고 받는 법을 배우는 것만큼이나 어렵다. 우리의 첫 번째 시도는 늘 매우 서툰 부분이 있다. 사람들은 우리가 주는 것을 오해할 수 있고 그 대가로 무엇인가를 돌려받기 원한다고 생각할 수도 있다. 혹은 가족을 위해 자신의 사회 경력을 포기하는 어머니나 자신이 싫어하는 일을 계속하는 아버지처럼 우리는 지나치게 희생한다. 하지만 계속 연습하다 보면 나아진다. 프로야구 선수가 캐치볼을 던지고 받고, 다시 던져 주고 하듯이 힘들이지 않고 주고받게 될 것이다.

이런 식으로 자유롭게 줄수록 우리는 더 많이 얻게 된다. 자연은 비어 있는 것을 싫어하고 언제나 채우는 법칙을 따르기 때문이다. 하지만 그렇게 되려면, 희생의 의미를 오해해 베푸는 것을 일방적인 선행으로 여기지 않아야 한다. 계속 내주기만 하면 고갈되고 공허해진다.

받는 법과 주는 법 모두를 알면 사랑의 본질인 주고받음의 자연스러운 흐름 속으로 들어갈 수 있다. 이때 에너지는 한 방향이 아닌 양방향으로 흐른다. 나는 당신에게 주고 당신도 나에게 주며, 우리는 둘 다 에너지를 충분히 받는다. 예수는 "이웃을 너 자신처럼 사랑하라."고 말했다. 하지만 희생은 자신을 사랑하는 대신 이웃을 사랑하는 것이어야 한다고 우리는 잘못 해석해 왔다.

때로 우리는 선물을 선뜻 받지 못한다. 선물을 받으면 그 선물을 준 사람에게 빚을 지는 것 같아 두렵기 때문이다. 무엇인가 의도를 가진 베풂은 일종의 속임수이므로, 그럴 때는 직관을 이용해 부적절한 끈이 달린 선물은 거절할 수 있다.

사랑하는 이에게 자신이 기대하는 것을 솔직하게 말할 때 관계의 소통이 한결 나아진다. 거의 모든 사람이 상대방이 전혀 다른 것을 받고 싶어 할지도 모른다는 것을 알아차리지 못한 채 자신이 받고 싶은 것을 준다. 전에 내가 사귀던 남자는 내가 자신의 셔츠에 단추를 달아 주는 것과 같은 소소한 일을 해 주지 않기 때문에 내가 자신을 정말로 사랑하지 않는다고 느꼈다. 그가 내게 그 이야기를 했을 때 나는 그가 남성 우월주의자로 보여서 조금 화가 났다. 나중에 깨달은 사실이지만, 그는 내게 전통적인 여성상을 바랐다기보다는 서로를 위해 그런 소소한 일을 해 주는 것이 사랑을 보여 주는 방식이라고 생각했던 것이다. 반면에 나는 "당신을 사랑해."라고 말하거나 마음에 간직한 비밀을 공유하는 것이 사랑을 보여주는 방식이라고 생각했기 때문에 그가 나를 사랑하지 않는다고 느꼈다. 반납 기한이 지난 도서관 책을 대신 반납해 주는 것으로 그가 나에게 사랑을 보여 주었다는 사실을 알아차리지 못한 채. 계속 같이 있기 위해서는 서로의 주는 방식과 어휘를 배웠어야 했다.

누군가에게 전적으로 헌신해야 한다는 생각만으로도 많은 이들이 사랑과 결혼에 두려움을 느낀다. 예컨대, 이 사람과 결혼하는 것은 멋진 일이지만 훗날 내가 더 좋아하는 사람을 만나게 되면 어떻게 하지? 혹은 그 사람이 나를 떠나면 어쩌지? 만약 그가 성공을 못하면? 그녀가 그녀의 엄마처럼 변해 버리면? 그녀가 큰 병에 걸려 내가 돌봐야 하면 어떻게 하지?

헌신한다는 것은 알 수 없는 미래에 대한 위험을 감수하는 일이지만, 그것만이 전부는 아니다. 누군가에게 헌신한다는 것은 완벽한 배우자에 대한 기대를 포기하고 지금 눈앞에 존재하는 결함 있는 인간을 사랑하는 것을 의미한다. 진실한 마음으로 계산 없이 그렇게 할 때, 그 헌신은 변화의 힘을 갖는다. 두 사람 다 서로에게 진정으로 헌신할 때 친밀감과 기쁨이 오가는 마법 같은 관계가 생겨난다. 한쪽에서만 그렇게 헌신해도 그 사람 자신에게 변화가 일어난다. 그 헌신을 통해 주저하지 않고 온전히 사랑하는 기술을 배우기 때문이다. 그리고 자신이 가장 사랑하는 누군가를, 혹은 무엇인가를 잃어도 계속 살아갈 수 있다는 사실을 배운다.

삶에서도 마찬가지다. 이 삶에 헌신하고 전념한다는 것은, 세상이 어떠해야만 한다는 경직된 생각을 버리고 있는 그대로 사랑하는 것을 의미한다. 물론 그렇다고 세상을 더 나은 곳으로 만들거나 더 나은 관계를 맺기 위해 노력하지 말아야 한다는 의미는 아니다. 좌절한 이상주의자 같은 태도를 버리고, 살아 있다는 것 자체가 얼마나 큰 축복인지를 깨달아야 하며, 자신을 열고 모든 것을 있는 그대로 받아들여야 한다는 의미이다.

또한 삶에 헌신한다는 것은 무엇인가가 부족하다는 관념을 버리는 것을 의미한다. 나도 부족하고 다른 사람들도 부족하고 따라서 세상은 부족한 것투성이라는 생각을 버리는 것이다. 삶을 온전히 받아들이면 사랑과 물자와 공간이 우리를 행복하게 만들 수 있을 만큼 충분히 많다는 사실을 믿게 된다.

많은 사람들이 '인생 욕망', 즉 자신의 삶이 다른 이들의 삶보다 더 가치 있어야 한다는 생각하는 삶에 대한 지나친 욕망 때문에 고통을 겪고 있다. 자신이 원하는 것을 마음속으로 상상하고 손에 넣는 '전사의 기술'을 익히는 것이 유행이다. 물론 어느 정도는 바람직한 현상이다. 자신이 생각했던 것보다 더 많이 가질 수 있고 더 나은 모습이 될 수 있다는 사실을 많은 이들이 알게 되었기 때문이다. 하지만 그 결과 가진 자와 못 가진 자의 격차가 급격히 커졌다. 어떤 사람들은 꿈에도 생각하지 못했던 일을 실현하는 반면, 또 다른 사람들은 집을 잃고 거리의 삶으로 내몰린다. 우리 내면의 이타주의자는 자신의 가족뿐만 아니라 공동체에도, 우리와 생각과 행동이 같은 사람들만이 아니라 그렇지 않은 사람들에게도 관심을 가질 것을 촉구한다.

다른 사람들보다 더 많은 특권을 누리는 이들의 삶은 무엇이든 가질 수 있고 무엇이든 될 수 있을 것처럼 보이지만, 실제로는 더 분주하고 정신이 없다. 이타주의자 원형은 우리가 은연중에 추구하는 완벽주의를 버리게 해 준다. 우리가 완벽한 자녀를 갖거나, 나무랄 데 없는 가정을 평생 유지하거나, 위대한 소설을 쓰거나, 회사에서 계속 더 높은 지위로 올라가거나, 아니면 적어도 이 모든 것을 다 가질 가능성은 매우 낮다. 이 사실을 인정할 때 우리는 성취하는 것에 시간을 덜 쏟고 그 대신 다른 이들에게 관심을 갖는 데 더 시간을 쓰게 된다. 남에게 뒤지지 않으려고 노력하는 대신 이웃을 더 자주 만나 진정한 공동체를 만들고 사회 문제를 해결하기 위해 함께 노력하게 된다.

전사 문화에서는 개인적 성취가 삶의 전부를 의미하고 또 전부일 수도 있다. 그러나 누군가는 끼니를 챙기기도 어려운데 집 안에 살림살이를 더 많이 늘린다고 해서 우리가 얻는 것이 무엇인가? 깨어 있는 의식으로 내린 선택은 개인의 욕망과 베푸는 마음 사이에서 적절한 균형을 갖는 데 많은 도움이 된다. 궁극적으로 우리는 자신의 선택을 통해 진정한 자기 자신에 대해 더 많이 알게 된다. 예를 들어 승진 기회를 포기하고 문제 많은 십 대 자녀를 돌보기로 결정한 부모는 몇 년 후 동료들이 자신보다 높은 성취를 이루었을 때 조금 부러울 수도 있다. 그러나 자기 스스로 그런 결정을 내렸고 덕분에 아이의 삶에 많은 도움이 되었다는 것을 생각한다면 결국 삶이 자신을 속인 것이 아니라 삶을 품위 있게 살았음을 느끼게 될 것이다.

괴물을 무찌른 후 전형적인 영웅은 대개 자신이 꿈꾸던 여성, 혹은 남성을 발견하고 사랑에 빠진다. 진정한 이타심은 사랑에서 시작된다. 우리의 첫사랑은 부모이고, 그다음이 가족과 친구들로 사랑이 확대된다. 곧이어 선생님이나 자신보다 훨씬 나이 많은 어른에게 반할 수도 있다. 더 성장해서는 이성과 사랑에 빠진다. 그리고 결혼해서 아이를 갖는다. 누군가를 진정으로 사랑할 때, 그 사람에게 베푸는 것은 큰 기쁨이다. 그것을 희생으로 여기지도 않는다. 부모를 행복하게 만드는 일을 할 때 아이들이 얼마나 기뻐하는지, 부모들 역시 자신들의 뒷바라지 덕분에 자녀가 훌륭하게 성장할 때 얼마나 행복해하는지를 보라. 소중한 누군가와 사랑을 나눌 때, 우리는 상대방을 행복하게 해 주는 것만으로도 큰 기쁨이지만 또 그만큼 우리 자신도 기쁨을 경험한다.

전쟁이 나면 자국민끼리 뭉치듯이 자연재해가 일어나면 사람들은 경쟁의식을 제쳐 놓고 무조건 서로를 돕는다. 자신들이 서로 연결되어 있으며 서로를 필요로 한다는 사실을 자각한다. 또한 인간의 삶이 부서지기 쉽다는 것을 느낀다. 자신들이 사는 도시에 핵폭탄이 곧 떨어지려고 할 때 당장 무엇을 하겠는지 물으면, 대부분 누군가에게 전화해 사랑한다고 말하겠다고 대답한다. 고난을 함께 겪을 때 마음의 빗장을 풀고 더 가까워지는 것은 자연스러운 일이다. 심지어 보통 상황이라면 하지 않을 매우 개인적인 이야기까지

나눈다.

가장 진실한 이타심은 사랑에서 나온다. 누군가를 진정으로 사랑할 때 우리는 서로를 분리된 존재로 느끼지 않는다. 전사 문화에서는 자신을 증명하는 일이 가장 중요하다. 다른 사람들과 비교해 얼마나 더 능력 있는가에 따라 더 많은 돈을 벌고 더 많은 인정과 관심을 받는다. 그러나 이타주의 문화에서는 자신이 정말로 관심이 있어서 어떤 일을 하는 것만으로도 인정과 관심을 받는다. 특별히 재능을 타고나거나 혹독하게 열심히 일할 필요도 없다. 그저 자기 자신으로 살아가면 되는 것이다.

선구적인 사회학 저서 『여성의 세계*The Female World*』에서 제시 버나드(결혼, 가족, 지역사회, 사회문제, 사회정책 연구에서 업적을 이룬 미국의 여성사회학자)는 역사 속에서 여성의 사적인 세계와 남성의 공적인 세계가 어떤 차이가 있는지 설명한다. 사적인 세계는 이타주의자 원형에 따라 움직이고, 공적인 세계는 전사 원형의 기준에 따라 작동한다. 버나드를 비롯한 여러 학자들은 우리의 경제 이론이 오로지 남성 세계에서 남성이 경험하는 것만을 토대로 삼고 있다고 말한다.

여성들은 매우 다른 원칙에 따라 살아왔다는 것에 버나드는 주목한다. 가정과 지역공동체에서 여성의 노동은 보수를 받거나 사회적으로 승진할 수 있는 것이 아니었다. 급료를 받으며 일한다 해도 수입이 적을 뿐만 아니라 보수와 지위가 높아질 기회도 매우 적었다. 따라서 여성은 개인의 이익보다는 사랑과 의무감으로 일했다.

여성의 세계에서는 더 많이 성취하기 위해서가 아니라 사랑하기 때문에, 혹은 자신의 도움이 필요하다는 것을 알기 때문에 일했다.

역사문화학자 리안 아이슬러는 저서 『성배와 칼*The Chalice and the Blade*』에서 남성 지배 문화는 인류의 절반이 다른 절반 위에 올라서서 권력을 휘두르는 지배 중심 체제인 칼의 문화이고, 여성 중심 문화는 협동과 공존을 중시하는 공동 협력 체제인 성배의 문화라는 이론을 전개한다. 리안은 이 두 공존하는 세계의 기원을 찾아 전사 집단이 여신 숭배 문화의 농경민을 정복한 시점까지 거슬러 올라간다. 이를 지배 중심 사회와 동반자 관계로 나누어 부르면서, 전자는 계급주의적 성격을 띠며 후자는 비교적 평등주의적 성격을 띤다는 것에 주목한다.

여성이 인류에게 물려준 유산은 최근까지도 학자와 이론가들에게 과소평가되거나 거의 무시되었다. 학교에서 배우지 않거나 언론에 보도되지 않으면 무슨 일이 일어났는지 알기도 어렵다. 그러나 많은 여성은 여전히 이타주의 문화의 계율에 따라 산다. 두 여성이 떠오른다. 두 사람 모두 내게는 이타주의자의 삶을 이해하는 데 매우 중요하다. 재능이 뛰어난 한 여성은 자신의 경력을 포기하고 남편을 따라 여행하느라 몇 해를 보냈다. 그러나 어느 곳을 가든지 그녀는 사람들이 필요로 하는 일을 했다. 사람들의 문제를 상담해 주고, 마사지 치료를 해 주고, 영양에 대한 조언을 해 주고, 집을 꾸미는 데 도움을 주고, 벽화를 그려 주고, 음식을 만들어 제공했다. 여행 중에 방문한 집주인들에게도 무엇이든 도움이 되어 주었다. 보수를 받은 적도 있었고, 받지 못한 적도 있었다. 하지만 필요한 것을 늘 얻을 수 있었다. 그녀에게는 이런 생활 방식이 자연스러워 보였다. 유일한 문제는, 사회에서 인정하는 경력을 따르지 않았기 때문에 동년배의 여성보다 덜 성공했다고 사람들이 판단한다는 점이었다.

또 한 여성은 유색인종, 소외된 여성, 장애인들을 돕기 위해 지칠 줄 모르고 일한다. 누구든 도움이 필요할 때마다 그녀가 곁에 있다. 종종 적은 보수를 받으며 비영리단체에서 일하고, 남는 시간에는 자원봉사를 하며, 자유 시간을 이용해 사람들의 부탁을 들어주거나 선물을 사 주는 것을 좋아한다. 선물은 거의 언제나 수제품이다. 그런 식으로 생활고에 어려움을 겪는 예술가들도 지원한다. 누구에게 종속되어 있거나 정신적인 문제가 있어서 이 모든 일을 하는 것도 아니다. 아무 대가를 바라지 않고, 사랑이 우러나서 할 뿐이다.

물론 남성들 역시 전사의 공적 세계에 참여하고 있는 동안에도 이타적인 영역의 일원이었다. 자선사업에 적극적이고, 같은 동네에 사는 사람들을 도우며, 교회나 사찰 위원회에 참여해 왔다. 여성들이 음식을 만들어 이웃에게 가져다주듯이 남성들은 필요로 하는 것을 만들어 주거나 고쳐 주었다. 미국 서부에서 공동으로 헛간 짓기는 퀼트비(퀼트 만드는 모임)처럼 개척 생활의 중요한 일부였다. 성공한 경영 컨설턴트 한 명이 내게 솔직히 말하기를, 자신의 성공은 돈에 대해 지나치게 걱정하지 않는 데서 온다고 했다. 어떤 일을 할 필요가 있다고 여기면 그는 그 일을 한다. 때로는 많은 보수를 받지만, 어떤 때는 봉사로 한다. 그 결과 잘 살 뿐 아니라 사람들로부터 존경받는다.

갈수록 많은 사람들이 미국 시인 W. H. 오든이 말한 것처럼 '우리는 서로 사랑하거나 아니면 함께 죽을 수밖에 없다'는 사실을 깨닫는다. 모두가 하나로 이어진 세계속에서 우리와 많이 달라 보이는 사람들에게 관심 갖는 법을 배우는 것이 오늘날 우리에게 주어진 과제이다. 우주 공간에서 찍은 아름다운 지구 사진은 하늘의 보석처럼 빛나고 있지만 국경선은 흔적조차 없다. 우리 모두의 여행이 얼마나 서로 연결되어 있는지 보여 주는 강력한 상징이다.

이타주의자 원형이 발달한 사람은 전 세계 사람들에게 관심과 애정을 갖는다. 단순히 고결한 자선 행위로서가 아니라 우리 모두가 한 가족이라고 믿기 때문이다. 피부색이 다르고, 익숙하지 않은 옷을 입고, 낯설게 들리거나 심지어 불편하게 느껴질 수도 있는 생각을 이야기하는 사람들과 얼굴을 맞대면서 이타주의자는 그 피부색 너머의 형제자매를 본다.

도시학자 제인 제이콥스(지역사회의 문제와 도시의 쇠퇴에 대해 관심을 쏟은 미국의 저술가이며 사회운동가)는 『미국 대도시의 삶과 죽음 *The Death and Life of Great American Cities*』에서 나이 든 여성이 현관 입구 계단이나 창가에 앉아 주변에서 일어나는 일들을 지켜보던 시절에 사람들은 훨씬 더 안전했다고 설명한다. 그러나 지난날의 성 역할로 되돌아가지 않아도 우리 사회는 다시 안전해질 수 있다. 배려와 돌봄의 가치를 경쟁과 성취만큼 중요하게 여길 때 그 일이 가능하다. 간단히 말해, 전통적으로 여성들의 영역에서 중요시해 온 가치가 남성들의 영역에서 중요시한 가치만큼 존중받는 일이다.

과거에는 사람들에게 요구되는 심리적 발달이 매우 단순했다. 인간으로서 가진 잠재 능력을 다 사용할 필요 없이 그중 일부만 사용하도록 각각의 집단에 역할이 할당되었다. 하지만 오늘날에는 삶이 더 복잡해지고 전통적인 성역할이 무너지면서 심리적으로도 더 복잡해졌다. 남성과 여성의 역할이 매우 다르게 분류될 때 부부나 연인이 가질 수 있는 친밀감에 한계가 생긴다. 지금은 다양한 경험과 시각을 공유해 나가고 있기 때문에 남성과 여성이 이전 시대보다 더 많이 가까워질 수 있다. 남성과 여성 모두 자기 안에 있는 전사와 이타주의자에 연결될 수 있다.

'자신을 증명하라'는 요구와 '나누면서 살라'는 요구 사이에서 균형을 이룰 때 세상은 더 조화롭게 돌아간다. 전사는 우리에게 규율과 기술, 높은 성취에 집중하는 법을 가르쳐 우리를 번영의 길로 인도하며, 이타주의자는 우리에게 그 부를 다른 이들과 나누도록 격려함으로써 풍요로운 세상으로 나아가게 한다.

전사는 심리적으로 늘 결핍감과 부족함 속에서 산다. 이때 이타주의자 원형이 우리를 풍요로움으로 옮겨 가도록 돕는다. 주고받는 법을 배울 때 기적 같은 일이 일어난다. 몇 해 전 아메리카 원주민 부족들의 의식을 본뜬 증정 행사에 참가할 기회가 있었다. 나는 그 행사를 통해 자신에게 더 이상 필요하지 않은 물건들을 내놓아 그것을 필요로 하는 다른 사람에게 주는 일이 마법처럼 쉽게 이루어지는 것을 목격할 수 있었다. 그 행사 전에 우리는 꼭 금전적 가치가 아니더라도 자신에게 매우 가치 있는 것, 하지만 이제는 마음에서 내려놓을 준비가 된 물건을 가져오라는 요청을 들었다. 우리는 가져온 물건들을 제단 위에 올려놓았다. 그런 다음 참가자들이 제단을 따라 걸으며 자신에게 손짓하는 물건을 집어 들었다. 나중에 이때의 일을 이야기하면서 우리는 알게 되었다. 기적처럼 모두가 자신에게 꼭 필요한 선물을 받았다는 것이다. 이 경험을 통해 나는 기적이 동시적으로 일어난다는 것, 다시 말해 의미 있는 우연의 일치가, 그것도 자주 일어난다는 것을 배웠다.

쌓아 두려고만 하지 않는다면 모두가 충분히 가질 수 있다. 우리가 할 일은, 자신이 진정으로 원하는 것을 이미 가지고 있다면 그것이 무엇이든 깊이 감사하고 소중히 여기는 것이다. 그리고 더 이상 필요 없는 것이면 기꺼이 포기하는 일이다. 가진 것을 기꺼이 내준다는 것은 곧 주는 대로 받겠다고 우주에게 말하는 것과 같다. 만약의 경우에 대비해 물건들을 꼭 붙잡고 있을 필요가 없다. 우리가 아무 대가 없이 나누어 준다면 우리에게 꼭 필요한 것 또한 아무 대가 없이 받게 될 것이다. 이것이 이타주의자의 길이다.

전사는 돈을 승자와 패자가 나뉘는 경쟁적인 경기에서 득점을 매기는 방편으로 생각하는 반면, 이타주의자는 일을 잘 해낸 것에 대해 개인이나 사회로부터 받은 감사 표시로 여긴다. 그때 그 돈은 다시 감사하는 마음으로 세상을 위해 사용되거나 기부된다. 지불되는 돈은 주고받는 순환을 완성하는 것이며, 그것에 힘입어 우리의 자긍심이 높아지고 관계가 성장한다. 따라서 이타주의자의 세계관에서는 생산적인 사람이 되기 위해 빈곤과 결핍의 위협이 꼭 필요하지 않다. 아무 대가를 바라지 않고 두려움 없이 나눠 줄 때는 희생이라는 생각이 들지 않고, 오히려 더 많은 풍요를 만들어 내는 방식이라 여겨진다.

*First Backward Glance*(처음 돌아본 지난날)

# 6

# 순수주의자

자신의 본성과 맞서 싸워
영웅이 되려 하지 말고, 자신이
진정으로 사랑하는 것을
믿음으로써 자기 존재의 고귀함을
주장해야 한다. 자신의 여행을
신뢰하기만 하면 틀림없이 행복한
결말이 기다리고 있을 것이다.

## 좋아하는 것으로 자신을 정의한다—순수주의자

더 나은 삶을 향한 열망으로 가득 찬 적이 있는가? 삶이 꼭 힘들어야만 하는 것은 아니라고 믿는가? 당신 안에 이런 느낌이 강하다면, 또 진정한 평화와 만족을 느끼는 순간들이 많다면, 당신은 순수주의자로 귀환할 준비가 된 것이다. 당신이 늘 원하던 행복을 누릴 때가 온 것이다. 단, 그 과정에서 자신을 기꺼이 변화시킬 의지가 있다면.

영웅의 여행을 떠나기 전에 순수주의자는 추방되지 않은 세계인 초록 낙원에서 살았다. 그곳에서 삶은 안락하고, 보살핌과 사랑의 분위기 속에서 모든 욕구가 부족함 없이 충족되었다. 이와 가장 비슷한 경험은 어린 시절에 일어난다. 행복한 유년기를 보낸 사람의 경우가 그렇다. 훗날 연애를 막 시작했을 때나 신비한 종교적 경험을 할 때도 그런 낙원을 경험한다. 그런 경험을 하지 못한 사람이라 해도 언젠가는 평화롭고, 행복하고, 안전한 삶을 살게 되리라는 희망을 품고 살아간다.

우리가 누군가의 보살핌을 받을 수 있다고 말해 주는 이야기들은 큰 위안을 준다. 여러 문학상에 빛나는 쉘 실버스타인의 대표작 『아낌없이 주는 나무*The Giving Tree*』에서 어린 소년은 나뭇가지에 매달려 놀고, 나무에 달린 사과를 따 먹는다. 소년이 성장해 어른이 되자 나무는 집을 지을 수 있도록 자신의 가지를 내준다. 몇 년 후 소년이 일곱 대양을 항해하고 싶어 하자 나무는 배를 만들 수 있게 자신의 둥치를 내어준다. 마침내 소년이 노인이 되어 나무에게 돌아왔을 때, 나무는 자신이 줄 수 있는 것이 아무것도 남아 있지 않다며 슬퍼한다. 하지만 소년은 앉아서 쉴 곳이 필요할 뿐이라고 말하며 나무 그루터기에 걸터앉는다. 나무가 그에게 줄 때면 늘 그랬듯이 그도 행복하고 나무도 행복하다.

삶이 이렇게 쉽다면 얼마나 좋겠는가! 회의론자는 의구심을 가질 것이다. 과연 그렇게까지 잘 보살핌을 받는 사람이 세상에 있기나 할까? 나무가 진정으로 행복했을까? 나무는 실제로 소년에게 자신의 모든 것을 내어주며 희생하고 싶었을까? 이런 시각에서는 소년이 자기애에 빠져 있었던 것은 아닌지 의심할 수도 있다. 자신의 행동이 나무에게는 희생이라는 것을 소년은 정말 몰랐을까?

여행을 떠나기 전 우리가 경험하는 순수성은 어린아이와 같은 것이다. 즉 무의식적으로도 그렇지만 의식적으로도 다른 사람에게 많은 것을 의존한다. 갓난아기나 어린아이들이 누군가가 자신을 보살펴 주기를 기대하는 것은 당연한 일이다. 추방을 겪지 않은 순수주의자는 성인이 되어서도 세상이 주는 것들을 당연한 권리처럼 여긴다. 그리고 신을 전능한 아버지나 어머니로 상상하면서 자신이 선하게 행동하기만 하면 안전하게 지켜 주는 것이 신의 존재 이유라고 믿는다.

그런 순진함은 유아나 어린아이에게는 자연스러운 상태이다. 우리 자아의 일부는 사는 동안 안전하게 보호받고 전적으로 보살핌 받으며 온전히 사랑받기를 늘 기대한다. 많은 사람들은 부모와 성직자, 교사, 혹은 직장 상사가 정해 준 규칙에 따라 살면서 그 규칙에 부합하는 사람이 되면 그런 순수 상태에 머물 수 있다고 믿는다. 역설적이게도 순수함에 머물러 있으려는 그 시도 때문에 결국에는 순수함을 잃게 된다. 자신이 그토록 열심히 노력했는데도 이 모든 규칙을 어긴 사람들이 오히려 좋은 남자나 여자를 만나고, 더 큰 부를 소유하고, 더 많은 주목을 받는 것을 볼 때 속이 쓰리지 않을 수 없다. 이보다 더 안 좋은 일은, 완벽해지기 위해 모든 힘을 쏟은 결과 삶이 돌처럼 경직되어 버린다는 것이다.

하지만 여행을 계속하면 낙원으로 돌아갈 때가 올 것이다. 새로운 친구나 새로운 사랑에 마음을 쏟고, 삶이 가능성들로 반짝이는 순간이 다시 찾아올 것이다. 말할 수 없이 투명한 호수, 우뚝 솟은 산, 사랑스러운 꽃의 아름다움을 경외감을 갖고 바라보게 될 순간이. 또 어린 시절 느꼈던 안전함과 보살핌을 친구나 연인을 통해 다시 경험하게 될 것이다. 혹은 심리 치료나 명상 수련에서 그것을 경험할 수도 있고, 자애로운 신이나 여신의 품에 안긴 듯한 영적 순간들 속에서 다시 경험할 수도 있다.

그러나 여행의 주된 목적인 성장을 위해서는 어느 정도 추방된 세계에서의 삶을 경험할 필요가 있다. 그 세계에는 우리가 잘 살고 있는지 관심 갖는 사람이 별로 없으며, 친구나 애인조차 우리를 배신하거나 실망시키고, 포식 동물처럼 탐욕스러운 사람들이 우리를 이용하려고 한다. 우리는 그 세계에서 심각하게 마음의 상처를 입고 상실을 겪으며, 때로는 신이 아주 멀리 있거나 존재하지 않는 것처럼 느껴진다. 그런데도 우리의 내면에 있는 무엇인가가 세상은 험난하다는 끊임없는 메시지를 부정하고 싶어 한다. 적어도 우리 자아의 일부는 이상적인 세상을 계속 꿈꾼다.

신화 속 낙원으로 돌아가게 되리라는 약속은 인간의 삶에서 가장 강력하게 작용하는 힘 중 하나이다. 우리가 어떤 행동을 할 때, 혹은 하지 않을 때, 그것이 해로운 일인가 아닌가는 그 행동이 낙원으로 돌아가는 데 어떤 영향을 미치는가에 따라 결정된다. 우리는 행복해지는 데 필요하다고 생각되는 것이 있으면 그것을 얻기 위해 정신없이 덤비며 이 세상과 서로를 물건 취급한다. 역설적인 점은, 오직 자신만의 여행을 떠나야만 비로소 그 여행 끝에 안전하고 사랑 넘치고 풍요로운 세계로 돌아가는 일이 가능하다는 것이다. 이해할 만한 일이지만 대부분의 사람들은 영웅의 여정을 건너뛴 채 곧바로 보상을 얻고 싶어 한다.

우리 안에 있는 어린아이는 낙원을 자기애적인 기분을 만족시켜 주는 곳으로 상상한다. 그러나 성장하면서 이 환상을 내려놓을 수밖에 없다. 그래야만 열심히 노력해 내면세계와 외부 세계 양쪽에서 능력을 얻을 수 있기 때문이다. 여행 끝에 이르러 약속의 땅으로 들어가는 것이 그 보상이다. 그러나 이것은 우리가 줄곧 원해 왔던 모든 장난감을 얻게 된다는 뜻이 아니라, 오히려 자기 자신에 대한 깊은 이해와 타인에 대해 존경을 느끼는 의식 상태에 도달했다는 의미이다.

낙원으로의 이 귀환은 상처 입은 내면 아이를 치유시키고, 자신이 희생자라는 피해 의식에서 벗어나게 해 준다. 심리 상담이든 명상 프로그램이든 종교든 이 귀환이 이루어지지 않으면 성공하지 못한 것이다. 뿐만 아니라 영혼의 존재를 인정하지 않으면 귀환은 이루어질 수 없다. 자신을 영적인 존재로 보기 시작할 때 비로소 우리는 삶과 우주를 신뢰하게 되고, 자기 자신과 세상을 치유하겠다는 책임을 느끼게 된다.

세상의 거의 모든 종교는 신과 하나가 된 상태를 묘사하는데, 그 차원에 이르면 우주를 신뢰하게 된다고 말한다. 불교는 그것을 깨달음이라 부르고, 기독교는 회심(과거의 삶을 회개하고 신앙에 눈을 뜸)이라 한다. 대부분의 종교는 우리가 그 상태에 이를 수 있도록 수행법을 처방해 준다. 예를 들어 유대교 신비주의 문헌에서는 신과의 합일에 이르는 명상을 가르치며, 굳이 그런 명상이 아니어도 많은 사람들은 신과의 합일을 자연스럽게 경험한다.

당신도 영적 깨어남을 경험했을 수 있다. 종교적 회심을 하는 순간, 또는 언어로 설명할 수 없는 신비한 일을 경험하는 순간, 문득 기쁨과 평화로 충만해지는 순간, 자연과 우주와 삶 자체에 대해 경외감을 느끼는 순간, 그리고 정확히 있어야 할 자리에 자신이 있다고 느끼는 순간 등이 그것이다.

영웅이 찾는 보물 또한 바로 그것이다. 카멜롯 전설에서 기사들은 물질적 가치 때문에 성배를 찾는 것이 아니다. 그보다는 성배와의 만남이 삶을 근본적으로 변화시키는 환상적인 순간을 가져다주기 때문에 성배를 찾는 원정에 오른다. 원탁의 기사 중 한 명인 랜슬롯은 성배를 발견하고는 너무 압도되어 24시간 동안 혼수상태에 빠진다.

많은 동화와 전설에서 영웅은 땅속에 묻힌 보물을 발견한다. 파울로 코엘료(브라질 출신의 소설가)의 소설 『연금술사*The Alchemist*』의 주인공 산티아고는 무화과나무 뿌리 곁에 묻혀 있던 스페인 금화가 가득 든 보물 상자를 발견한다. 그 무화과나무는 폐허가 된 교회의 성물 보관실에서 자라고 있는데, 그 성물 보관실은 산티아고가 여행을 시작한 바로 그 장소였다. 과거에 많은 영웅들이 자기 집 뒷마당에서 보물을 발견했듯이 원래 자신이 있던 장소에서 보물을 찾은 산티아고는 왜 굳이 여행을 떠나야 했는지 의아해한다. 그때 그는 자신을 피라미드까지 데리고 갔던 그 순례 여행 자체가 보물이었음을 깨닫는다. 금화는 그를 부자로 만들어 주겠지만, 그를 행복하게 해 준 것은 돈이 아니었다. 그의 삶을 기쁨으로 채워 준 것은 그 여행의 과정이었으며, 실제로 그는 행복을 얻은 후에야 보물 상자를 발견한다.

영적인 영웅들의 이야기는 우리 안에서 창조성과 생명력이 깃든 오염되지 않은 장소를 발견할 수 있게 도와준다. 그 안에서 우리는 자기 내면의 신을 경험한다. 그러나 이때 우리는 부모 같은 존재를 우러러보는 어린아이가 아닌 성인으로서 자신이 신의 일부임을 깨달으며 신과 연결된다.

성장하면서 우리는 자기 자신을 자신의 세계를 창조해 나가는 하나의 동반자로 보기 시작한다. 더 이상 어린아이처럼 누군가에게 의존하는 식으로는 행동하지 않는다. 오히려 다른 사람들과 이 행성을 돌볼 책임을 느낀다. 이렇게 상호 의존성을 깨달을 때 비로소 낙원으로 귀환할 수 있다. 지상 낙원을 유지하기 위해서는 개인의 책임이 요구될 뿐 아니라 낙원에서조차 어느 정도의 아픔과 고통은 삶의 일부임을 알아야 한다.

기존의 틀에 따라 선하게만 살려고 노력하면 순수주의자는 낙원으로 돌아가는 일이 오히려 좌절될 수도 있다. 도덕적으로 행동하거나 충분히 성공하면 다른 사람들이 어쩔 수 없이 견뎌야 하는 시련과 고통을 겪지 않아도 된다고 세상은 언제나 말한다. 삶에서 수동적으로 구조를 기다려 봤자 아무 일도 일어나지 않는다는 것을 알게 되면 순수주의자는 성공이나 행복을 약속하는 프로그램

같은 것을 찾는다. 이번 생에서든, 그것이 안 되면 다음 생에서라도 시도할 것이다. 그런 식으로 순수주의자는 신이나 자신의 고용주나 배우자를 기쁘게 하기 위해 매우 열심히 노력하며, 그 보상으로 사랑받고 존경받기를 원한다. 만약 삶이 그런 식으로 잘 돌아가지 않으면 그는 자신이 마땅히 받아야 한다고 믿는 결과를 손에 넣기 위해 무슨 일이든 하려고 든다.

영화 〈아마데우스〉(천재 음악가 모차르트와 그를 시기한 평범한 궁정 음악가의 광기 어린 질투를 그린 영화)는 이런 순수주의자의 극단적 성향을 병적인 것으로 묘사한다. 영화 속 주인공 살리에리는 어릴 때, 신이 자신을 훌륭한 작곡가로 만들어 주기만 하면 자신의 근면함과 순종, 순결을 바치겠다고 말하며 신과 거래를 한다. 위대한 작곡가가 되기 위해 도덕적인 사람이 되겠다는 서약이다. 약속대로 훌륭한 작곡가가 된 살리에리는 신과 자기 자신에 대해 매우 흡족해한다. 하지만 모차르트가 등장하면서 모든 것이 깨어진다. 모차르트는 반항적이고 무례하며 제멋대로인데다 육체적으로도 순결하지 않은 것이 분명하다. 그러나 모차르트는 작곡을 할 때 수정할 필요조차 없다. 자신을 이상적인 인간이라고 자부하던 살리에리는 신이 고결한 자신 대신 악명 높은 모차르트를 신의 악기로 선택했다고 결론 내린다. 살리에리로서는 너무도 참기 어려운 불공정한 처사였다. 그래서 살리에리는 모차르트와 신 모두에게 전쟁을 선포하고 모차르트가 임종 상태에서 작곡한 진혼곡을 훔친다.

그러나 진실은, 살리에리에게는 선한 인간이 아닌 것처럼 보였을

지 모르지만 모차르트가 진정한 순수주의자라는 것이다. 즉 모차르트는 자신이 받은 영감을 온전히 신뢰하는 사람이었다. 누가 봐도 부도덕하게 생활했지만 모차르트는 진실로 자신보다 더 위대한 사명을 위해 헌신했다. 그는 임종의 순간까지도 작곡을 멈출 수 없었다. 그의 경우 이것은 일중독이 아니라 자기 삶의 이유인 예술을 표현하고자 하는 천재적 창조성에서 우러난 충동이었다.

도덕성은 종종 비겁함을 감추는 수단으로 이용된다. 많은 사람들에게 종교 계율이 호소력을 갖는 것은, 그 계율을 따르기만 하면 자신이 누구인지, 그리고 자신이 진정 무엇을 생각하는지 탐구할 필요가 없기 때문이다. 즉각적인 성공이나 깨달음을 약속하는 책들처럼 손쉽게 정답을 제공하는 것들에 추종자들이 몰리는 이유이다. 마찬가지로 많은 사람이 전통적인 성역할과 노동 분담에 집착한다. 사회에서 부여해 준 그 가짜 정체성을 따르기만 하면 굳이 미래를 알 수 없는 불확실한 여행을 할 필요가 없기 때문이다.

다른 사람들의 도덕관에 따라 선한 사람이 되려고 노력하면 결국 낙원에 다시 돌아갈 기회를 잃을 수도 있다. 해리엇 아르노(미국 소설가. 남부 애팔래치아산맥 지역 사람들에 대한 전문가였다)의 대표 소설 『인형 만드는 여자*The Dollmaker*』의 주인공 거티는 키가 180센티미터가 넘는 시골 촌뜨기이다. 그녀는 누구보다 지혜롭지만 습관적으로 자신의 지혜를 스스로 무시한다. 그녀가 마음속으로 그리는 낙원은 농장을 사서 가족과 함께 일하며 조각가로서 자신의 재능을 펼치는 것이다. 하지만 농장을 구입할 수 있을 만큼 충분한 돈을 모았음에도 자신이 무엇을 해야 하는지는 주변 사람들의 말을 따른다. 그 결과 자신이 사랑하는 모든 것을 하나씩 잃어 간다.

첫째, 거티는 남편 곁에 있는 것이 여성의 의무라는 어머니의 말에 따른다. 남편이 직장을 구하기 위해 디트로이트시로 가자, 그를 따라가야 했기 때문에 농장을 살 기회를 놓친다. 그다음에는 어린 딸 캐시가 상상의 친구인 인형을 갖고 놀게 해서는 안 된다는 이웃의 말을 믿었기 때문에 사랑하는 딸을 잃는다. 캐시는 인형을 갖고 놀기 위해 몰래 빠져나갔다가 기차에 치여 목숨을 잃는다.

조각가의 재능을 타고났음에도 거티는 조각을 '나무나 깎는 바보짓'이라 부르며 자신의 천직을 진지하게 받아들이지 않는다. 애팔래치아산맥의 가난한 여인으로 살아가면서, 자기 내면의 소명을 중요하게 여기라는 어떤 조언도 들어본 적이 없었던 것이다. 그녀가 꿈꾸는 것은 자신의 삶을 상징하는 '웃는 그리스도'를 조각하는 일이다. 그것은 청교도 어머니로부터 물려받은 음울한 유산인 고통받는 십자가상과 정반대의 모습이다. 하지만 그것을 조각하는 대신 시장에 내다 팔 싸구려 조각상과 십자가상을 만들기 위해 좋은 벚나무를 도끼로 작게 자르면서 거티의 자기 비하적인 행동은 극에 달한다. 이 행동은 곧 자신을 죽이거나 불구로 만드는 행위나 다름없다.

'웃는 그리스도'는 거티와 우리 모두의 내면에 있는 신의 형상이다. 소설 앞부분에서 딸 캐시는 어머니 거티에게 그 그리스도 조각상을 완성해 '그녀를 밖으로 나오게 하라'고 말한다. 물론 '그녀'는 다름 아닌 거티 자신이다. 그녀가 벚나무에 도끼질을 하는 순간은 실로 비극적이다. 그렇게 함으로써 자기 자신은 물론 자신이 꿈꾸는 것을 부정했기 때문이다. 그러나 그때에도 그녀에게서 희망이 아주 사라진 것은 아니다. 우리 모두는 다만 자신의 지혜와 진실성과 신성을 부정하는 겁쟁이가 되는 순간이 있을 뿐이다.

비록 소설은 거기서 끝나지만 마지막 줄에서 거티가 자기 파괴적인 행동을 통해 새로운 차원의 이해에 이르렀음을 알 수 있다. 가족에게 돈이 필요할 때마다 벚나무 둥치를 자르면서 그녀가 말한 핑계는 모델이 될 만한 그리스도의 얼굴을 찾을 수 없다는 것이었다. 소설 말미에 거티는 귀환한 순수주의자처럼 자신의 비전을 이렇게 외친다.

"웃는 그리스도상에 어울릴 얼굴은 헤아릴 수 없이 많아. 저 아래 골목에 있는 내 이웃들 중에도 몇 명 있어. 그들의 얼굴을 조각할걸 그랬어."

거티는 올바른 삶을 살고자 언제나 열심히 노력한다. 이것이 그녀 이야기의 역설이다. 그녀가 열심히 노력하면 할수록 그녀의 삶은 더 나빠진다. 핵심은 자신의 본성과 맞서 싸워 영웅이 되려 하지 말고, 자신이 진정으로 사랑하는 것을 믿음으로써 자기 존재의 고귀함을 주장하라는 것이다.

마지막에 이르러 거티는 그저 자기 자신이 되고 정직하게 자신이 원하는 것을 따랐더라면 자신의 꿈이 이루어졌으리라는 것을 이해한다. 그렇게 했다면 틀림없이 농장 소유주가 되고 가족들에 둘러싸여 살면서 자신이 상상했던 조각상을 완성할 수 있었을 것이다. 나중에야 그녀는 농장에 그대로 머물 수 있는 여건을 충분히 갖추고 있었음을 깨닫는다. 하지만 자기 파괴적으로 자신을 비하하는 목소리에 귀를 기울인 것이다. 남편조차도 그녀가 그를 믿고 자신이 하고 싶은 일을 충분히 설명해 주었다면 그녀를 지원했을 것이라고 말한다. 우리 모두 마찬가지다. 자신의 여행을 신뢰하기만 하면 틀림없이 행복한 결말이 기다리고 있을 것이다.

이 소설이 단순히 여성의 역할에는 희생이 필요하고 가난한 사람은 재능을 키우기 힘들다는 구시대적인 관념을 지적한 것이라고 해석하기 쉽다. 그러나 우리 중 누구라도 거티와 같은 모습이 내면에 조금이라도 있지 않을까? 대개 우리는 극적인 불행 때문에 좌절하지 않는다. 오히려 미덕을 가장한 자기 배반적인 행동을 계속하면서 진짜가 아닌 삶이 쌓여 가기 때문에 절망하는 것이다.

거티의 딜레마는 사실 누구나 경험할 수 있는 삶의 모습이다. 아무리 혜택받은 환경 속에 살고 있더라도 얼마든지 그렇게 될 수 있다. 내 세미나에 참석한 한 남성은 이미 백만장자인데도 또 다른 백만 달러를 버느라 너무 바빠서 자신의 행복은 찾을 겨를이 없다고 불만을 토로했다. 성공한 남자의 이상적인 모습이 되기 위해 자신의 영혼을 희생시킨 것이다. 거티가 주변 사람들이 기대하는 자기희생적인 여성의 모습을 보여 주기 위해 그랬던 것과 똑같다. 게다가 거티의 삶이 보여 주듯이, 종종 우리의 진정한 삶을 가장 좌절시키는 사람은 부모, 연인, 배우자, 아이들이다. 그 이유는 사랑하는 사람들을 기쁘게 해 주고 싶어서이기도 하지만, 또 그들을 우리 자신이 누구이며 자신이 여기에서 무엇을 하기 위해 존재하는지 알게 해 주는 거울로 여기기 때문이다.

하지만 기억해야 한다. 그 누구도 나의 삶이 어떠해야 하는지 말해 줄 수 없다는 것을. 오직 자신만이 그것을 알 수 있다. 따라서 영웅의 소명을 따르다 보면 주변 사람들을 불편하게 만들 수밖에 없다. 방종과 자기애를 진정한 소명과 혼동하지 않는 것도 중요하지만, 우리에게 어떻게 살아야 하는지 말해 주기를 좋아하는 사람들에게 우리 삶의 주도권을 넘겨주지 않는 것도 똑같이 중요하다. 낙원으로 다시 돌아가기 위해서는 자기 삶의 이야기를 직접 써 내려가는 책임을 져야 한다.

모든 문화는 세계 창조와 관련된 이야기를 가지고 있다. 신이 생명을 창조하기 위해 허공을 향해 말하는 것은 매우 적극적인 창조 활동이다. 신이 "빛이 있으라." 하고 말하자 빛이 생겨난다. 신이 실체에 이름을 붙이면 그때 그것이 존재하게 된다. 우리 자신이 자기 삶의 창조자라면, 이 이야기는 우리 모두가 자신의 진정한 목소리를 발견해야 한다는 것을 상기시켜 준다. 원하는 것에 대한 비전을 갖고 그 비전을 말로 표현할 때, 자신에게 완벽하게 맞는 삶을 시작할 수 있다.

우리는 자신이 무엇을 낳고 있는지 확신하지 못하면서도 무엇인가를 탄생시키기 위해 오랫동안 일한다. 종종 우리가 삶을 선택했다기보다 오히려 삶이 우리를 선택한 것처럼 보인다. 그리고 그 과정에서 유산할까 봐 두렵기까지 하다. 확실한 것은 거의 없으며, 일단 과정이 시작되면 저절로 삶이 움직여 나간다.

글을 쓰고, 그림을 그리고, 작곡을 하는 사람은 영감과 재능을 불어넣어 주는 예술의 신에게 도움을 받는다. 그때 당신이 예술을 창조하고 있는 것이 아니라 예술이 당신을 통해 창조되는 느낌을 받는다. 자신이 예술가가 아니라고 생각한다면 밤에 꾸는 꿈을 생각해 보라. 당신의 마음은 당신에게 생기를 불어넣고 깨달음을 주는 이미지들과 놀라운 이야기들을 창조한다. 지난밤의 꿈을 기억하지 못하더라도 우리 모두는 매일 밤 꿈을 꾼다. 우리가 꿈을 꾼다는 사실은 우리 모두가 의식적인 노력 없이도 멋진 이야기를 지어내는 상상력을 가지고 있음을 의미한다.

또한 삶의 흐름에 맡기는 것이 어떤 것인지를 경험하는 순간들이 누구에게나 있다. 필요한 아이디어가 정확한 순간에 우리에게 온다. 다시 말해 '우연히' 필요한 사람을 만나고, 겉으로 보기에는 마법처럼 기회의 문들이 열린다. 이런 일이 일어날 때, 우리는 더 깊은 차원에서 순수주의자가 된다. 이제는 어떤 일이 잘못되더라도 그 경험을 통해 배움을 얻게 될 것이라고 믿는다.

고아일 때는 자신을 창조자와 같은 존재라고 생각하지 못한다. 고아는 신을 자신보다 훨씬 위, 저 멀리 있는 창조자로 본다. 특별히 재능을 타고난 사람들을 창조적이라고는 생각하지만, 자기 자신을 창조의 과정에 참여하는 또 한 사람의 창조자로 인식하지는 않는다. 사실 힘을 가진 사람들과 운명에 휘둘리는 나약한 존재로 자신을 본다. 방랑자일 때는 우리의 운명을 결정하려 드는 사람들에게서 달아나 자신을 구원하고자 하고, 전사일 때는 그들에게 맞서 자신의 영역을 지키기 위해 싸운다. 또 이타주의자일 때 우리는 반드시 필요하다면 자신을 희생시킴으로써 우주의 창조와 파괴 과정에 참여한다. 이 모든 단계를 통과하고 나서야 자신이 자기 삶의 창조자라고 믿는 순수주의자가 다시 나타난다. 이때 우리는 비로소 여행에서 돌아올 준비가 된 것이다.

전설 속 성배를 찾는 기사는 폐허가 된 왕국을 탈바꿈시켜 다시 꽃이 만발하게 하는 꿈을 꾼다. 『오즈의 마법사』의 주인공 도로시는 집으로 돌아가는 길을 찾을 수 있도록 오즈의 마법사가 도와주기를 원한다. 그리고 마침내 자신이 신고 있는 루비 구두에 담긴 비밀을 알아낸다. 양쪽 구두의 뒤축을 부딪치자 도로시는 그 즉시 고향 캔자스시티로 돌아간다.

우리 대부분은 집에 온 것 같은 장소를 발견하게 되기를 간절히 바란다. 어느 날 그 비밀이 자기 자신 안에 있다는 것을 깨달을 때까지 그곳을 찾고 또 찾는다. 영웅의 여행에서 우리는 배우게 된다. 자신이 어떤 세상에서 살기 원하는지 선택하는 것은 자기 자신이라는 사실을. 여행을 하면서 자신이 누구이고, 무엇을 소중히 여기며, 무엇을 느끼는지 알기 시작한다. 그런 다음 자신이 믿는 진실을 세상에 표현할 때 같은 생각을 가진 사람들, 더 행복한 방식으로 살고 싶어 하는 사람들을 자기 주위에 끌어당긴다. 그리고 같은 생각이 모여 새로운 삶의 방식을 실험하는 사람들의 공동체, 작은 왕국을 함께 만든다. 때로 그 과정은 기적처럼 보인다. 영웅이 여행의 끝에 이르렀을 때 왕국이 변신하듯이.

늘 이용할 수 있는 정보들이 주변에 있지만, 우리가 그것들을 경험할 마음의 준비가 되기 전에는 생각이 일치하는 사람들이나 단체, 책 등의 존재를 알아차리지 못한다. 당신이 새로운 단어를 배울 때 무슨 일이 일어나는지 생각해 보라. 전에는 그 단어를 전혀 의식하지 못했지만 일단 배운 뒤에는 늘 그 단어가 귀에 들린다. 물론 그 단어는 늘 존재하고 있었지만 당신에게는 존재하지 않았다. 그 단어가 당신 세계에 존재하지 않았기에 당신은 그 단어를 알아차리지 못했다.

마찬가지로 여행 초기에 우리는 외로움이나 소외감을 느낀다. 그래서 세상에 적응하기 위해서는 우리가 '현실'이라고 믿는 것에 순응해야만 한다고 생각한다. 그러나 우리 자신이 변화할 때 현실도 함께 바뀐다. 여행에 대한 보상으로, 우리 자신의 일부를 잘라 내라고 요구하지 않는 공동체를 발견하게 된다.

고전 작품들의 줄거리를 기억할 것이다. 이야기 속 영웅들은 고아이거나, 가족들에게 억압받고 무시당하다가 자신의 진정한 집을 찾아 나선다. 우리가 점점 더 진정한 자신의 모습에 가까워질 때, 그리고 깊은 유대감이 느껴지는 사람들과 연결될 때, 우리는 더 많은 만족스러운 관계를 맺게 된다. 여행은 필연적으로 고독할 수밖에 없지만, 여행 끝에는 자기 자신과 타인, 자연, 그리고 영혼이 함께하는 자신과 어울리는 공동체를 보상으로 얻는다. 여행의 끝에 이르러 영웅은 자신이 집에 있다고 느끼며, 실제로 집에 있다.

그렇다고 문제가 완전히 사라지는 것은 아니다. 여행을 떠난다고 해서 삶이 면제되는 것은 아니다. 질병, 죽음, 실망, 배신, 그리고 실패까지도 인간 조건의 한 부분이다. 하지만 자기 자신과 우주를 신뢰한다면 그것들을 더 쉽게 견뎌 낼 수 있다. 더구나 영웅은 자신의 두려움과 맞서기 때문에 두려움으로 삶에 제약을 받지는 않는다. 자신이 옳은 일을 하고 있는지, 다른 이들이 못마땅해하거나 다른 이들이 나를 나쁘게 여기지는 않을지, 혹은 누가 나를 이용하려 들지는 않을지 머릿속에서 계속 질문을 반복하지 않아도 우리는 중심을 갖고 행동할 수 있다. 신을 멀리서 심판을 내리는 존재로 상상한다면 신이 자신을 버릴까 봐 두려워할 수도 있다. 제럴드 잼폴스키(태도치유센터의 공동 설립자인 정신의학자)가 『사랑은 두려움을 내려놓는 것*Love Is Letting Go of Fear*』에서 설명하고 있듯이 겹겹이 쌓인 두려움들이 그 밑에 있는 사랑을 경험하지 못하게 만든다. 두려움을 더 많이 내려놓을수록 우리를 건강하고 생기 넘치고 살아 있게 만드는, 또한 우리에게 더 많은 기쁨을 주는 생명 에너지에 더욱 가까워질 수 있다.

영적이고 창조적인 한 여성은 어렸을 때 종교 교육을 받아 본 적이 없다고 털어놓았다. 어느 날 그녀는 이웃에게 신에 대해 물었고, 그 이웃은 오직 한 가지만 말했다고 한다.

"신은 사랑입니다."

그녀에게 신학은 그것으로 충분했다. 그 이후 그녀는 자신의 삶과 행동의 토대를 사랑에 두었다. 그리고 그렇게 하면서 자기 안에서 신을 발견했다. 그 결과 세상 어디에서나 집에 있는 것 같은 편안함을 느꼈다.

영웅 신화에 등장하는 주인공은 마지막에 왕이나 여왕이 된다. 현대 용어로 말하면 영웅은 종종 지도자 역할을 맡는다. 영웅의 여행을 통해 우리의 능력도 커지기 때문에 자기 자신과 자신의 삶에, 자신의 내면세계뿐 아니라 그것이 창조하는 외부 세계에 대해서도 더 책임을 지게 되는 것은 자연스러운 일이다.

대개 삶의 이 지점에서 우리는 세상과 자신의 삶을 이끌 자신감과 능력을 갖게 되며, 또한 여행이 주기적으로 반복되어야 함을 이해한다. 자신의 왕국이 황폐해진다고 느껴질 때면 자신이 너무 편안해져서 성장이 멈춰 버렸음을 알아차린다. 그때 우리는 안다. 다시 길을 떠나 탐구를 계속해야 할 시기라는 것을.

지혜로운 순수주의자는 자신에게 무슨 일이 일어나는가가 아니라 자신에게 일어나는 일을 어떻게 생각하는가가 자신의 삶을 결정한다는 것을 안다. 앞에서 이야기한 코엘료의 『연금술사』에는 이 진실을 분명하게 말해 주는 놀라운 우화가 있다. 산티아고의 부모는 산티아고가 신부가 되기를 원하지만 산티아고는 여행을 더 좋아해서 양치기가 된다. 몇 년 동안 양치기로 아무 문제 없이 살아가던 산티아고는 어느 날부터 이집트의 피라미드에 가서 보물을 발견하는 똑같은 꿈을 반복해서 꾼다. 꿈이 진실을 보여 주고 있다고 믿은 그는 갖고 있던 양을 모두 팔아 배를 타고 탕헤르(아프리카 북서부 끝에 있는 모로코의 항구 도시)로 간다. 하지만 그곳에서 그는 가진 돈을 몽땅 도둑맞는다. 좌절감에 빠져 잠들었다가 깨어 보니 텅 빈 시장 골목에서 돈 한 푼 없는 신세가 되어 있다. 누구라도 그러하듯이 그는 화가 나고, 절망하고, 자신을 피해자로 느낀다.

자신이 처한 상황을 곰곰이 생각하던 산티아고는 '자신을 도둑에게 이용당한 가련한 피해자로 여길 것인지, 보물을 찾아 여행을 떠난 모험가로 생각할 것인지 선택해야만 한다는 것'을 깨닫는다. 그리고 스스로에게 이렇게 말한다.

"나는 보물을 찾고 있는 모험가이다."

지혜로운 순수주의자는 여러 가지 현실이 동시에 존재한다는 것을 이해한다. 우리에게 일어나는 일들을 우리가 언제나 통제할 수는 없지만, 일어난 일들을 어떻게 해석하는가에 따라 우리는 자신이 살아갈 현실을 선택한다. 산티아고는 이 영적 원리를 이용해, 보물을 찾는 것이 자신의 본성이자 운명이라고 확신한다. 다음과 같은 긍정적인 말을 반복함으로써 우리도 똑같이 할 수 있다.

"나는 기쁨과 빛으로 가득하다."

"완벽한 건강과 넘치는 에너지가 나에게 흐르고 있다."

"나는 지금 나에게 꼭 맞는 일을 하고 있다."

산티아고는 또한 '거부'라는 영적 원리를 이용한다. 영적인 거부를, 자신이 처해 있는 상황을 실제 상황이 아닌 것처럼 상상하려는 심리적 부정과 혼동해서는 안 된다. 산티아고는 도둑이 자신의 돈을 훔쳐 가지 않은 척 가장하지 않는다. 오히려 도둑의 행동은 자신이 누구인지를 결정하는 데 아무 영향력도 미치지 못한다고 주장한다. 돈을 도둑맞고 일시적으로 좌절했을 수는 있지만, 자신을 형편없는 사람이라고 생각하기를 거부하는 것이다. 실제로 그는 자신이 지금 보물을 찾는 과정에 있다는 사실을 다시금 확인한다.

우리도 이 두 가지 원리를 이용할 수 있다. 자신이 원하는 삶을 확인하고, 그 여행에 일치하지 않는 조건들은 우리에게 아무 힘을 미치지 못한다고 선언하는 것이다. 산티아고처럼 자신이 경험하는 일들을 의무가 아닌 모험의 관점에서 생각하는 순간, 우리가 원하는 삶을 가로막고 좌절감을 안겨 주는 장애물로 여기기보다 오히려 배움의 원천으로 생각하는 순간 우리의 삶 또한 빛날 것이다.

사막을 건너 이집트로 향해 가는 여정에서 산티아고는 한동안 한 연금술사와 동행한다. 연금술사는 산티아고에게 연금술의 진정한 목적은 금을 만드는 것이 아니라 세상의 영혼을 이해하는 일이고, 나아가 그 과정을 통해 신성을 발견하는 것이라고 가르쳐 준다. 산티아고는 위대한 연금술 문헌에 접근하지 못할까 봐 걱정한다. 동행한 연금술사는 인간은 누구나 자신의 여행에 필요한 진실에 언제나 다가갈 수 있다고 확신을 불어넣어 준다.

"만약 그대가 어느 연금술 실험실에 있다면, 아마도 지금이 에메

랄드 태블릿(연금술 이론의 기반이 되는 문헌)을 연구하기에 가장 적절한 순간일 것이네. 하지만 그대는 지금 사막에 있으니, 차라리 사막 속에 깊이 잠겨 보게. 사막이 그대에게 깨달음을 줄 걸세. 사실이 땅 위에 있는 거라면 무엇이든 그대에게 깨달음을 주겠지만 말이야. 사막을 이해하려고 할 필요는 없네. 모래 알갱이 하나를 들여다보기만 해도, 마음속에서 천지창조의 모든 경이를 볼 수 있을 것이네."

연금술사는 산티아고에게 마음에 귀를 기울이라고, 마음이 모든 것을 알 것이라며 말을 맺는다. 마음은 세상의 영혼을 이루는 한 부분이기 때문에 마음 역시 모든 것을 안다. 따라서 자신의 마음을 따르고, 자신에게 손짓하는 길에 전념하고 헌신하면 지혜로워지는 데 필요한 모든 것을 배우게 된다.

『아는 여자*Knowing Woman*』에서 아이린 카스트예호(여성심리학을 전공한 런던 출신의 융 심리분석학자)는 인도의 한 마을에서 일어난 일을 이야기한다. 마을이 오랜 가뭄을 겪자 기우사(비를 부르는 주술사)를 부른다. 기우사는 그곳에서 비가 오게 하기 위해 아무 일도 하지 않는다. 그런데도 비가 내린다. 기우사는 그저 그 마을에 가서 머물 뿐인데도 비가 온 것이다. 그는 비가 오게 만들지 않는다. 단지 비가 오도록 허용할 뿐이다. 더 정확히 말하면, 무엇이든 허용하고 확신하는 마음속 분위기가 자신에게 필요한 기후를 창조해 내는 것이다. 어쩌면 당신은 그런 사람들을 알지도 모른다. 그들이 해가 나오게 하거나 비가 내리게 하거나 사무실에 있는 사람들을 더 열심히 일하게 만드는 것이 아니다. 하지만 그들이 그곳에 있을 때 마법처럼 일들이 잘, 그리고 누가 봐도 쉽게 돌아간다.

때로는 삶에서 진짜 비극을 맞이할 때도 있다. 우리 자신을 가장 변화시키는 사건들은 때로 사랑보다는 난폭한 파괴로 나타난다. 이때의 아픔은 스스로 불러들이거나 마땅히 치러야만 하는 것은 아니다. 하지만 마음은 성장을 위해 재난을 이용할 수 있고, 우리가 성장이 일어나도록 마음을 열기만 한다면 마침내 그것이 우리에게 보물을 가져다준다.

순수주의자는 고통을 외면하려는 심리적 유혹을 자주 받는다. 메이 사튼(미국의 시인이며 소설가)의 소설 『당나귀와 나*Joanna and Ulysses*』의 주인공 조안나는 고통이 현실에 존재하지 않는 척하는 대신 오히려 고통을 재해석하는 법을 배워 나간다. 조안나는 자신의 서른 번째 생일을 기념하기 위해 생애 처음으로 혼자 여행을 떠나기로 한다. 언제나 화가가 되기를 원했지만 실제로는 판매원으로 일하고 있다. 그래서 그림을 그릴 수 있기를 희망하며 배에 몸을 싣고 아테네를 떠나 에게해(그리스와 터키 사이에 있는 지중해 동부 해역. 400여 개의 섬이 흩어져 있는 고대 그리스 문화의 발상지)의 산토리니 섬으로 향한다. 그녀의 목표는 그림으로 그릴 수 있도록 사물들을 있는 그대로 보는 것이다. 놀랍게도 그렇게 하면서 그녀는 자신을 지배하던 현실 부정의 심리를 극복하고, 자신이 보고 싶어 하는 것 너머의 것에 눈을 뜬다.

산토리니섬에서 조안나는 한 소년과 친구가 된다. 소년은 조안나에게 왜 결혼하지 않았는지 묻는다. 그 질문에 답하면서 조안나는 지금까지 누구에게도 하지 않았던 자신의 이야기를 들려준다. 조안나의 어머니는 레지스탕스 활동가였다. 파시스트에 체포된 어머니는 자백을 강요받으며 경비병들이 아들의 귀에 담뱃불을 지져 넣는 것을 지켜봐야만 했다. 고문을 당하면서도 아들은 굴하지 않고 소리쳤다.

“엄마, 말하지 말아요.”

파시스트들은 계속 조안나의 어머니를 고문했지만 어머니는 끝까지 자백하지 않고 숨을 거두었다. 풀려난 아들이 그 이야기를 해 주어 가족 모두 알게 되었다. 그 후 조안나는 가족을 부양하기 위해, 화가가 되려는 꿈을 접어야 했다. 아버지가 대부분의 시간을 어두컴컴한 방에 혼자 틀어박혀 있었기에 잡다한 집안일과 판매원 일을 하며 가족의 생계를 책임진다. 온 가족이 그 비극으로 인해 영혼이 좌절된 채 겨우 삶을 버텨 나간다.

서른 살에 산토리니섬에 도착한 조안나가 가장 먼저 목격한 광경은 등에 산더미 같은 짐을 짊어진 채 매질을 당하고 있는 상처투성이 당나귀의 모습이다. 이 장면이 그녀에게는 참을성의 한계를 넘어서는 최후의 결정타였다. 조안나는 당나귀 주인의 비인간적인 잔인성을 더 이상 참지 못하고 달려가서 그만두라고 소리치고, 당나귀 주인은 자신들은 가난한 사람들이고 동물을 애지중지할 사치를 부릴 여유가 없다고 주장한다. 당나귀가 죽든 말든 섬

꼭대기까지 짐을 옮기기만 하면 된다는 것이다. 결국 분노를 참지 못한 조안나는 터무니없이 비싼 가격으로 그 가련한 동물을 사 버린다. 이렇게 그녀의 휴가가 시작되었다. 그녀가 '율리시스'(그리스 신화에 나오는 영웅 오디세우스의 라틴어 이름)라고 이름 지어 준 당나귀와 함께.

조안나에게 그 당나귀는 그때까지 굶주리고, 무시당하고, 학대당한 자신의 일부, 화가인 자신의 일부분이었다. 당나귀를 위해 '율리시스'라는 이름을 선택한 것은 영웅의 행동을 할 수 있는 자신의 잠재력을 인정하기 때문이다. 하지만 그토록 보잘것없는 짐승이 자신의 억압된 자아를 너무도 잘 나타내 준다는 생각에 웃음이 난다. 화가가 되겠다는 자신의 열망을 너무 터무니없다고 여겨 입 밖에 내는 것조차 두려워했기 때문이다.

조안나는 당나귀가 건강을 회복하도록 정성껏 보살피면서 그림을 그리기 시작한다. 조안나는 소년에게 자신의 비극적인 가정사를 이야기하면 소년이 충격을 받거나 분개할 것이라고 예상한다. 그러나 소년은 열광하며 말한다.

"나는 당신의 어머니가 너무 자랑스러워요. 당신의 남동생도 너무 자랑스러워요."

소년의 반응에 놀란 조안나는 그 비극을 전혀 다른 관점으로 보게 된다. 그리고 자신의 어머니가 얼마나 열정적인 사람이었는지, 얼마나 꽃을 사랑했는지, 목숨을 바칠 만큼 얼마나 자유를 사랑했는지 기억해 낸다. 실제로 그동안 내면에 감춰 두었던 이야기를 하고, 왠지 자신을 해방시켜 주는 소년의 반응을 들으면서 조안나는 마침내 '오직 고통밖에 생각할 수 없었던 어둡고 눅눅한 골방에서 구출된' 기분을 느낀다.

아테네로 돌아올 때 조안나는 당나귀를 배에 태워 데려와 집의 지하실에 숨겨 둔다. 그러나 당나귀는 밧줄을 이빨로 끊고 올라와 위층에 있던 조안나와 아버지를 놀라게 한다. 이것을 계기로 조안나와 아버지는 어머니의 죽음 이후 처음으로 마음을 열고 대화를 나눈다. 그리고 조안나는 아버지에게 자신이 그린 그림들을 보여 준다. 어머니에 대해 이야기하다가 그녀는 외친다.

"고통을 외면하면 모든 것을 외면하게 돼요, 아빠. 모든 흐름이 멈춰 버린 게 안 보이세요? 제 그림은 하찮아졌고, 제 인생도 마찬가지예요. 엄마가 어떤 사람이었는지 기억조차 나지 않아요. 우리는 우리의 인생 자체를 외면했듯이 엄마를 외면했어요."

고통을 부정하는 것은 고통을 계속 붙들고 있는 것이다. 오직 고통을 겪고 받아들이고 느끼고, 고통에 대해 이야기함으로써 조안나는 그 고통으로부터 배우고 나아가 새로운 방식으로 기쁨과 힘을 얻을 수 있었다.

고통과 기쁨 둘 다를 존중하고 인정함으로써 조안나는 자신의 그림 작업에, 또한 그림이 자신에게 주는 의미에 헌신하게 된다. 훌륭한 화가가 되기 위해 현실을 전체적으로 넓게 바라봐야만 했었다. 그러나 우리는 자신의 감정을 억압함으로써 삶을 박탈당하고 자신이 만든 환상 속에 갇힌다. 조안나가 그림을 보여 주고 또 섬에서 배운 것들을 이야기하자 아버지는 그녀가 지닌 화가의 재능을 인정한다. 자신의 진실을 표현함으로써 자신의 현실뿐 아니라 아버지의 현실까지 변화시킨 것이다.

'시각 바꾸기'의 힘 덕분에 조안나는 창조성을 발산할 수 있었다. 처음에는 그것이 비극적인 상황 속에서 영광스러운 모습을 보는 소년의 순수성에서 시작되었지만, 나중에는 그녀 자신의 성숙한 순수성으로 가능해졌다. 즉 비극을 보는 방식을 바꿈으로써 자신의 삶을 의식적으로 변화시킬 수 있었다.

심리 치료사 셜리 G. 루스먼은 '우리의 삶은 우리 스스로 선택한 결과'라고 주장한다. 이런 생각이 인간의 심리에 미치는 영향을 알기 위해 루스먼은 만약 그녀 자신이 뇌종양에 걸렸다는 사실을 알게 되면 자신이 어떻게 반응했을지 상상해 보았다. 분명히 처음에는 몹시 감정의 혼란을 겪을 것이다. 그 감정들을 충분히 경험하고 받아들이긴 하겠지만, 그럼에도 내면으로 눈을 돌려 현재 일어나고 있는 일을 명확하게 이해하기 전까지는 그 병에 대해 어떤 행동도 하지 않을 것이라고 그녀는 말한다. '내 존재는 이제 죽을 때가 되었다고 결정을 내린 것인가? 그게 아니면 종양은 나에게 무엇을 말하려 하는가?' 자신이 어디로 가고 있는지 분명해질 때만 무엇을 할지 결정할 것이다. 이제 죽을 때라고 결정할 수도 있고, 아니면 어떤 대체 요법을 찾는 것일 수도 있다.

루스먼의 접근법에는 한 가지 강한 믿음이 바탕을 이루고 있다.

다름 아니라 우리 존재의 가장 깊은 곳에 있는 영혼이 우리 자신에게 일어나는 일, 심지어 질병이나 죽음까지도 선택한다는 믿음이다. 이 영혼의 차원은 우리의 일상적인 마음이 언제나 접근할 수 있는 것은 아니다. 루스먼은 말한다. 그 선택은 자신을 학대하려는 마음에서 나오는 것이 아니라 우리가 배울 필요가 있는 것을 그것들이 우리에게 가르쳐 주기 때문에 하게 되는 것이라고. 그러므로 자신에게 일어나는 모든 일을 소중히 여기는 것이 무엇보다 중요하다. 자신의 선택을 스스로에게 필요한 가르침을 주는 교사로 여기는 것이다.

고아는 이 순수주의자의 관점에 동의하지 않을 것이다. 고아에게 선택은 곧 '자기 탓'을 가리키기 때문이다. 만약 내가 매 맞는 여성이 되기로 선택한 것이라면, 그것은 내가 나의 고통에 책임이 있다는 뜻이 된다. 그러나 순수주의자에게는 자신이든 상대방이든 누군가의 탓을 하는 것은 무의미한 일이며, 문제의 책임이 누군가에게 있는지 찾는 것은 쓸데없는 일이다. "이것이 누구 때문이지?"는 도움이 되는 질문이 아니다. 더 좋은 질문은 "이 경험을 통해 나는 무엇을 배울 수 있는가?" 혹은 "이 경험을 통해 얻은 지혜로 이제 나는 어떤 선택을 원하는가?" 하는 것이다.

자신이 너무 뚱뚱하다거나, 너무 자기중심적이라거나, 너무 공격적이라며 자신을 학대하는 여성이 있다고 하자. 순수주의자의 시각에서는 그 끔찍한 경험을 자신의 머릿속에 학대자가 오랫동안 있어 왔다고 해석할 수 있다. 그 사실을 깨달은 여성은 만약 누군가에게 신체적으로나 감정적으로 얻어맞는 상황에 처하면 이렇게 말할 것이다.

"그만해. 나는 좋은 사람이 아닐 수도 있어. 하지만 이런 취급을 받을 만큼 나쁜 사람은 아니야."

따라서 그녀는 자기 내면의 학대자에게 계속 휘둘리지 않기 위해 도움을 청하고, 그 관계에서 벗어나 자긍심을 가지려고 노력할 것이다. 비록 상황은 고통스럽지만 이 위기가 그녀에게는 성장하고 변화해서 마침내는 덜 고통스러운 삶을 선택하는 계기가 될 수 있다. 이런 식으로 지혜로운 순수주의자는 가장 힘든 경험도 낙원으로 돌아가는 문으로 여긴다.

자서전적인 글 〈나의 여행—새로운 삶*My Own Journey–New Life*〉에서 루스먼은 남편을 잃었을 때 견뎌야만 했던 고통을 이야기한다. 그녀와 남편은 깊고 충만한 관계를 맺었고, 그래서 남편이 세상을 떠났을 때 루스먼은 슬픔을 가눌 수 없었다. 자신의 삶은 자신이 선택한다는 믿음에는 변함이 없었지만, 어쨌든 자신이 희생자가 된 것처럼 느꼈다. 나중에 그녀는 이런 생각을 하게 된다.

'내 의식 깊은 차원에서는 머지않아 죽게 되어 나를 떠날 남자와 내가 결혼한다는 사실을 알고 있었는지도 몰라. 비록 그런 가능성을 머리로는 인식하지 못했지만.'

자신이 그런 선택을 한 이유를 스스로에게 묻다가 루스먼은 결론을 내린다.

'생기와 열정을 가지고 깊이 있는 관계를 맺는 내 능력은 나 자

신의 것이지, 어느 특정한 사람이나 장소, 혹은 외부 상황에 달린 것이 아니야.'

순수주의자 원형이 깨어나면, 루스먼이 그러했듯이 어떤 사람들은 자신이 영혼 깊은 차원에서 자신의 삶을 선택한다고 믿는다. 루스먼이 이야기한 그런 상실이 자신의 선택과는 아무 상관없이 일어난다고 믿는 사람들도 있지만, 그 경험이 성장의 계기가 되는 것은 사실이다. 여전히 어떤 이들은 모든 것이 자신의 선택이라는 개념을 받아들이기를 주저하지만, 그럼에도 삶에서 의미 있는 사건들이 동시에 일어나는 것을 본다.

동시성synchronicity은 그런 우연한 사건들의 연관성을 설명하기 위해 칼 융이 만든 용어이다. 전사는 인과관계의 교훈을 배우는 반면, 순수주의자는 동시성을 믿는다. 당신도 그런 경험이 있지 않은가? 서점에 갔는데 당신에게 꼭 필요한, 전에 한 번도 들어본 적 없는 책이 당신 앞에 떨어진 적이? 만나야 할 사람을 우연인 것처럼 마주친 적이? 그런 일들이 동시성의 대표적인 예이다.

외부 세계가 내면세계를 반영한다는 '거울 효과mirroring'(미러링 효과라고도 함)도 같은 현상의 또 다른 측면이다. 학대당하는 여성의 예가 말해 주듯이 일부이긴 하지만 외부 세계는 내면에서 일어나고 있는 일을 과장되게 펼쳐 보여 우리로 하여금 그것을 알아차리게 돕는다. 거울 효과는 다른 방식으로 일어나기도 한다. 즉 우리가 내면세계를 바꿀 때 종종 외부 세계도 따라서 변화한다. 진정한 사랑을 찾지 못해 좌절한 남성과 여성들을 나는 안다. 그러나 일단 영웅의 여행을 시작해 사랑하는 능력을 키우면 매력적인 사람들이 갑자기 자신에게 관심을 보이는 것에 놀라곤 한다.

방랑자 단계에 있을 때 세상은 온통 고통뿐이다. 전사 단계로 들어서면 그때 세상은 우리 자신과 함께 기적처럼 변하고, 우리는 세상을 재앙이 아니라 도전으로 여긴다. 이타주의자 단계에서 우리는 언제 어디서나 사랑과 보살핌을 필요로 하는 사람들에게 둘러싸인 자신을 발견한다. 마법사 단계에 들어서면 변화가 필요한 상황이나 사람들을 만난다. 순수주의자는 이것을 거울 효과로 본다.

순수주의자는 원하지 않는 일이 자신에게 일어날 때 맨 먼저 자신의 내면으로 눈을 돌린다. 그래서 외부 세계의 변화를 위해 마음에 어떤 변화가 필요한지 살핀다. 순수주의자는 낙원이 가능하며 그 세계가 가까이 있다고 믿는다. 사실 우리는 자신의 상황을 나아지게 하기 위해 언제나 무엇인가를 할 수 있다. 세상의 변화는 우리 자신의 변화로부터 시작된다.

하지만 만약 이 생각이 다른 원형들의 관점과 균형을 이루지 못하면 너무 극단적이 될 수도 있고, 심지어 자신을 억압하는 방식이 될 수도 있다. 예컨대 당신과 함께 일하는 사람이 당신을 학대한다면, 집에 가서 스스로 긍정적인 마음을 키우는 것은 별로 도움이 되지 않는다. 그 긍정은 당신의 자긍심을 키워 주는 것이어야 하고, 자신의 이익을 위해 행동하도록 도움을 주는 것이어야 한다.

지금까지 살아오면서 자신이 맺어 온 폭력적인 관계, 학대받고 무시당하는 관계의 패턴들을 알아차리면 이번의 관계를 계기로 그 패턴에서 벗어나 자유로워질 수 있다. 처음에는 자신 안의 방랑자 원형을 불러내 그 관계를 아예 떠나거나, 전사 원형을 불러내 자신을 지킬 수도 있다. 동시에 자신이 건강한 관계를 위한 마음의 준비를 하고 있음을 선언할 수 있다. 순수주의자 원형은 당신의 이런 패턴을 알아차림으로써 자신이 통과해야 할 과정을 신뢰하도록 돕는다. 이것은 당신을 학대하는 사람이 변화하도록 만드는 데는 별로 도움이 되지 않을 것이다. 그 사람은 자신의 단계에 맞는 그 자신의 여행을 하고 있기 때문이다. 하지만 당신의 순수주의자는 당신이 이 상황을 떠나 더 나은 상황을 발견할 힘을 갖고 있다고 믿는다.

고아는 고통을 받아들이는 법을 배우고, 방랑자는 외로움을 받아들이는 법을 배우고, 전사는 두려움을 받아들이는 법을 배운다. 그리고 순수주의자는 믿음, 사랑, 기쁨을 받아들이는 법을 배운다. 이 믿음과 사랑과 기쁨을 마음 안에 더 많이 받아들일수록 그것들에 더 많이 끌리게 된다. 책 제목에서 순수주의자의 관점이 드러나는 『노래하고 춤추며 집으로 가는 길*Whee!, We, Wee All the Way Home*』에서 매튜 폭스(동서양의 종교적 지혜와 현대 과학의 우주론을 통합 교육하는 〈창조영성대학〉을 설립한 세계적 생태신학자)는 최고의 기도는 삶을 온전히 받아들이는 것이라고 말한다.

"나에게 음반을 선물한 친구는 내가 그 음악을 들으며 즐거워한다는 것을 알면 무척 기뻐할 것이다. 결국 그가 내게 선물을 준 의도는 내가 즐거워하는 것을 보려는 것이 목적이었다. 창조자도 다르지 않을 것이다. 창조에 대한 우리의 감사 기도는 근본적으로 창조물들을 즐기고 그 안에서 기뻐하는 것이어야 한다. 이 기쁨이 어느 정도 수준에 이르면 환희라고 부르는데, 환희 또한 기도이다. 모든 기도와 마찬가지로 환희와 감사로 가득한 행위 속에서 우리는 창조자와 접촉한다."

이런 자세는 세상의 기쁨을 받아들이는 일뿐만 아니라 내면의 부를 깨닫는 일에 있어서도 매우 중요하다.

받은 것에 대해 감사하는 것도 똑같이 중요하다. 유대인들의 유월절 축제(유대 민족이 이집트 노예 생활에서 탈출한 사건을 기념하는 축제)에서 특히 감동적인 부분은 이집트에서 탈출하는 동안 신이 히브리인들을 위해 한 많은 일들을 조목조목 낭송하는 것이다. 예를 들어 히브리인들을 이집트에서 데리고 나온 것, 사막에서 만나(이스라엘 민족이 40일 동안 광야를 방랑할 때 신이 내려 주었다는 양식)를 준 것 등이다. 그런 식으로 신이 도움을 준 순간들을 하나하나 떠올리며 참가자들은 "다예누!" 하고 외친다. 문자 그대로 해석하면 '그것으로 충분했습니다.'라는 뜻이다. 신이 다음 기적을 일으키지 않았다 해도 그것으로 충분했다는 것이다. 그럼에도 신은 이 모든 기적을 아낌없이 행해 주었다. 신이 중간에서 행한 일련의 개입들은 경외감을 불러일으킨다.

낙원으로 돌아가는 과정을 묘사한 소설로 마거릿 드래블(18세기

조선왕조의 비극을 다룬 장편소설 『붉은 왕세자빈*The Red Queen*』을 쓴 영국의 소설가)의 『황금 왕국*The Realms of Gold*』이 있다. 주인공 프랜시스 윈게이트는 자신의 삶을 돌아보며 자신이 받은 모든 것에 대해 경외감을 느낀다. 그녀는 자신이 가진 비전을 믿는 약간 남다른 능력의 소유자여서 자신이 원하는 것을 우주에게 습관적으로 요구하며, 또 얻는다. 하지만 자신이 그 일들이 일어나게 한 것이 아니고 일들이 저절로 일어난 것임을 깨닫는다. 그녀는 사막에서 고대 도시 유적을 발견하고 나서 매우 유명해진 고고학자이다. 실제로 어느 날 비행기 안에서 그 유적지가 어디에 위치해 있는지 알았다. 물론 이 앎은 그녀가 오랫동안 연구한 고대 페니키아 문화에 대한 모든 자료에 근거를 둔 것이었으나, 불현듯 직관의 반짝임이 그 앎을 가능하게 했다. 그뿐만 아니라 그녀는 조금도 의심 없이 자신의 예감을 따랐고, 현장을 발견해 발굴에 성공했다.

프랜시스는 놀라워하며 말한다.

"내가 상상하지 않았다면 그것은 존재하지 않았을 것이다."

그녀의 삶에 펼쳐진 모든 일들이 그러했다. 그녀는 학교생활을 잘하는 것을 상상했고, 실제로 잘했다. 결혼하는 것을 상상했고, 결혼을 했다. 아이 키우는 것을 상상하자 아이들이 생겼다. 부자가 되는 것을 상상하자 부자가 되었고, 자유로워지는 것을 상상하고 자유로워졌다. 진정한 사랑을 찾는 것을 상상하고 진정한 사랑을 찾았으며, 사랑을 잃는 것을 상상하자 사랑을 잃었다. 그렇다면 다음에 무엇을 상상해야 하는가?

이 거대한 힘이 프랜시스를 두렵게 한다. 끔찍한 일을 상상한 나머지 그 일도 일어날까 봐 염려한다. 그리하여 자신의 삶에 대한 책임감, 그리고 자신이 세상에 기여한 일들과 마주하게 된다. 그녀는 순수주의자의 의식을 가지고 자신의 삶을 곰곰이 되돌아보고, 일들이 우연하게 일어난 것이 아님을 느낀다. 그러나 만약 전사의 배움이 없었다면 그렇게 자신 있게 자신의 직관을 끝까지 따라가 탐험대를 조직하고 발굴을 진행하지 못했을 것이다. 또한 여성이 일과 가사를 병행할 수 있다고 여기지 않던 시대에 진지하게 자신의 일에 뛰어들 용기와 독립심을 갖지 못했을 것이다.

프랜시스의 삶은 낙원으로 돌아가는 데 필요한 의식 세계를 보여 주는 흥미로운 예이면서 또한 매우 인간적이다. 그녀는 '완벽'과는 거리가 멀다. 사실 술을 너무 많이 마시고, 어떤 면에서는 제멋대로이다. 그러나 그것이 중요한 부분이다. 다른 사람들보다 더 낫지 않지만 그녀는 자신의 삶에서 낙원을 창조하는 법을 안다. 자신이 원하는 것을 시각적으로 상상하고, 그것을 얻기 위해 행동에 옮긴다. 그 일이 일어날 것이라는 단순하고 편안한 자신감을 가지고, 또 눈앞의 현실을 부정하거나 도피하지 않고서 말이다. 예를 들어 그녀는 헤어진 연인에게 돌아오기 바란다는 엽서를 보낸다. 엽서가 그에게 바로 도착하지 않아 소식을 듣지 못하자 그녀는 어리둥절해한다. 그녀가 요청하면 돌아오겠다고 그는 언제나 말했고 그녀는 그의 말을 믿었다. 마침내 남자는 엽서를 받고 그녀에게로 돌아온다. 그래서 그녀의 소원인 진정으로 만족스럽고 친밀한 관계가 이루어진다.

완벽주의는 우리의 여행을 방해할 수 있다. 이 시대의 많은 사람들에게 삶은 끊임없이 계속되는 자기 계발 프로젝트인 듯하다. 우리는 모든 것을 완벽하게 갖춰야만 보물을 얻을 수 있다고 믿는다. 하지만 중요한 것은 그것이 아니다. 지금 여기에서 낙원을 발견하려면 자신의 삶 속에 언제나 있어 온 좋은 것들을 알아차릴 수 있어야 한다. 『오즈의 마법사』 마지막 부분에서 주인공 도로시는 자신이 살던 캔자스시티를 이전과는 전혀 다른 눈으로 바라본다. 이야기의 처음 부분에서는 그곳을 자신이 학대받고 소외되는 장소로 여겼다. 그녀의 길동무들은 그녀가 여행을 통해 실현한 내면의 잠재력을 상징한다. 용기를 원하던 겁쟁이 사자는 곤경에서 벗어나고, 두뇌를 갖고 싶어 하던 허수아비는 스스로 모든 계획을 세운다. 그리고 심장을 원하던 양철 나무꾼은 동정심에 너무 쉽게 마음이 움직여 양철 몸이 녹슬 정도로 많은 눈물을 흘린다. 그리고 집으로 돌아가고 싶어 하던 도로시는 자신이 원하면 언제든, 적어도 사악한 마녀를 죽이고 루비 구두를 되찾은 뒤에는 언제든지 갈 수 있었음을 알게 된다. 양쪽 구두 뒤축을 맞부딪치며 "집만한 곳은 없어." 하고 외치자 어느새 집에 돌아와 에밀리 이모와 함께 있는 자신을 발견한다.

도로시가 과거에 캔자스시티를 떠날 때, 캔자스시티는 그녀의 눈에 황무지로 보였다. 이유는 단순했다. 그녀의 삶이 그곳에서 행복하지 않았기 때문이다. 다시 돌아왔을 때 캔자스시티는 약속의 땅으로 변해 있었다. 캔자스시티가 정말로 달라졌기 때문이 아니라 그녀 자신이 바뀌었기 때문이다. 여행의 경험을 통해 도로시는 이전에 당연하게 여기던 것들을 감사히 받아들이게 되었다. 꿈에서 깨어났을 때 그녀는 전부터 늘 그녀를 사랑했던 사랑하는 사람들에 둘러싸여 있었다.

우리 안의 순수주의자는 자신의 삶을 다른 시각으로 바라보게 도와준다. 우리 대부분은 삶 속에 있는 좋은 것들을 모두 당연히 받아야 하는 것들로 여긴다. 그래서 우리를 실망시키고 짜증 나게 하고 좌절시키는 것들에 초점을 맞춘다. 만약 자신이 가지고 있는 것들을 소중히 여기고 긍정적인 일들이나 환경에 마음을 공명시킨다면 우리는 그 순간 훨씬 더 행복해질 수 있다.

순수주의자는 자신이 원하는 것을 아직 갖지 못했을 때에도 행복할 수 있다는 것을 안다. 또 우리가 성장하는 데 필요한 것은 언제든 갖게 되리라고 믿는다. 우리는 정상적이고 성공적인 삶이라는 기준에 따라 살아야 한다는 사회적 압력을 끊임없이 받는다. 하지만 각자의 삶은 자기만의 논리가 있고, 각각의 재능도 자기만의 때가 있다고 믿을 때, 비로소 삶을 편안하게 받아들일 수 있다.

우리가 준비되기만 하면 언제라도 낙원에 다시 들어갈 수 있다고 순수주의자는 말한다. 자신에게 일어나는 일들을 통제함으로써가 아니라, 전에는 미처 보지 못했던 가능성들을 알아차림으로써 말이다. 전사는 우리가 앞장서서 사람들을 새로운 세상으로 나아가게 해야만 한다고 믿는다. 이타주의자는 사회 변화에는 희생이 필요하다고 믿으며, 마법사는 세상을 구원하는 우리의 능력을 한계 너머까지 탐구해 나간다. 그러나 순수주의자는 우리의 선택이 무엇보다 중요하다는 사실을 안다. 사람들은 더 나은 삶에 이끌린다. 따라서 사람들 자신에게 맡겨 두면 더 나은 삶을 향해 나아갈 것이다.

메리 스태튼(아동 환상 소설과 미스터리 소설로 유명한 미국 작가)의 공상과학소설 『비엘의 전설*Legend of Biel*』은 서서히 성장해 우주 대부분의 영역으로 확장해 나가지만 결코 전쟁을 벌이지 않는 문명을 묘사한다. 이 문명은 평화롭고 평등하며 다원적이다. 다른 집단의 사람들은 강요에 의해서가 아니라 언제나 호기심에 이끌려 이 문명에 편입된다. 이 문명 세계에 도착하면 사람들은 천 개의 방이 있는 홀에 들어서게 된다. 그곳에서 그들은 많은 모험을 경험한다. 그 과정에서 진화해 나가고, 더 깊은 차원의 자신의 모습들을 발견한다. 이분법적이고 계급적이며 가부장적인 의식 세계에서 벗어나 더 복합적이고 다차원적인 관점으로 이동하는 것이다. 일단 이 수준에 이르면 이전의 행동 방식으로 돌아가는 것은 걷고 나는 법을 배운 후에 기어 다니는 것처럼 상상도 할 수 없는 일이다.

순수주의자는 다른 사람들에게 사회를 변화시켜야 한다고 강요하지 않는다. 인간적이고 평화로운 세상에서 살기 위해서는 각자가 자기의 여행을 해야 한다는 것을 알기 때문이다. 반면에 사회의 많은 요소들이 인위적으로 사람들의 성장을 방해하고 불필요하게 구속한다는 것도 안다. 순수주의자는 변화를 위한 긍정 에너지를 끌어들이고 활성화시키는 자석 같은 역할을 한다. 특정한 정치 운동, 종교 운동, 지적 운동의 지도자가 될 수도 있지만, 순수주의자는 앞에서 말한 기우사 역을 맡는다. 그가 그곳에 있으면 성장이 일어난다.

우리가 세상에 대해 믿는 것 많은 부분이 사실은 우리의 마음이 투영된 것이다. 그래서 지혜로운 순수주의자는 사람들에게 희망을 불어넣을 수 있다. 평화롭고 인간적이며 공정하고 따뜻한 세상이 가능하다는 사실을 알기 때문이다. 어쨌든 순수주의자는 타인과 자기 자신을 평화롭게 대하고, 배려하고, 존중하는 법을 배운다. 나아가 자신의 진정한 모습에 맞는 것들을 끌어당긴다. 그렇기 때문에 삶의 많은 부분에서 자신의 참모습과 크게 다르지 않은 그런 세상을 경험한다.

지혜로운 순수주의자는 우리가 마음을 열기만 하면 우리에게 충분한 사랑이 있음을 믿는다. 재능과 좋은 생각과 물자들을 쌓아두는 것을 멈출 때 오히려 우리는 더 풍요로워지며, 우리의 두려움이 결핍을 만들어 낸다는 것을 안다. 자신의 삶 속으로 편안히 녹아들어갈 때, 우리는 자신의 진정한 본성이 활짝 피어나는 것을 경험한다. 그 본성은 언제나 옳고, 그 결과는 행복이다.

*Six Seeds*(여섯 개의 씨앗)

# 7

# 마법사

우리 안의 마법사는 스스로를
소외시키는 상태에서 벗어나
자기 운명의 운전대를 잡을 것을
요구한다. 온전한 참 자아를 아는
사람은 자기 자신 외에는 어떤 힘에도
이용당하거나 사로잡히지 않는다.

## 다시 뜻대로 살기—마법사

삶이 자기 뜻대로 되지 않는다고 여겨지는가? 일터에서 요구를 따르고 가족에 대한 책임을 지는 것이 힘들게 느껴지는가? 육체적인 건강뿐 아니라 정신적, 영적 성장에 대한 욕구를 실현하기 어려운가? 자신이 삶에 끌려가고 있다는 느낌이 드는가? 변화가 필요한 사람들, 혹은 변화시켜야 할 상황에 둘러싸여 있는가? 자신이 멋진 사람이고 이미 성공을 거두었다 해도 때로는 기적이 필요하다고 느끼는가?

삶은 갈수록 빠르고 복잡하다. 어디서든 상황이 요구하는 것을 따라가는 것만도 벅차다. 더구나 당신이 직장 상사나 부모를 기쁘게 하기 위해, 혹은 경력을 쌓거나 학교 과제를 훌륭하게 해내기 위해 자신을 압박한다면, 그렇게 하면서 진정한 자기 자신을 찾기란 불가능한 일이다. 부모의 기대를 채워 주는 완벽한 자녀가 되고, 아니면 자신이 완벽한 부모나 배우자가 되고, 육체적으로 정신적으로 아름다워지기 위해 자신을 계속 몰아붙인다면 자신이 진정 누구인가를 아는 것은 쉽지 않다.

우리 안의 마법사 원형은 자유로운 선택을 하려는 인간의 의지와 능력, 주도권을 가지고 자신의 삶을 스스로 만들어 나가겠다는 결단력과 관계가 깊다. 오직 인간만이 삶을 따라잡기 위해 서로를 밀치면서 변명하고, 남을 탓하고, 불평한다. 하지만 우리 모두의 안에 존재하는 마법사는 우리가 바깥세상에서 균형을 잡지 못하는 것이 내면의 불균형 때문이며, 마법을 일으키기 위해서는 자신의 에너지가 흩어지지 않도록 한곳에 집중할 수 있어야 한다는 것을 안다.

만약 삶이 스스로의 힘으로 감당하기 힘들다고 느낀다면, 내 안의 한 가지 원형이 다른 원형들을 지배하고 있는 것이다. 예를 들어 다음에 해당한다면 불균형 속에 있는 것이다.

모든 면에서 완벽한 사람이 되려고 하고, 모든 이들을 기쁘게 하기 위해 노력하는 순수주의자 원형.

눈앞의 근심과 두려움 때문에 일이나 과제에 집중하지 못하고, 앞으로 나아가기는커녕 걱정만 하는 고아 원형.

언젠가는 모든 것을 해낼 만큼 완벽한 존재가 되기 위해 먼저 자기 계발 프로그램에 끊임없이 시간을 투자하는 방랑자 원형.

성취에만 매달려 최고가 되려는 노력을 멈추지 않는 전사 원형.

사람들이 스스로 할 수 있고 또 해야만 하는 일들을 대신해 주기 위해 시간을 다 보내는 이타주의자 원형.

자신이 무슨 일이든 다 할 수 있다고 부풀려서 생각하는 마법사 원형.

우리 대부분은 자신이 원하는 삶을 어느 정도 선택하는 것이 가능하다는 사실을 깨닫지 못하고 있다. 아무리 의도가 선하다 해도 전문가나 가족, 지인들의 조언을 받아들여야만 하는 것은 아니다. 그들을 기쁘게 하거나 감명을 주어야 하는 것은 아니다. 이것은 많은 사람들이 자기 차인데도 조수석에 앉아 있는 상황과 같다. 온갖 사람이 당신의 운전석을 차지하고서 자신들이 운전대를 잡겠다고 난리를 친다. 물론 너무 많은 사람이 운전대를 이리 돌리고 저리 돌리다 보니 자동차는 고속도로에서 갈팡질팡 방향을 못 잡고 있다. 자동차 주인인 당신은 목적지에서 점점 멀어지고 있다고 불평하지만, 운전석을 차지한 사람들은 누구도 신경 쓰지 않는다.

당신은 결국 그들 모두를 내쫓고 간신히 운전석에 앉을 수도 있다. 그러나 가속 페달을 밟아 보지만 차는 앞으로 나아가지 않는다. 차의 기어가 중립 상태에 놓여 있기 때문이다. 기어를 '주행'으로 바꾸고 운전대를 돌릴 때 차는 비로소 당신이 원하는 목적지를 향해 움직이기 시작한다.

당신 안의 마법사가 깨어날 때도 비슷하다. 이제 당신은 자신의 삶이나 세상을 변화시키기 위해 무엇을 해야만 하는지 안다. 자신이 내려야 할 결정을 다른 사람들이 내리는 일은 더 이상 없게 하고, 자신이 가고 싶은 곳에 대한 비전을 구체화한다. 또한 자신의 삶을 직접 운전하기 위해 위험을 감수하고 행동에 나선다. 자신의 가치관과 인생 목적에 일치하는 행동을 하기 시작한다는 것은 마법의 기어 변속을 하는 것과 같다. 마치 우주의 기어를 자신에게 맞춰 우주가 당신의 노력을 지지하도록 마법을 발휘하는 것처럼. 그때 당신의 길을 열어 주는 우연한 행운들이 일어나기 시작하는 것을 발견하게 된다.

우리는 위대한 마법사에 버금가는 어떤 존재가 줄을 잡아당겨 세상을 조종하고 있다고 상상하기를 좋아한다. 하지만 사실 우주의 중앙 지휘부를 운영하고 있는 것은 우리들 한 사람 한 사람이다. 우주는 결코 고정되어 있지 않다. 지금 이 순간도 창조되는 과정에 있다, 우리 모두에 의해.

우리가 경험하는 세상의 상호 의존성은 주로 부정적인 형태를 통해서다. 예를 들어 너무 열심히 일하느라 자녀에게 소홀하면 다른 사람들도 똑같은 문제를 겪을 가능성이 크다. 만약 이 문제가 해결되지 않고 그대로 진행된다면 머지않아 사회 전체가 문제 많은 젊은 세대를 마주하게 될 것이다. 만약 당신이 다니는 회사가 환경을 훼손하면서까지 돈을 버는 데만 강박적으로 집착한다면, 그로 인한 생태계 불균형이 사회 전체에 영향을 미칠 것이다. 그럼에도 우리는 자신이 어떤 방식으로 문제 많은 사회를 만드는 데 기여하는지 자각하지 못할 가능성이 크다.

우리 안의 마법사는 우리가 자기 존재를 선택하는 것에 책임을 지도록 도와준다. 당신은 마법을 부리기 위해 주술의 원(메디신 휠. 신성한 원을 나타내는 아메리카 인디언의 의식 도구) 한가운데 서 있는 주술사로 자신을 상상할 수도 있다. 사실 마법과 관련된 모든 전통은 한 사람 한 사람이 우주의 축소판인 소우주라고 가르친다. 세상을 바꾸기 원한다면 자기 자신부터 시작해야 한다. 과학자들은 우리가 상대론적 우주에 살고 있다고 말한다. 이 우주에서는 사람이든 행성이든 별이든 그 어떤 존재도 다른 존재보다 더 중심에 있거나 본질적으로 더 중요하지 않다. 어떤 것도 다른 것보다 더 높거나 더 낮지 않다. 자신이 다른 사람들과 똑같이 삶의 미래를 결정할 권리를 갖고 있음을 자각할 때, 우리는 자신만의 마법의 원 한가운데 서게 된다. 자신의 삶을 위한 다양한 결과가 가능하고, 어떤 것도 고정되어 있지 않으며, 매일 자신의 선택에 따라 삶과 세상이 달라진다.

직업에 관한 최고의 조언은, 삶이 아무리 힘들어도 자신만이 할 수 있는 일을 삶이 준비해 두고 있음을 신뢰하라는 것이다. 자신이 지금까지 경험한 모든 일들이 어느 순간 유용하게 쓰일 때, 그것이 놀라운 마법처럼 느껴지며 자신의 삶이 마치 제자리에 딱 맞게 놓인 퍼즐 조각 같다고 느낄 것이다. 점점 더 많은 부분들이 자기 자리를 찾아 나갈 때 전체 윤곽이 드러나면서 나머지 조각들도 있어야 할 위치를 발견할 것이다. 그리하여 퍼즐 전체를 완성하는 것이 갈수록 쉬워질 뿐만 아니라 자신이 가장 사랑하는 일을 할 때 의심할 여지 없이 그 일을 아주 잘할 것이다.

삶의 진정한 목적을 탐구하는 사람들은 더 높은 지혜와 연결되기 위해 종종 무릎 꿇고 기도하거나 명상을 한다. 신의 의지를 아는 것에 대해 말하는 이도 있고, 내면의 진리를 찾는 일에 대해 말하는 이와 우주의 힘과 조화를 이루는 것에 대해 말하는 사람도 있다.

마법사 원형은 거의 모든 종교에 존재한다. 종교는 기적을 행한 성스러운 인물의 이야기를 들려준다. 토착 신앙에서는 예지력과 치유 능력이 샤먼의 소명이다. 세상에 존재해 온 영적 인물들의 주된 특징은 모두 기적을 행하는 사람들이라는 것이다. 예수는 병자를 치료하고, 군중을 먹이고, 죽은 이를 무덤에서 걸어 나오게 했다. 모세는 바다를 갈라지게 하고, 하늘에서 만나가 내려오게 했다. 힌두교의 크리슈나 신, 붓다, 타라 보살(여성 붓다) 모두 기적을 행했다. 모든 영적 전통은 특별한 치유 능력이나 초능력을 가진 사람들을 신에 가까운 존재로 여긴다.

평범한 사람도 자신이 초자연적인 도움을 받고 있다고 믿을 때 삶에서 균형과 의미를 발견할 수 있다. 그런 확신이 있으면 비싼 차를 몰거나 주위 사람들에게 자신을 뽐내는 것은 별로 중요하지 않으며, 진정한 자기 자신이 되는 것으로 충분하다. 신과 자신의 본성을 조화시키며 살아가면 삶이 단순해진다.

우리는 '마법 같은' 쉬운 해답을 찾는 경향이 있다. 따라서 우리 안의 고아는 마법사가 힘든 상황을 '휙!' 하고 사라지게 만드는 존재라고 여긴다. 그러나 마법의 능력은 개인이 자신의 의지를 신의 의지와 일치시키는 훈련을 거쳐야 얻을 수 있다고 영적 전통에서는 말한다. 연금술 전통에서 물질을 지배하는 정신력과 염력을 통해 납을 금으로 바꾸려는 시도는 화학과 관련된 것이 아니라, 오랜 수행과 훈련의 결과로 연금술사의 의식이 황금처럼 특별해졌다는 표시였다.

이 관점에서 보면 우리가 겪는 힘든 경험들은 의식을 단련하는 가마솥이다. 나에게 상담 치료를 받으러 온 몇몇 사람들은 자신이 매우 성공하긴 했지만 삶의 속도가 너무 빠르다고 불평했다. 한 여성은 미리 연설문을 작성하거나 회의를 준비할 시간조차 없으며 언제라도 '일을 할' 준비가 되어 있어야만 했다고 말했다. 물론 어느 정도는 그렇게 할 수 있었다. 지금까지의 경험을 통해 책임이 막중한 일을 할 준비가 되어 있었다. 하지만 그런 삶의 방식이 온전히 자신의 힘으로 이루어지는 것이 아님을 그녀는 마침내 깨달았다. 이제 그녀는 중요한 일이 있을 때마다 신에게 도움을 청하면 늘 도움의 손길이 그곳에 있다는 것을 느끼고, 그저 자신이 무엇을 해야 하는지 안다.

마법사의 세계관은 기본적으로 순수주의자의 세계관과 같지만 마법사는 더 많은 힘을 갈구한다. 순수주의자는 삶의 흐름을 따르고 신과 우주, 역사의 진행을 신뢰한다. 마법사는 자신의 삶과 지구 행성의 상태에 대해 더 적극적이고 즉각적인 책임을 진다. 그런 식으로 자신의 여행에 혁명적인 의식을 추가한다. 마법사 원형이 강한 사람은 이렇게 선언한다.

"일이 잘 되어 가지 않으면 내가 나서서 바로잡겠어."

마법사 원형이 당신의 삶에 깨어나면 당신은 세상을 바꾸라는 내적 부름을 받을지도 모른다. 그 일이 다소 위험해 보일 수도 있고, 자신이 그 일을 하기에 부적합하다고 느낄지라도 말이다. 마법사가 역사를 바꾸는 이유는 자신의 삶과 다른 이들의 삶이 사회의 타성에 의해 결정되는 것을 거부하기 때문이다. 오히려 그들은 '바로 지금' 즉각적인 변화를 요구한다.

마법사가 마술적인 변화를 가져올 수 있는 이유는 자신이 가진 힘을 남에게 내맡기지 않기 때문이다. 우리 대부분은 다른 이들이 역사의 차를 운전한다고 상상한다. 우리 안의 마법사는 우리가 스스로를 소외시키는 상태에서 벗어나 자기 운명의 운전대를 잡고 자신이 미래를 결정하는 삶의 중심에 있다고 생각할 것을 요구한다. 따라서 마법사가 되기 위해서는 자신이 무엇을 지지하는지 알아야만 하는데, 세상의 어떤 점이 당신을 괴롭히는지 생각하는 것부터 시작할 수 있다. 당신이 무엇에 대해 불만인지 귀 기울여 보면, 자신의 마법을 사용해 무엇을 바로잡을지 알게 될 것이다.

실수를 저질렀을 때 그것을 바로잡는 것, 그리고 실수를 바로잡으면서 자신의 삶과 세상의 균형을 회복하는 것이 마법사의 임무이다. 셰익스피어는 마지막 희곡 작품 「템페스트*The Tempest*」에서 일이 잘못 돌아갈 때 세상을 바로잡기 위해 나서는 예를 보여 준다. 연극이 시작되면 과거 밀라노 공국의 영주였다가 지금은 사랑스러운 딸 미란다와 함께 망명 생활을 하는 프로스페로가 나온다. 프로스페로는 동생 안토니오에게 쫓겨나 영주의 자리를 잃는다. 사악한 안토니오는 나폴리 왕의 지지를 받아 프로스페로를 먼 외딴섬으로 추방시킨다. 프로스페로에게는 분개할 만한 상황이었기에 술과 눈물로 인생을 보낼 수도 있었다. 그러나 그는 이 불공정해 보이는 운명에서 자신의 잘못을 책임지는 모습을 보인다. 돌이켜 보면 그는 마술 연구에 몰두하느라 동생 안토니오에게 모든 일을 떠넘긴 채 통치자로서의 의무를 도외시했다. 마술에 사로잡혀 있는 동안 공백이 생겼고, 안토니오가 그 자리를 메꾼 것이다.

프로스페로의 상황은 두 가지 원칙을 보여 준다. 첫째, 우리가 이곳에 존재하는 목적에 진실하지 못할 때 우주의 질서를 거스르게 된다. 둘째, 타인이 자신에게 해를 가하도록 내버려 두면 삶을 빼앗기고 무질서가 일어난다. 프로스페로는 이 두 가지 실수를 저지른 것에 대해 스스로 책임을 느끼고 안토니오를 용서할 수 있게 된다. 그러고 나서 지혜롭게 외부 세계에서 자신에게 맞는 역할을 되찾기 위한 일련의 활동을 시작한다.

일단 프로스페로의 내면 의식이 바뀌자 겉으로 보기에는 우연히 일어난 상황들이 그에게 사건들을 정리할 기회를 준다. 운명은 나폴리의 왕 알론조, 그의 아들 페르디난드, 안토니오 등이 탄 배를 프로스페로가 은신하고 있는 섬 가까이로 흘러오게 한다. 요정 아리엘의 도움을 받아 프로스페로는 자신이 가진 마법의 힘으로 폭풍을 일으켜 그들을 섬에 고립시키는 데 성공한다. 그 복잡한 이야기를 여기에 다 나열할 수는 없지만, 프로스페로는 알론조와 안토니오로 하여금 페르디난드가 죽었다고 믿게 만들고, 이것이 프로스페로에게 잘못한 것에 대한 징벌이라는 생각을 갖게 한다. 그러자 두 공모자는 자신들의 잘못을 뉘우치고 상황을 바로잡겠다고 이야기한다. 연극의 결말에 알론조와 프로스페로는 다시 화합하고, 프로스페로의 딸 미란다와 알론조의 아들 페르디난드는 약혼한다. 형제 사이의 갈등과 망명 생활도 끝이 나고, 이들은 함께 밀라노로 돌아갈 항해 준비를 한다.

우리 대부분은 프로스페로와 같은 마법의 힘을 갖고 있지 않지만, 실수를 저질렀을 때 상황을 바로잡기 위해 할 수 있는 일을 한다면 삶의 질서를 다시 세울 수 있다. 대부분의 종교가 이 일에 도움이 되는 몇 가지 의식을 제공한다. 유대교에서는 신년제와 속죄일 사이의 열흘 기간을 자신이 잘못한 일을 속죄하고 바로잡는 기간으로 따로 떼어 둔다. 가톨릭에서는 신부에게 정기적으로 고해성사를 함으로써 자신의 영성과 일치하는 삶으로 돌아올 수 있게 하며, 기독교에서는 신에게 직접 기도하는 가운데 고백이 이루어진다. 동양의 여러 종교들에서 행해지는 규칙적인 명상 수행은 자기 내면의 앎과 연결되게 해 주어, 이를 통해 깨어 있는 마음으로 행동하게 되고 일들을 바로잡을 수 있다. 여성신 운동에서는 우리가 하는 행위들이 세 배로 확대되어 우리 자신에게 되돌아올 것이므로 타인에게 해를 입히는 일은 어떤 것도 하지 말라고 가르친다. 부정적인 행동으로 인한 원치 않는 결과로부터 자신을 보호하는 유일한 방법은 가능한 한 빨리 일들을 바로잡는 것이다.

『자신 안의 힘을 발견하라*Discover the Power Within You*』의 저자 에릭 버터워스(모든 사람의 신성을 중시한 신학자이며 철학자)는 자신의 영혼과 다시 연결되는 일을 전등 켜는 것에 비유한다. '죄'는 단순히 '제 위치에서 벗어나다'라는 뜻이며, 우리가 제 위치를 벗어났을 때 굳이 신에게 용서를 구할 필요는 없다고 말한다. 또 영혼은 전기와 같다고 설명한다. 우리는 대개 전기 스위치를 켜는 것을 잊은 채 일을 하는데, 불이 들어오게 해 달라고 간청할 것이 아니라 그저 불이 꺼져 있음을 알아차리고 다시 켜면 된다. 자신의 영혼과 다시 연결되는 것도 이와 같다. 자신의 영성과 다시금 일치되면 무엇을 해야 할지 직관적으로 알게 된다. 그러면 의식이 잠든 채 행한 잘못된 일들은 시간이 지나면 대부분 바로잡힌다.

중국의 주역은 원래 나라의 지도자들을 돕기 위해 만들어졌다. 주역은 사람들에게 무엇을 하라고 말하기보다는 '도'와 하나 된 삶을 살도록 돕는다. 특정 순간에 우주의 정신적 질서와 일치하는 선택을 하도록 조언하는 것이다. 심리학 용어를 사용하면, 오늘날 많은 사람이 '센터링—자기중심 잡기'를 통해 자신의 의식을 바로잡는다. 중심과 접촉하지 못할 때 균형을 잃는다. 다른 사람들의 요구, 최신 전자제품이나 게임, 새로운 경험 등에 사방으로 끌려다니며 위험하기 짝이 없는 속도로 경로를 이탈할 수도 있다.

프로스페로가 그랬듯, 우리가 다른 사람에게 해를 끼칠 때만이 아니라 누군가가 우리를 이용하도록 허용할 때도 우주의 질서가 깨진다는 것을 아는 것이 중요하다. 비생산적이고 동료애가 결여된 직원들의 행동을 못 본 체하는 관리자가 종종 있다. 다툼에 휘말리는 것이 두렵기 때문인데, 그렇게 하면 그 무능력한 직원은 일터에서 생산적인 역할을 하는 법을 결코 배우지 못하게 된다. 또한 다른 사람이 무엇인가에 중독되는 것을 우리는 너무도 아무렇지 않게 내버려 둔다. 그때 그 사람은 자신의 행동이 어떤 결과를 낳을지 직시하지 못한다. 인간은 원래 도덕적인 존재로 만들어졌다. 자신의 빛에 비춰 옳은 일을 하지 않으면 자신의 삶을 망칠 뿐 아니라 자기 주위의 세상도 엉망으로 만든다. 자신에 대한 진실을 똑바로 직시하지 않으면 일중독이나 상호 의존에 매달리는 것은 말할 것도 없고 약물과 술에 빠질 가능성이 커진다.

잘못된 일들을 바로잡으면 마법이 일어나 우리의 삶이 질서를 회복한다. 사실 성공한 사람이 반드시 다른 사람들보다 능력이 뛰어난 것은 아니다. 그들은 단지 자신의 실수를 성장할 기회로 보는 자세를 더 많이 갖고 있을 뿐이다. 마법의 힘을 가진 사람은 그저 다른 사람들이나 탓하며 세월을 보내지 않는다. 어떤 어려운 상황에서도 자신의 책임을 인식하고 자신이 변화시킬 수 있는 것, 즉 자기 자신을 변화시킨다.

우리 안에 마법사가 나타나면 멀지 않은 곳에 '그림자(어두운 면)'가 있다. 이 시기는 위험한 시기가 될 수 있다. 그림자가 가진 부정적인 힘에 사로잡혀 계속 부정적인 성향에 따라 살아갈 수도 있기 때문이다. 그림자에 사로잡힌 마법사는 정말 사악해질 수 있다. 사람들을 성장, 발전시키기보다는 카리스마를 이용해 유혹하고, 조종하고, 파괴할 수 있기 때문이다. 어떤 마음을 먹는가가 큰 차이를 낳는다. 탐욕과 야망을 실현하는 데 자신의 힘을 사용하기로 마음먹는다면 마법사 원형의 등장이 결정적 영향을 미쳐 당신을 악하게 몰고 갈 것이다. 그러나 만약 당신의 의도가 긍정적이고 선을 위해 자신의 삶을 헌신하는 것이라면 당신은 그 그림자 측면을 마주하고 끌어안을 수 있다.

문제가 생겨나 이전에는 몰랐던 자기 안의, 그리고 다른 사람 안의 모습을 보게 될 때 변화의 여행이 시작된다. 전사에서 마법사로 이동하려면 외부에 있는 적을 단지 '내가 아니다'라고 생각하는 것을 멈추고 자기 안에 있는 그림자로 인식할 수 있어야 한다. 〈스타워즈〉(은하 내전의 시기, 반란군과 제국군의 대결을 다룬 공상과학영화 시리즈) 3부작에서 주인공 루크 스카이워커는 마침내 그의 적 다스 베이더를 죽일 기회를 갖게 되었을 때, 그 적이 자신의 아버지라는 사실을 알게 된다. 즉 쉽게 죽이거나 처벌할 수 없는, 자신을 닮은 존재인 것이다. 영웅의 여행을 하면서 우리는 자기 안에 악한 면이 존재한다는 사실과 마주하며, 자신의 과실이 드러나는 일이 생겨 자신이 저지른 잘못을 인정하게 되는 상황에 처한다. 배우자나 연인이 떠나거나, 자녀가 문제를 일으키거나, 사업에 실패하거나, 직장을 잃을 때 그런 일이 일어난다. 중독적이고 강박적이며 자기 파괴적인 행동에 사로잡힐 때도 마찬가지다.

이때는 정말 위험한 순간이다. 『거짓의 사람들*People of the Lie*』(악을 질병으로 정의하고 인간 심리의 밑바탕에 있는 악한 습성을 분석한 책)에서 M. 스캇 펙(『아직도 가야 할 길*The Road Less Traveled*』을 쓴 심리학자)은 자신이 타인에게 끼친 피해를 외면하는 사람일수록 더 악해지는 경향이 있다는 것을 보여 준다. 자신을 방어하며 자신이 저지른 과거의 일들을 감출 때 점점 더 깊이 침몰한다는 것이다. 따라서 자신을 변명하지 않고, 또 자신이 궁극적으로 선한 마음을 갖고 있다는 믿음을 포기하지 않는 것이 무엇보다 중요하다.

어떤 가치 있는 목적을 향해 나아갈 때 맨 먼저 부딪치는 문제가 '그림자'를 인식하는 일이다. 목적을 추구하다 보면 도중에 무엇인가가 잘못되는 것은 피할 수 없는 일이다. 최근에 나는 좋은 목적을 가지고 헌신적으로 일하는 멋진 사람들과 함께한 적이 있다. 이상적인 모임을 만든 지 몇 달 만에 그들은 서로 으르렁거리기 시작했다. 단순히 자신과 다른 관점을 가졌을 뿐인 사람들에게 너무 순진하다거나, 말투가 거칠다거나, 강압적이라는 식의 반응을 보였다. 한마디로 서로를 지치게 하는 싸움을 벌이고 있었다. 이런 상황이 되면 많은 단체들이 해체되거나 문제에 책임을 질 희생양을 추방한다. 사람들은 흔히 다른 사람을 비난하며 싸우거나, 그렇지 않으면 자기 자신을 탓하느라 비전을 끝까지 밀고 나갈 자신감을 잃는다.

삶의 균형을 이룬다는 것이 단순히 일자리를 구하고, 세탁물을 찾고, 아이들을 학교에서 데려오고, 저녁 시간에 맞춰 집에 돌아오는 것만은 아니다. 그것들보다 훨씬 더 깊은 일이다. 삶의 균형을 이룬다는 것은 온전히 자기 자신일 수 있는 장소를 발견하는 일이다. 몇 해 전 내가 강연을 마쳤을 때 한 남자가 다가와, 자신은 알코올중독으로 20년 동안 치료를 받았으며 지금은 다른 알코올중독자들의 치료를 돕는 데 많은 시간을 보내고 있다고 말했다. 그는 자신이 그 일을 특히 잘하고 있는데, 자신은 다른 중독자들에 대해 어떤 심판도 하지 않기 때문이라고 했다. 또한 그는 타락의 밑바닥까지 갔었고 온갖 나쁜 짓을 해 봤기 때문에 누가 무슨 말을 해도 충격을 받지 않았다. 술독에 빠져 있는 동안은 자신의 삶이 얼마나 끔찍해지고 있는지 그 심각성을 명확히 깨닫지 못했었다. 술에서 깨어 정신을 차리고 자신의 삶이 얼마나 참담한지 직시했을 때 비로소 자신에게 선함과 사랑과 타인을 돌볼 능력이 똑같이 있다는 것을 알게 되었다.

이렇게 드러나지 않은 그림자들을 의식 안으로 초대하기 전에는 그것들이 괴물 같은 형태로 우리를 사로잡는다. 물론 좋은 환경에 있었다면 이 남성은 중독이 안겨 주는 고통을 피했을 수도 있다. 중독자들은 완벽주의자인 경우가 많다. 역설적이게도 자기 자신에 대해 혹독하면 혹독할수록 무엇인가에 중독될 가능성이 커진다. 내가 방금 이야기한 남성도 애초에 자신의 고통이나 악한 면을 자신의 자아상으로 인정할 수 없었기 때문에 그것을 외면하기 위해 알코올중독자가 되었다. 오랜 시간이 흐르고 재활 프로그램을 통해 비로소 그것들을 끌어안는 법을 배웠다.

자신의 슬픔, 외로움, 분노, 자기 파괴적인 성향, 보살핌을 원하는 어린아이 같은 마음을 받아들일 수 있다면, 굳이 자기 자신을 어딘가에 중독시켜 마비시킬 필요가 없다. 마음을 열고 자신의 어린아이 같은 연약함, 독립심, 온당한 도덕적 분노, 기꺼이 베푸는 마음, 자신의 신념 등을 존중할 수 있게 된다. 이것들이 바로 위에서 말한 부정적인 특성들의 반대편에 있는 긍정적인 특성들이다.

또 우리는 욕망을 억누름으로써 그림자 정체성을 만들어 낸다. 예를 들어 우리의 문화는 지금 금욕주의 전통에서 벗어나 성적 욕망의 그림자를 다루고 있다. 그것은 종종 왜곡된, 하지만 강력한 형태로 자신을 드러낸다. 성은 자동차에서 전동공구에 이르기까지 온갖 상품을 팔기 위해 광고에 이용된다. 알지 못하는 사이에 영향을 미치는 방법으로, 혹은 몸이 훤히 드러나는 옷을 입은 여성이나 남성을 판매되는 물건 옆에 서 있게 함으로써. 우리가 성적으로 억압되어 있다는 것을 이해하지 못한다면 그런 구도는 논리적으로 말이 안 된다. 현대 영화와 현대인들의 삶에서 성은 종종 폭력을 동반한다. 성폭행, 성적 유혹, 아동 성추행, 외설물, 가학적인 성행위 등은 모두 그림자에 사로잡힌 우리 문화의 현실을 말해 준다. 또한 성관계에서 한쪽이나 양쪽 모두 목적을 채우기 위한 대상으로 전락하는 경우가 많다. 그림자를 억압하기 때문에 오히려 건강하고 영적인 환희를 경험하지 못하게 되는 것이다.

순수주의자 원형은 우리에게 세상을 있는 그대로 사랑하라고 가르친다. 우리 안의 마법사 원형이 이 순수주의자 원형의 도움을 받아 균형을 잡으면 목표를 이루는 일에 지나치게 집착하지 않고도 꿈을 실현할 수 있다. 바라는 것을 얻는 일에 너무 강박적이 되면 자신도 모르는 사이에 삶에 작용하는 마법도 약해진다. 그때는 자신의 목표를 진심으로 공유하는 사람들과 쉽고 자연스럽게 연결되기보다는, 자신이 원하는 것을 갖기 위해 다른 사람이나 세상을 이용하려고 든다. 다른 사람들을 자신의 뜻대로 움직이려는 생각에 사로잡히면 마법은 불쾌하고 조종하는 것이 된다. 그때 삶에 에너지를 불어넣던 멋진 비전은 삶을 지배하는 강박 관념으로 변하며, 이 시점에서 마법사는 악한 주술사로 변한다.

전사 의식을 가진 사람들은 자신의 내면이나 외부에서 그림자가 보이면 그 괴물을 처치하는 것이 적절한 대응이라고 생각한다. 즉 성욕이나 성적 집착을 완전히 없애는 것이다. 하지만 그렇게 하면 더 많은 억압이 일어나 괴물은 더욱 커지고 그것에 더 많이 사로잡히게 된다. 전사 원형과 이타주의자 원형이 균형을 이루면 우리는 괴물과 맞서는 법을 배우고 그 괴물이 우리 자신뿐 아니라 다른 사람들에게도 위험하다는 것을 안다. 그런 다음에는 괴물의 존재를 긍정하고 그것이 자기 자신의 일부라는 사실을 인정함으로써 괴물을 변화시키는 법을 배우게 된다.

대개 자신을 억압하고 표현하지 못할 때 폭력이 일어난다. 우리는 좋은 사람이 되어야 하고, 양보해야 하며, 자신이 원하는 것을 요구할 권리가 없다고 배운다. 반면에 자신의 욕구를 인정하고 주장하는 기술은 배우지 못한다. 그 결과 내면의 시한폭탄처럼 감정들이 쌓인다. 그리고 결국에는 폭발이 일어난다. 감정적인 폭력이나 물리적인 폭력의 형태로 분노가 폭발해 자기 자신이나 다른 사람에게 심각한 타격을 입힌다. 역설적이게도 폭력의 해결책은 그 자체만으로도 억압으로 이어질 수 있는 자기통제가 아니라, 자기 이해와 자기를 표현하는 기술이다.

마법사는 자신이 아직 불완전하더라도, 우주에 대해 자신을 표현하고 자신의 의지를 알리기 위해서는 용기와 대담함이 필요하다는 사실을 안다. 그렇게 하는 것은 자신의 약한 모습을 세상에 그대로 드러내야 함을 의미하는데, 우리 안의 마법사는 이 과정을 근본적으로 신뢰한다. 만약 괴물이 자신의 그림자, 즉 이름 없고 사랑받지 못하는 부분에 불과하다면, 그때 그 그림자를 변화시키는 유일한 방법은 행동으로 표현하는 것이다. 행동함으로써 그림자를 밝은 곳으로 데리고 나오는 일이다.

하지만 이때 어느 정도는 신중하게 행동 범위를 정할 필요가 있다. 자신이 감당할 수 없을 만큼 큰 괴물을 불러내지 않도록 하기 위해서다.

어슐러 르 귄(『어스시 연대기*Earthsea Series*』를 집필한 미국의 판타지 작가)의 공상과학소설 『어스시의 마법사*A Wizard of Earthsea*』에 나오는 주인공 새매는 젊은이다운 오만함으로 자신이 죽은 자를 불러낼 만큼 강한 힘을 갖고 있다고 믿는다. 그는 죽은 자를 불러내는 데 성공하지만, 그렇게 함으로써 지하 세계에 갇혀 있던 괴물을 풀어

주게 되어 세상이 파괴될 위험에 처한다. 새매는 젊고 경험이 부족하지만 이 악마를 찾아내어 무장해제시키는 것이 자신의 책임이라는 것을 이해한다. 그리고 그 고독한 여행에 몇 년을 바친 후, 마침내 괴물을 찾아내고 맞서 싸우게 되었을 때 괴물을 이길 힘을 얻는 길은 그 괴물의 진짜 이름을 부르는 것임을 깨닫는다. 괴물을 똑바로 바라보면서 새매는 '게드'라고 그 괴물을 부른다. 그런데 게드는 새매의 진짜 이름이다. 이렇게 자신의 그림자를 그림자로 인정하자 자아의 두 부분이 통합되고, 위협은 더 이상 존재하지 않게 된다.

르 귄은 쓴다.

"게드는 패배하지도 승리하지도 않았다. 다만 죽음의 그림자에 자신의 이름을 붙여 줌으로써 자신을 온전하게 만들었다. 온전한 참 자아를 아는 사람은 자기 자신 외에는 어떤 힘에도 이용당하거나 사로잡히지 않는다. 따라서 그는 파괴나 고통, 증오, 어둠을 위해서가 아니라 삶 자체를 위해 살게 된다."

마법사는 우주 안에는 균형이 중요하다는 것과 개인이 삶에서 어떤 선택을 하는가에 따라 그 균형이 더 단단해지기도 하고 무너지기도 한다는 것을 이해한다. 르귄의 어스시 3부작 중 제3권 『머나먼 바닷가*The Farthest Shore*』에서 새매는 다시 균형을 바로잡는다. 사악하게 변한 대마법사 코브는 자신의 힘을 이용해 죽음을 정복하고 사람들에게 영생을 주기로 결심한다. 물론 그 결과 사람들은 죽음의 그림자에 사로잡혀 살아가게 된다. 새매는 어느 곳에서나 죽은 채 걸어 다니는 사람들을 발견한다. 그들은 소외되고, 무기력하고, 대부분 약물에 중독되어 있으며, 자신이 하는 일에 자부심을 느끼는 사람도 없고 서로를 사랑하지도 않는다. 새매는 문제의 원인이 사람들이 삶을 지배할 힘을 갈망하기 때문이라고 설명한다. 새매는 그것을 '탐욕'이라고 부르면서 이렇게 말한다.

"소유할 가치가 있는 유일한 힘은 삶을 지배하는 힘이 아니라 삶을 받아들이고 허용하는 힘이다."

영생을 얻기 위해 삶과 죽음을 지배하려는 욕망은 내면에 공허함을 낳고 우주의 균형을 깨뜨린다. 새매는 코브에게 설명한다.

"지상의 모든 노래도, 하늘의 모든 별도 너의 공허감을 채워 줄 수는 없다."

왜냐하면 코브는 삶을 마음대로 통제하려는 힘을 찾으려다 자기 자신과 자신의 진정한 이름을 잃어버렸기 때문이다. 진정한 마법사는 삶을 마음대로 통제할 수 있다는 환상을 내려놓고 자신에게나 다른 사람에게나 삶을 있는 그대로 허용한다. 그렇게 할 때 비로소 마법사는 세상의 균형을 되찾는다.

오늘날에는 이 그림자를 세상 사람 모두가 본다. 사람들은 방송 토크쇼에 나와 자신의 영혼을 낱낱이 드러낸다. 그래서 전에는 쉬쉬했던 가정 내 폭력, 배신, 절망적인 가족사 등을 모두가 알게 된다. 정치인들의 악행은 온 천하에 공개되며, 텔레비전과 영화에서는 섹스와 폭력 장면이 일상적으로 등장한다. 아이들이 순수성을 지키기도 어렵고, 어른의 이상을 간직하기도 힘든 시대가 되었다.

아침에 오렌지 주스를 마시며 신문의 뉴스 기사를 읽을 때마다 나는 냉소주의자가 되어 가는 자신을 발견하지 않을 수 없다.

그림자는 우리의 집단의식에 종종 모습을 나타낸다. 우리의 임무는 부정적인 행동 이면에 있는 긍정적인 에너지를 발견해 그 그림자를 끌어안는 일이다. 예를 들어 누군가를 때리는 것은 부정적인 행동이며, 그 행동은 무엇인가를 파괴하고 싶은 충동에서 나온다. 이때, 파괴되어야 하는 것은 자기 마음속에 있는 여러 낡은 습관들이다.

마법사는 순수주의자와는 다른 방식으로 이름 짓는 힘을 사용한다. 순수주의자는 세상을 선하다고 이름 짓는다. 마법사는 문제를 확인하는 것에서 시작해 새로운 인식으로 나아간다. 사람들은 대부분 무엇인가에 대해 솔직하게 말하는 것을 두려워한다. 전사의 경우에는 괴물을 악당이라 이름 부르는 것이 공격의 서막이다. 정직해진다는 것은 사회 서열 속에서 스스로를 불리한 위치에 놓는 일이다. 정직한 것은 매우 위험한 일이다. 특히 사람들은 서열이 높아지기 위해 자신이 본래보다 더 멋진 사람인 것처럼 보이려고 노력하는데, 정직해진다는 것은 자신의 결점을 드러내는 것을 의미하기 때문이다. 마법사가 문제에 대해 말하는 방식은 사랑과, 우리 중 누구도 본래 나쁘거나 틀리지 않다는 믿음을 바탕으로 하고 있다. 즉 우리 모두는 긍정적인 존재 이유를 갖고 있는 것이다.

필립 레스너(많은 아동 도서를 쓴 편집자 출신의 미국 아동 작가)의 훌륭한 동화 『개구리 제롬*Jerome the Frog*』에서 제롬은 짓궂은 마녀를 만나는데, 그녀가 자신을 왕자로 변신시켰다는 이야기를 듣는다. 제롬은 여전히 개구리처럼 보이지만, 마을 사람들은 제롬이 정말로 왕자일 경우에 대비해 제롬을 탐험 여행에 나서게 한다. 제롬이 여러 차례 탐험에 성공하자 마을 사람들은 마침내 용을 죽이기 위해 제롬을 보낸다. 용은 언제나 불을 내뿜어 마을을 파괴해 왔다. 제롬은 용을 발견하고 칼을 뽑아 드는데, 그때 용이 자신을 죽이려 하는 이유를 묻는다. 어쨌든 불을 뿜고 마을을 태우는 것은 용의 본성이 아닌가. 제롬은 그 말에 대해 곰곰이 생각해 보고 잠시 용과 이야기를 나눈다. 그리고 마침내 모두가 동의할 수 있는 해결책을 찾아낸다. 앞으로 용은 마을을 불태우는 대신 매주 화요일과 수요일에 마을 사람들이 모아 놓은 쓰레기를 태울 것이다. 그리고 나머지 날에는 마을을 어슬렁거리며 불을 뿜는 척만 할 것이다. 제롬은 용을 바꾸려 하거나 용이 '착하다'고 설득하려 하지 않는 대신 용이 자신의 본래 모습에 충실하도록 돕는다. 용은 불을 뿜어 태워 버리는 것을 좋아할 뿐 아니라 숭배의 대상이 되고 존재를 인정받는 것을 좋아하기 때문이다.

피해자도 없고 악당도 없는 제롬의 문제 해결 방식은 우리들 중 누구도 나쁘거나 틀리지 않다는 가정에 바탕을 둔 것이다. 그러나 때로 우리는 진정한 자신을 억압하고 그림자에 이끌려 행동한다. 아니면 단순히 사회적으로 책임 있게 자신을 표현하는 기술이 부족한 것일 수도 있다. 어느 경우가 사실이든 그때 우리는 자기 자신뿐 아니라 다른 사람들도 곤경에 처하게 만든다. 진정한 본성을 발견해 발전시키고 자신에게나 타인에게나 이롭게 이용하면 용은 본래부터 잘못된 존재가 아닌 것이다!

모든 사람이 본래 선한 잠재력을 갖고 있다는 믿음을 바탕으로 문제에 접근하면 전혀 다른 결과가 일어난다. 마법사의 목표는 괴물을 죽이는 것이 아니라, 소통을 통해 공동체를 회복시키기 위해 괴물에게 진정한 이름을 지어 주는 것이다.

매들렌 렝글(다른 은하 우주에도 생각하는 생명체가 사는 행성이 딸린 태양계가 틀림없이 존재한다는 생각으로 〈시간 4부작〉을 집필한 미국의 소설가이며 동화 작가)은 청소년을 위한 소설 『바람의 문*A Wind in the Door*』(뉴베리상 수상작인 전편 『시간의 주름*A Wrinkle in Time*』에 이은 후속편으로, 『시간의 주름』이 먼 우주 은하로 떠나는 시공간의 여행인 반면에 『바람의 문』은 찰스의 몸속 미토콘드리아에 사는 미세한 '파란돌라'라는 소우주로 떠나는 여행)에서 심지어 악을 다룰 때에도 긍정적으로 이름을 짓는 것의 힘을 보여 준다. 그 이름 짓기가 자기 파괴적인 태도나 행동에서 나온 것이 아닐 때 그것은 큰 힘을 갖는다. 이야기의 주인공은 둘 다 과학상을 수상한 물리학자 부모의 사춘기 딸 메그인데, 문제는 그녀가 사랑하는 남동생 찰스가 죽어 가고 있다는 것이다. 메그의 어머니는 찰스의 파란돌라(미토콘드리아 안에 있는 상상의 세포 기관)에 뭔가 문제가 생겼음을 발견한다. 모든 인간의 세포 안에는 자기 고유의 RNA와 DNA를 가진 미토콘드리아라 불리는 세포 기관이 있다. 그것 없이는 우리는 산소를 처리할 수 없다.

메그의 어머니는 미토콘드리아 안에 파란돌라가 있는데, 이 파란돌라는 미토콘드리아가 세포에 대해 갖는 관계처럼 미토콘드리아에 대해 똑같은 관계를 갖는다고 믿는다.

모든 생명은 상호 의존적이라는 이런 비전이 소설 전체에 흐르고 있다. 메그는 우주 공간에서 온 사람들과 천사의 방문을 받는다. 그들은 크기는 아무 차이도 만들어 내지 않고, 우주에 존재하는 모든 것은 어느 하나 중요하지 않은 것이 없으며 모두 서로 연결되어 있다고 설명한다. 그들은 또한 메그가 남동생 찰스를 구할 수 있다고 말해 준다. 왜냐하면 메그는 '이름 짓는 사람'이기 때문이다. 이름 짓는 사람이란, 다른 사람들이 자신의 진정한 모습을 알도록 도와주는 사람이다. 예를 들어, 메그의 친구 캘빈은 메그에게 이름 짓는 사람이다. 캘빈과 함께 있을 때 메그는 그 어느 때보다 자신이 훨씬 더 자기 자신처럼 느끼기 때문이다.

문제의 근원은 에크트로스(고대 그리스어로 '적들'), 즉 '이름이 없는 자들'이다. 블랙홀, 소외감, 절망감, 범죄 같은 것들이 이들의 책임이다. 왜냐하면 에크트로스는 사람이나 별이나 나무 등이 자신의 진정한 정체성을 주장하고 우주에 기여하는 것을 막으려고 하기 때문이다. 몇몇 사람에게 이름 지어 주는 일을 실천한 뒤 메그는 미토콘드리아로 내려가 파란돌라와 얘기를 나눈다. 알고 보니 에크트로스가 그곳에 있으면서 파란돌라에게 여행을 떠날 필요가 없으며 파란돌라가 세상에서 가장 위대한 존재라고 믿게 했다는 것이 밝혀진다. 마침내 여행을 떠나면서 파란돌라는 별들과 함께 노래 부른다. 여행을 떠나지 않으면 파란돌라 자신이 속한 유기체 전체가 죽는 것이다.

메그는 파란돌라에게 이름을 지어 주는 데 성공한다. 하지만 그때 그녀는 자신과 친구들이 자유로워지기 위해서는 직접 에크트로스와 대면해야 한다는 것을 깨닫는다. 에크트로스와 만났을 때 메그는 전사가 하듯이 그들을 죽이려고 하지 않는다. 그 대신 모든 성인들의 이름을 부르는 호칭 기도를 시작해 이렇게 마친다.

"에크트로스여, 그대들은 이름이 불렸도다! 내 팔이 그대들을 감싸 안는다. 그대들은 더 이상 아무것도 아닌 것이 아니다. 그대들은 존재한다. 그대들은 이제 채워졌다. 그대들은 나이다. 그대들은 메그이다."

메그는 은연중에 마법의 기본인 소우주와 대우주의 원리를 이해한다. 그녀가 우주의 축소판이라면 그때 '바깥'에 있는 것은 무엇이든 '안'에도 있다. 우리 모두의 자아 속에는 '자신을 미워하는 자'가 존재한다. 그 존재는 과대망상에 가까운 환상으로 우리를 유혹하거나, 아니면 우리가 하는 일이 중요하다는 믿음을 깎아내린다. 이와 같이 우리 모두는 우리를 삶의 목적으로부터 이탈하게 만드는 에크트로스 부분을 내면에 가지고 있다. 외부의 적을 사랑하는 법을 배우면 내면의 적도 사랑하는 법을 배우게 되고, 그런 식으로 내면의 적을 변화시키는 법을 배우게 된다. 우리가 가장 두려워하는 우리 외부의 무시무시한 괴물이야말로, 우리 내면의 그림자를 끌어안아 주는 열쇠가 된다.

자기 안의 그림자와 똑바로 마주할 때 사랑하는 능력이 커진다. 그리고 마침내는 자신의 내면과 외부에 있는 모든 것을 사랑할 수 있게 된다. 그러나 모든 것을 사랑한다는 것이 자기 자신이나 다른 이들의 나쁜 행위를 그냥 허용해야 한다는 뜻은 아니다.

우리가 잘 아는 이야기 『개구리 왕자*The Frog Prince*』에서 어린 공주는 황금 공을 연못에 빠뜨리고는 연못가에서 슬픔을 가누지 못한다. 그때 개구리 한 마리가 나타나, 그녀의 그릇에 담긴 음식을 먹게 해 주고 그녀의 베개에서 잠을 자게 해 주겠다고 약속하면 황금 공을 건져다 주겠다고 말한다. 공주는 그렇게 하겠다고 했고 개구리는 공을 가져다준다. 그러나 약속은 반드시 지켜야 한다는 아버지의 명령에 공주는 경악한다. 어릴 때 내가 들은 버전에서는 공주가 키스를 해 주자 개구리는 왕자로 변한다. 왕자로 변하기를 바라며 여자들이 얼마나 많은 개구리에게 키스를 했는가에 대한 농담이 유행하기도 했다. 하지만 사람들은, 공주가 혐오감을 얼마나 억눌렀는가에는 관심이 없다. 공주는 개구리에게 거부감을 느끼지만 이 이야기에는 참된 공주라면 그런 감정 정도는 억누를 수 있어야 한다는 메시지가 은연중에 암시되어 있다.

비슷한 형식이지만 반대되는 내용의 우화가 여기에서 도움이 된다. 『미녀와 야수*Beauty and the Beast*』는 마법사 이야기의 원조 격이다. 이 이야기에서도 공주가 키스해 주자 야수는 왕자로 변한다. 그러나 상황은 매우 다르다. 야수는 미녀에게 기품 있는 왕자처럼 행동한다. 늘 친절하게 대하고 호의를 베푼다. 매일 밤 그녀에게 진심으로 청혼을 하지만 그녀는 자신의 감정에 충실하며 거절한다. 그는 그렇게 할 그녀의 권리를 존중한다. 그녀의 사랑을 얻지 못하면 자신이 평생 야수로 남아 있어야 할지 모른다는 걸 알면서도 그렇게 한다. 오직 사랑만이 주술을 풀고 그를 인간으로 만들어 줄 것이기 때문이다. 마침내 미녀는 야수의 청혼을 받아들이며, 그것은 그녀의 진심에서 우러난 결정이다. 그의 내면에 있는 고귀함을 보고 그를 사랑하게 된 것이다. 바로 그때 야수는 왕자로 변한다.

『미녀와 야수』는 우리가 상대방의 있는 그대로의 모습을 사랑할 때 자기 자신뿐 아니라 다른 사람도 변화시킬 수 있다는 사실을 암시한다. 온갖 결점이 있는데도 그를 '사랑스러운 존재'라 이름 짓는 것이다. 하지만 『개구리 왕자』는 다른 이야기이다. 개구리는 공주를 이용한다. 그녀는 감정적으로 덜 성숙했고, 미녀처럼 그렇게 현명하지 않으며, 개구리를 개구리로서 사랑할 수 없다. 마돈나 콜벤슐라그(미국 출신의 여성주의 신학자, 심리요법사. 겸손한 마리아 수녀회 소속의 수녀)는 『잠자는 숲속의 공주에게 작별 키스를*Kiss Sleeping Beauty Goodbye*』에서 설명한다. 『개구리 왕자』의 원래 이야기에서는 개구리가 공주의 키스를 받고 왕자로 변하는 것이 아니라, 공주가 자신의 혐오 감정을 인정하고 개구리를 집어 불 속에 던져 버릴 때 개구리가 왕자로 변한다는 것이다. 공주가 개구리를 불 속에 던지며 '우웩!' 하고 소리 지르는 모습이 상상이 간다.

우리 문화에서는 사랑의 의미가 상대방이 무슨 행동을 하든 다 받아들이고 심지어 자신을 막 대해도 허용하는 것이라는 생각이 널리 퍼져 있다. 그런 수동적인 태도는 은연중에 절망을 끌어들인다. 마법사는 사람들이 자기 파괴적인 행동 이상의 존재라고 믿기 때문에 사람들의 생각에 문제를 제기한다. 아내가 남성 우월주의를 무조건 참고 받아들일 때보다 더 이상 그것을 견디기를 거부할 때 남성들이 더 많이 변하는 것을 나는 봐 왔다. 그리고 오직 가족을 부양하기 위해 돈을 버느라 자신을 희생해 오던 남자가 가족이 당연하게 여기는 틀에서 벗어나 자신의 여행을 시작할 때 여성이 변하는 것도 봐 왔다. 또한 부모가 아이들을 응석받이로 키우기를 중단하고 아이들의 행동과 씀씀이에 적당한 한계를 정해 줄 때 아이들이 변하는 것도 봐 왔다.

지혜로운 사랑은 사람들 안에 있는 야수와 개구리 같은 면을 키워 주기보다 오히려 그들을 변화시키기 위해 불 속으로 던진다. 개구리를 불 속으로 던지는 것이 공주에게는 자기 존중의 표현이었다. 아버지가 아무리 그렇게 하라도 했어도, 또 아무리 그녀가 그렇게 하겠다고 약속했어도 그녀는 개구리와 억지로 키스하지 않을 만큼 자신을 존중했다.

야수는 미녀의 사랑을 통해 변신하고, 개구리는 공주가 격렬하게 거부할 때에야 변신한다. 두 여성 모두 마법사이다. 자신의 진실한 감정을 온전히 믿고 그것을 주장하기 때문이다. 이 진실성은 전사의 시각에서 본 진실성이 아니다. 전사의 시각은 어떤 대가를 치르더라도 반드시 약속을 지킬 것을 요구한다. 하지만 이 진실성은 자신의 가장 깊은 곳의 자아와 조화를 이루며 삶을 온전히 사는 것을 의미한다. 물론 약속을 지키는 것은 마법사에게도 중요하다. 말을 하고 지키지 않으면 자신이 가진 이름 짓는 능력과 이름 짓기를 통해 세상을 창조하는 능력을 신뢰할 수 없게 되기 때문이다.

『미녀와 야수』에서 공주는 진심으로 야수의 신부가 되겠다는 마음의 준비가 될 때까지 밤마다 야수의 청혼을 거절한다. 착한 체하며 상대방을 구원하라고 자신을 강요하지 않는다. 오히려 야수를 구한 것은 그녀의 사랑에 담긴 진정성이었다. 개구리가 공주의 솔직한 혐오감을 알고 난 후에 상황이 훨씬 나아졌듯이.

세상의 시각에 따라 여성답게, 혹은 남성답게 행동하면서 자신의 마음속 분노를 부정하는 것은 무의식적으로 관계를 파괴하는 결과를 낳는다. 때로는 화를 표현하는 것이 변화의 힘을 갖는다. 그것을 통해 진실하고 정직한 관계가 가능해지기 때문이다.

마거릿 애트우드(캐나다를 대표하는 시인이며 소설가)는 『여성 신탁사제*Lady Oracle*』에서 여러 형태의 삶을 살며 매번 다른 인물을 연기해야만 하는 주인공에 대해 쓴다. 어려서부터 뚱뚱했던 조안은 애정 없고 신경증적인 어머니에게 대놓고 무시당한다. 나비처럼 아름답게 춤을 추려고 열심히 연습하지만 학교 연극 무대에서 그녀에게 맡겨진 배역은 나비 알이다. 사람들이 자신을 어떻게 보는지 깨달은 그녀는 자신의 비만을 인정하고 어머니를 괴롭히기 위해 더 많이 먹는다. 학교에서 상급생과 친구들로부터 놀림당하자, 잘난 체하지 않고 전혀 위협적이지 않은 '뚱보 친구' 역을 연기함으로써 친구들을 사귄다.

그녀에게 유일하게 위안이 되는 사람은 쾌활한 성격의 고모이다. 자신도 비만인 고모는 조안을 데리고 여기저기 놀러 다닌다. 한번은 여행 도중 만난 심령가가 조안에게 특별한 재능이 보인다면서 자동기술법(이성이나 의식의 통제를 벗어나 무의식에 맡기고 손이 움직이는 대로 써 내려가는 기법)을 시도해 보라고 권하나, 조안은 한번 해 보고는 겁이 나서 그만둔다. 어느 날 급성 패혈증에 걸려 누워 있다가 침대 옆에 걸린 부대 자루 같은 자신의 스타킹을 보고는 체중 감량을 결심한다. 45킬로그램의 체중 감량을 조건으로 내건 고모의 유산 상속권도 이 시도에 한몫을 한다. 마침내 체중 감량에 성공한 조안은 고모가 남겨 준 돈을 받아 감옥 같은 집을 떠나 영국으로 향한다.

런던에서 이층 버스를 타고 가다가 떨어진 조안은 폴란드에서 망명해 온 은행원이자 삼류 연애 소설 작가 폴을 만난다. 폴이 그녀의 부상당한 발목에 얼음찜질을 해 주면서 두 사람은 가까워진다. 조안은 자신이 미술 학도라고 말하면서 자신의 과거에 대해 거짓말을 하고, 폴은 그녀를 정부로 삼기로 마음먹는다. 그에게 깊은 감정을 느끼지 못하지만 조안은 몇 달 동안 그를 만난다. 그리고 폴에게서 소설 쓰는 법을 배워 가명으로 그로테스크한 기법의 연애 소설을 출판한다. 하지만 폴란드 귀족인 폴의 가부장적인 태도에 위협을 느껴 그를 떠난다.

조안은 같은 캐나다 사람이며 핵무기에 반대하는 급진적인 사회주의 운동가 아서를 만나 새 출발을 한다. 아서는 조안에게 깊이 끌리지는 않았지만, 어쨌든 두 사람은 동거를 시작하고, 조안은 행복하고 인기 있는 어린 시절을 보냈다며 또다시 자신의 과거에 대해 거짓말을 한다.

어머니의 사망으로 캐나다로 돌아온 조안은 돈이 떨어져 잠시 아버지와 함께 생활하지만, 뒤이어 따라온 아서와 결혼한다. 그런데 결혼식을 집행하는 사람이 어렸을 때 만난 심령가인 것을 보고 놀란다. 심령가는 그녀에게 다시 자동기술법을 시도해 볼 것을 권한다. 가정주부로 살면서 급진적이고 정치적인 아서의 친구들에 둘러싸여 사는 것에 차츰 절망한 조안은 자동기술법을 시도해 보기로 결심한다.

잠시 후 깨어났을 때, 그녀는 자신이 자동기술법에 따라 수십 편의 시를 썼음을 발견한다. 시 원고를 받아든 출판사 발행인은 독특하고 혁명적인 목소리를 가진 여성 시인이라고 그녀를 칭찬한다. 처음으로 실명으로 낸 시집이 대성공을 거두고, 조안은 텔레비전에 출연할 만큼 유명 인사가 된다. 비평가들의 호평을 받고 상업적으로 성공을 거두지만 정신적으로는 행복하지 않다. 어쨌든 이 성공으로 무명의 사회주의자인 남편과의 결혼 생활은 점차 금이 가고, 그녀는 어느 행위 예술가와 몰래 만난다.

불륜을 눈치챈 누군가가 돈을 뜯어내기 위해 조안을 협박하고, 견디다 못한 조안은 익사 사고로 사망한 것처럼 가장하고서 이탈리아로 홀로 떠난다. 그러나 보수적인 이탈리아인들의 사회에서 여자 혼자 생활한다는 것은 쉬운 일이 아니다. 더구나 자신의 가짜 죽음을 도와준 두 친구가 자신의 살해범으로 체포되어 조사를 받는다는 소식에 충격을 받는다. 친구들을 구하는 유일한 길은 캐나다로 돌아가 사건의 전말을 고백하는 일밖에 없다.

소설의 결말 부분에서 그녀가 분노를 폭발시킬 때에야 진정한 관계를 맺는 것이 가능해진다. 자신의 거처를 추적해 찾아온 취재기자를 남편으로 오해하고 그녀는 와인병으로 남자의 머리를 후려친다. 남자가 입원한 병원에 찾아간 조안은 그와 매우 가까운 친구가 된다. 결국 그는 그녀의 정체를 아는 유일한 사람인 것이다.

마법사는 감정이나 낭만에 흔들리지 않는다. 마법사의 목표는 자신과 타인의 진정한 모습이 무엇인지 인식하는 것이다. 근본에 있어서 우리 모두는 사랑 안에서 하나이지만, 그 실체를 덮은 많은 층들이 존재한다. 그 층들을 그냥 무시하는 것은 적절하지 않다. 순간순간 진정성을 갖고 사는 것은 많은 용기와 연습이 필요하기 때문에 전사의 단계를 거치지 않고는 그렇게 할 수 없다. 매 순간 솔직하게 마음을 여는 것은 매우 상처받기 쉬운 상태가 되는 것이기도 하다. 이때 다른 사람들이 그 점을 이용해 우리를 조종하거나 통제하는 것을 용납해서는 안 된다. 친밀감과 사랑, 그리고 때로는 마법의 순간들만 받아들여야 한다.

앨리스 워커(오헨리상, 전미도서상을 수상한 미국의 시인, 소설가. 흑인 여성 문학의 선두 주자)의 대표작 『컬러 퍼플*The Color Purple*』은 조지아주의 고립된 시골에서 자란 젊은 흑인 여성 씰리의 일생을 들려준다. 소설은 씰리가 겪는 정신적 고통과, 그녀를 지배하는 이들에 의해 강요된 무기력한 자아상에서 마침내 탈출하는 과정을 그려 보인다.

씰리는 열네 살부터 아버지에게 수차례 강간당해 두 번이나 아이를 낳지만 아이들은 어디론가 사라진다. 씰리의 여동생 네티가 청혼을 받자, 네티에게 눈독을 들이던 아버지는 구혼자 앨버트에게 네티가 아닌 씰리와 결혼할 것을 강요하며 암소 한 마리와 함께 씰리를 내준다. 씰리는 앨버트의 전 아내가 낳은 아이들을 키우며 짐승처럼 학대받는다. 네티가 자신과 같은 꼴을 당할 것을 염려해 씰리는 네티를 자기 집으로 부르지만 앨버트가 네티를 집적인다.

씰리는 신에게 보내는 편지에서 자신의 삶을 이야기한다. 열네 살 때 그녀가 두 번째 아이를 임신했을 때 아버지가 "신을 제외하고는 그 누구에게도" 이야기해서는 안 된다고 위협한 이래, 그녀는 아무도 보고 있지 않다고 생각하며 자신도 모르게 솔직한 심정으로 신에게 편지를 써 왔다.

어느 날 슈그 에이버리라는 여성 가수가 마을에 공연을 온다. 씰리의 남편 앨버트는 온갖 치장을 하고서 슈그를 만나러 간다. 사실 앨버트는 슈그와 연인 사이였으나 집안의 반대로 결혼에 실패하자 다른 여자와 결혼을 했었다. 공연 후에 슈그가 병에 걸려 시름시름 앓자 앨버트는 그녀를 집으로 데려오고, 씰리는 슈그에게 질투심을 느끼기보다는 그녀를 동경한다. 처음에는 씰리를 하녀처럼 대하던 슈그도 씰리의 진심 어린 태도에 마음을 열고 학대당하는 그녀의 편에 선다. 몸이 다 낳은 슈그는 씰리를 데리고 앨버트를 떠난다.

슈그는 공동체 전체를 위해 지옥을 천국으로 바꾸는 마법사의 강력한 예이다. 그 시대의 여러 사회 규칙과 성별에 따른 규정을 어기면서 진정한 자기 자신에 충실하게 살려고 노력한다. 그녀는 세상에 별 영향력 없는 삼류 블루스 가수이다. 그럼에도 사랑이나 행복이 거의 없는 가부장적이고 억압적인 환경을 진정한 공동체로 변화시킨다. 그녀는 상황을 바꾸려고 하지 않는다. 다만 그녀가 진정한 자기 자신으로 존재하기 때문에 상황이 바뀔 뿐이다. 독립성, 자기표현, 부드러움, 보살핌이 그녀의 진정한 모습 안에 포함되어 있다.

소설의 주인공 씰리는 성폭행과 구타를 당하는 아이로 인생을 시작한다. 그리고 자신의 의지와 무관하게 타의에 의해 앨버트와 결혼하며, 앨버트는 씰리를 사랑하지 않지만 그저 전처와의 사이에서 태어난 아이들을 돌볼 여자를 원하는 남성이다. 앨버트는 씰리가 슈그가 아니라는 것에 격분해 그녀를 때리기까지 한다. 아버지의 바람을 거역하고 슈그와 결혼할 용기는 없었지만 슈그를 사랑했기 때문이다. 씰리는 슈그에 대해 모든 걸 알고 있고, 슈그가 얼마나 자유롭고 정직한지 안다. 그래서 슈그를 만나 위협을 느끼는 대신 용기를 얻는다.

씰리는 한때 자신이 내린 이타적인 선택에 자부심을 느꼈다. 십

대 때 그녀는 아버지의 관심을 끌기 위해 옷을 잘 차려 입었다. 그렇게 함으로써 아버지가 어린 여동생 네티를 성추행하는 것을 막을 수 있었다. 사랑하는 여동생을 위해 자신의 몸을 희생하기로 선택한 것이다. 하지만 나중에 슈그로부터 자신을 위해 맞서는 법을 배운다.

처음에 슈그는 씰리에게 좋지 않은 감정을 갖고 있었다. 씰리가 앨버트와 결혼했기 때문이다. 그러나 씰리가 병을 앓는 슈그를 간호해 준 뒤 슈그는 씰리를 좋아하게 된다. 그리고 씰리는 슈그가 자신에게 마음을 쓰자 자신을 소중히 여기게 된다. 슈그는 씰리가 자신의 여성성을 사랑하고 소중히 여기는 법을 배우도록, 나아가 자신이 가진 재능을 발견하도록 돕는다. 씰리는 멋지고 편한 바지를 만드는 재능이 있었다. 마침내 씰리는 슈그가 자신을 떠나도 살아갈 수 있고 만족스러운 삶을 살 수 있음을 알며, 그리하여 누구에게 의존하지 않고 사랑하는 법을 배운다.

앨버트의 운명이 더 개구리의 운명과 비슷하다. 첫째, 슈그는 앨버트가 씰리를 때린다는 사실을 알았을 때 앨버트에게 맞서고 거부한다. 그러자 씰리도 앨버트에게 맞서 그가 자신에게 한 모든 일이 업보가 되어 그에게 되돌아갈 것이라고 저주를 퍼부으며 그를 떠난다. 앨버트는 자신이 준 피해와 직면함으로써 치유에 다가가기도 하지만, 그가 행한 온갖 나쁜 짓에도 불구하고 그를 끝내 포기하지 않은 아들의 사랑과 보살핌으로도 치유된다. 이야기의 끝부분에 가면 씰리, 슈그, 앨버트 세 사람은 서로에게 마음을 쏟는다.

앨버트는 가장이라는 허세를 버리며, 슈그는 씰리에게 돌아온다.

내가 경영 코칭 세미나에서 만난 훌륭한 지도자들은 남이 어떻게 판단하든 개의치 않고 자신의 본능을 신뢰하는 사람들이었다. 슈그와 마찬가지로 그들은 일이 잘 풀리기를 기대하고 사람들의 반응에 대해서는 고민하지 않는다. 그렇긴 하지만 나는 그들이 일정한 방식에 따라 행동한다는 것을 알았다. 그들은 사람을 신뢰하며, 각각의 개인에게 주목하고, 자신이 그들에게 관심을 갖고 있다는 것을 보여 준다. 문제가 일어나면 "누군가가 뭔가를 해야만 해." 하고 말하기보다는 오히려 자신이 직접 타석에 나가 홈런을 치기 위해 할 수 있는 일을 하기 시작한다. 전사들도 변화가 필요할 때 즉각적으로 행동에 나선다. 차이가 있다면 전사는 변화를 만들어 내기 위해 전략을 세우는 반면, 마법사는 동시적인 우연이 작용해 세부적인 일들을 도와줄 것이라 믿으면서 자신이 바라는 결과를 마음속으로 상상하며 움직인다는 것이다.

일이 잘못되면 전사는 더 많은 힘을 사용하거나 통제하려고 분투한다. 마법사는 한 걸음 물러나 자신의 목표가 그 시기에 진정으로 필요한 것인지 살핀다. 일이 어려워지면 마법사는 자신의 마법이 지금의 외부 세계에는 통하지 않는다는 사실을 받아들인다. 그 대신 이때는 마법이 종종 내면에서 힘을 발휘하는데, 현재 경험하고 있는 어려움으로 인해 의식 수준이 한 단계 높아지는 것이다. 우리의 의식이 변화할 때 외부 세계도 따라서 변화한다. 물론 그 과정에는 시간이 걸리긴 하지만.

당신이 원하는 것, 그리고 당신의 여행에 꼭 맞는 것이 아직 존재하지 않거나 미약하다면 당신은 그것을 만들어 내거나 그저 기다려야 할 수도 있다. 마법사는 시기 선택이 매우 중요함을 안다. 당신이 원하는 배우자가 그곳에 있다. 그러나 아직 그 또는 그녀의 여행에서 당신을 만나기에 적절한 시간대가 아닐 수도 있다. 또 어쩌면 당신이 살고 있는 문화에는 당신의 천직에 어울리는 고용 방식이 존재하지 않을 수도 있다. 예를 들어 내가 아는 한 여성은 자신의 인생이 방향을 잃은 듯 느껴져 영매를 찾아갔다. 영매는 그녀가 사원의 관리자로 타고났는데 지금 사원 없는 세상에서 살고 있어 문제라고 말했다. 신문에는 사원 관리자를 구하는 광고가 없다. 사실 그녀는 마사지 테라피스트이자 치료사였으며, 혼란스럽고 스트레스 많은 도시 한복판의 안식처로 만들기 위해 집을 리모델링했다. 동시적인 우연을 기억하는 것이 도움이 되는 지점이다.

우리 모두는 어떤 면에서 세상의 축소판이기 때문에 자신이 살고 있는 세상을 많이 앞질러 있는 사람은 드물다. 사원 관리자는 문자 그대로의 사원을 찾지 못할 수도 있지만, 신성하게 숭배할 만한 것을 발견해 상징적인 의미의 사원을 창조하여 그 사원을 안전하게 지킬 수 있다.

같은 나라에서 살지만 완전히 다른 현실 속에서 살고 있는 사람들을 나는 많이 본다. 결핍감과 외로움, 두려움, 물질적인 가난, 부자들조차 가난하게 느끼게 만드는 영적인 빈곤, 추한 행위들에 인생이 갇혀 버린 사람들이 있다. 그리고 사랑과 아름다움, 풍요로움으로 둘러싸인 사람들, 우정과 번영과 행복을 느끼는 사람들도 있다. 마찬가지로 어떤 사람들은 정신적으로 감정적으로 19세기에 살고 있는가 하면 어떤 이들은 21세기를 살고 있다. 많은 면에서 우리는 진실로 다른 세계에서 살고 있다.

내 안의 마법사가 삶에서 깨어날 때 나는 내가 살 세상을 선택한다. 발전한 세상에서는 이 일이 더 쉽다. 그런 세상에서는 다양한 가능성, 다양한 선택권이 있다. 따라서 자신의 의식과 일치하는 분야와 손을 맞잡을 수 있다. 지구 행성의 많은 사람들에게는 그런 선택권이 거의 없거나 어쩌면 아예 없을 수도 있다는 것을 우리는 안다. 하지만 저개발 문화와 후진국에서 샤머니즘의 전통이 번창하는 것을 보면 우리는 적어도 물질적으로 매우 제한된 상황에서도 마법사가 승리하는 것을 볼 수 있다.

실제로 모든 토착 전통에서 샤먼은 세상들 사이를 여행한다. 샤먼이 무아지경에 빠져 우리의 일상적인 역할과는 관계없는 또 다른 현실, 또 다른 세상으로 들어가기 때문에 치유가 일어난다. 그 또 다른 현실 속으로 가서 샤먼은 정신적, 감정적, 영적 차원에서 병의 원인을 제거한다. 이렇게 다른 차원으로 들어감으로써 초자연적인 능력이 발달하며, 그래서 샤먼은 눈에 보이지 않는 사건들과 영향력들을 본다. 그런 샤먼들은 우리가 많은 차원들 중 한 차원에서만 살고 있을 뿐이라는 것을 이해한다. 다른 세상들에서 살 수 있는 많은 방법이 있는데, 그중 한 차원에 우리의 육체가 존재하는 것이다. 우리 모두는 자신의 상상 속에서 여행할 능력이 있으며, 그렇게 함으로써 의식을 변화시킬 수 있다.

위대한 마법사들의 전설이나 이야기를 통해 우리 내면의 마법사를 깨울 수 있다. 그중 한 가지 예가 아서왕의 궁전이 있던 도시 카멜롯을 창조하기 위한 비전을 제시한, 아서왕의 참모이자 현자인 멀린이다. 멀린은 자신이 마법을 가졌다는 사실을 숨기고 뒤에서 아서왕을 도와 카멜롯을 위해 싸운다.

암흑시대(유럽 역사에서 로마제국 말기부터 서기 1000년까지의 중세 시대)에 희망의 길을 노래하며 구전된 카멜롯 전설은 마법을 이용해 우리의 삶을 변화시키는 방법에 대한 다양한 은유적 가르침이다. 이야기는 나라가 무너지고 있을 때 시작된다. 늙은 왕이 죽고 봉건 체제에서 영주들은 왕권 계승을 놓고 싸우기 시작한다. 전쟁으로 인해 엄청난 사회 혼란과 유혈 사태가 일어나 많은 이들이 브리튼 왕국의 미래에 대해 완전히 낙심한다. 오늘날 우리가 속한 조직이나 가정, 공동체에서도 비슷한 상황을 많이 볼 수 있다.

멀린은 심한 우울증에서 벗어나기 위해 숲속에 있는 동굴에 은둔한다. 그런데 동굴 벽에 박힌 수정이 반짝이는 모습에 그의 마음이 사로잡힌다. 그 순간 매일 주위 사방에서 보던 하찮은 내분 대신, 마땅히 존재해야 하는 정의롭고 인간적인 세상에 대한 비전을 보게 된다. 여기에서 멀린에게 일어난 일은 일상의 세계를 떠나 상상의 영역으로 들어가는 마법사의 전형적인 모습을 보여 준다. 문제에만 집중하는 것에서 눈을 돌려 우리가 살고 싶은 세상을 상상할 때 우리도 그렇게 할 수 있다.

비전의 순간을 그저 현실도피적인 백일몽으로 여기며 무시하는 경우가 많다. 그러나 멀린은 그 비전에 '카멜롯'이라는 이름을 붙이며 진지하게 받아들인다. 이 비전에 방해가 되는 선택들은 모두 보류하고 그것을 실현시킬 수 있는 방법을 일생 동안 중단 없이 밀고 나가기로 결심한다. 개인적인 삶이나 일에서 비전을 진지하게 받아들일 때 당신과 나도 그렇게 할 수 있다. 자신만의 카멜롯으로 다가가고 있는 것처럼 하루하루를 살아가면서.

얼마 후 멀린은 동굴을 떠나 자신의 비전을 다른 사람들에게 전파하기 시작한다. 물론 그는 무정부 상태에서 나라가 어떻게 카멜롯으로 나아가야 할지 알지 못하지만 그 일이 일어날 것이라고 굳게 확신한다. 그는 아서왕과 기네비어여왕이 중요한 핵심 인물이라는 사실을 알아본다. 멀린과 아서, 기네비어는 자신들의 목표와 이상을 같이할 사람들을 식별하며 카멜롯의 귀족들을 모은다. 멀린이 비전을 명확히 설명하며 헌신하고자 하는 마음을 불러일으키는 동안, 아서는 사람들에게 각자 재능을 발휘할 수 있는 임무를 주어 그 꿈을 현실로 만드는 법을 알게 한다. 그리고 기네비어는 모인 사람들이 서로를 아끼면서 공동의 목적에 충실하도록 진정한 공동체 의식을 심는 데 주력한다.

이 이야기의 교훈은 누구도 혼자서 낙원을 만들 수 없다는 것이다. 비슷한 꿈과 가치관을 지닌 사람들이 서로 연대해 목표를 정하고 공동으로 노력하는 것이 꼭 필요하다. 그러면서 개인의 삶을 챙기는 진실하고 서로를 배려하는 공동체를 만들어야 한다.

카멜롯의 핵심 인물들은 자신들의 비전을 실현하는 데 도움이 되는 성스러운 물건을 찾거나 만들어 낸다. 위대한 힘을 지닌 켈트족 여신인 호수의 요정에게서 아서왕이 받은 마법 검, 기네비어가 아서와 약혼할 때 지참금으로 가져온 원형 탁자, 그리고 아서와 멀린이 함께 설계하고 건설한 카멜롯 성이 그것이다. 우리 각자도 목적에 맞는 그런 형태를 찾거나 만들어 낼 필요가 있다.

만약 내가 지금 개인적인 카멜롯을 창조하는 과정에 있는데 일이 순조롭게 풀리지 않는다면 균형에서 벗어난 것이 무엇인지 전체적으로 살펴봐야 한다. 나는 자신의 분명한 비전에 헌신하고 있는가? 다른 이해 당사자들이 나와 그 비전을 공유하고 있는가? 각자 재능에 맞게 일들을 맡고 있는가? 나와 그들 모두가 진정한 공동체 의식을 느끼고 있는가? 물리적 구조와 기술이 나의 비전을 실현하는 데 적절한가? 그 비전이 그 일에 관여하고 있는 사람들 각자의 가치와 일치하는가?

지난 세기에는 합리주의가 너무 강하게 자리 잡아서 기 에너지나 치유, 정신, 영혼, 심지어 신을 믿는 것까지 세련되지 못한 것처럼 보였다. 그러나 오늘날은 상황이 다르다. 영성에 대한 책들이 늘 베스트셀러 목록에 올라 있다. 사람들은 직장에서도 영성에 대해 이야기한다. 과학자들은 이제 물질이 본질적으로 환영이라는 사실을 인정한다. 실제로 모든 것은 마음의 재료, 즉 정보로 이루어져 있다. 모든 입자는 또 다른 입자와 상호작용하며 관계 속에서 돌고 있을 뿐만 아니라 과학 실험의 결과는 그 실험을 하는 연구자의 기대와 관계가 있는 것처럼 보인다. 이것은 심지어 물리학 차원에서도 나의 마음이 세상에 영향을 미치거나, 아니면 적어도 나의 기대가 어느 정도는 실험의 결과를 미리 결정짓는다는 의미이다.

우리는 지금 전사 문화에서 마법사 문화로 변화해 가는 과정에 있다. 이런 환경에서는 마법사 원형에 거의 혹은 전혀 접근하지 못하는 사람들은 시대를 따라잡는 데 어려움을 겪는다. 우리 모두가 직면한 과제는 모든 것이 변화하고 있을 때 균형을 유지하는 일이다. 영원히 안정된 상태이기를 바라는 환상을 기꺼이 내려놓는 사람만이 성공할 기회를 갖는다. 그런데 마법사는 기질적으로 변화를 일으키는 것을 좋아한다. 비결은 변화에 대한 저항을 멈추는 것이다. 어슐러 르 귄의 소설 『빼앗긴 자들*The Dispossessed*』에서 주인공 쉐벡은 마법사의 지혜를 다음과 같이 압축해서 말한다.

“혁명은 돈으로 살 수 있는 것이 아닙니다. 만들 수 있는 것도 아닙니다. 단지 당신 스스로가 혁명이 될 수 있을 뿐입니다. 혁명은 당신의 영혼에 있든지, 아니면 어디에도 없습니다.”

내가 혁명 그 자체가 될 때, 나의 세상은 마법이 펼쳐지는 것처럼 달라질 것이다.

*Mother Winter*(어머니 대지의 겨울)

# 8

# 영웅의 여행

영웅의 여행은 때로 지독히
외로울 수 있다. 그러나 사실 우리 모두는
다 함께 여행하고 있는 것이다.
당신이 무엇을 생각하든, 무엇을 느끼든,
당신에게는 함께 여행하는 사람들이 있다.
당신은 나로부터 배우고 나는 당신부터 배운다.
바로 그것이 우리가 성장하는 방식이다.

## 세상의 중심에 나를 놓다—영웅의 여행

어떤 사람은 원형을 믿지 않는다고 말한다. 불행하게도, 우리의 눈에 보이지 않거나 우리가 생각하지 못하는 것이 우리를 넘어뜨릴 수 있다. 원형의 존재를 믿지 않는 사람은 종종 자신의 내면을 지배하는 원형에 끌려다닌다. 그래서 매 순간 성취하려는 충동을 멈출 수 없거나(전사 원형), 강박관념에 사로잡힌 것처럼 다른 이들을 돕거나(이타주의자 원형), 자신을 언제나 희생양으로 여긴다(고아 원형). 마음의 작용 방식을 이해하지 못하면 앞으로 나아갈 수 없다. 학교에서 독서나 수학을 배우지 못했을 때처럼.

원형들의 이야기를 읽으면서 당신은 지금까지 자신의 삶에서, 또 자신과는 다른 사람들의 삶에 대해서도 어떤 원형이 주로 표현되어 왔는지 이해하게 되었을 것이다. 단지 이것만으로도 의미 있는 일이다. 자신의 생각과 행동에 동기를 부여하는 것이 무엇인지 알아차리는 것, 동시에 다른 이들의 관점을 이해하는 것은 일에 있어서나 삶에 있어서나 중요한 요소이다. 이 책에 설명한 것보다 더 많은 원형들이 우리의 집단 무의식 안에는 존재한다. 하지만 이 여섯 가지 원형에 대한 인식만으로도 자아의 힘을 키울 수 있고, 다른 원형들의 에너지도 안전하게 다룰 수 있다.

영웅의 여행을 떠나기 전 우리의 의식은 우리를 둘러싼 세계에 의해 결정된다. 어린아이의 순수한 상태에서 추방될 때, 즉 어떤 일인가가 일어나 부모나 권위 있는 인물, 신, 심지어 삶 자체에 대한 믿음이 사라질 때, 고아 원형이 우리의 의식 안으로 모습을 나타낸다. 그리고 이 추방된 세계에서 삶에 실망하면 방랑자 원형이 나타나, 우리가 감금된 상태에서 벗어나 다른 가능성을 찾을 수 있도록 자신의 길을 떠나게 한다.

그러나 언제까지나 일들이 잘못 돌아가게 내버려 둘 수는 없다는 것을 곧 깨닫는다. 이 시점에서 전사 원형의 도움을 받아, 세상 안에 머물면서 자신의 존재를 주장하는 법을 배운다. 하지만 일상적인 삶의 흐름 속에서 언제나 투쟁적이 되면 결국 고립되고 혼자가 된다. 그래서 우리 안에서 이타주의자 원형이 나타나, 주는 것의 기쁨, 다른 이들을 돌보는 즐거움을 발견한다.

이때쯤 우리는 더 이상 상처 입기 쉬운 존재가 아니다. 다시 순수 상태로 돌아와 내면 아이가 치유되고 삶을 다시 신뢰하게 되었기 때문이다. 이때 마법사 원형이 우리 의식에 나타나고, 그 마법사는 어디에도 걸림 없이 삶을 긍정하는 선택들을 하게 된다.

이 여섯 가지 원형이 우리의 내면에 하나의 '가족'을 창조해, 우리가 원가족(개인이 태어나서 자랐거나 입양되어 자란 가족)에서 겪은 결핍을 채워 준다. 즉, 이 내면 가족을 가질 때 당신의 삶은 더 이상 과거에 어린아이로서 겪었거나 갖지 못했던 것들로 인해 제한되지 않고, 늘 건강한 가족과 함께 있는 것이다.

고아 원형은 당신 안의 내면 아이에게 어려움을 이겨 내는 법을 가르쳐 주며, 방랑자 원형은 심리적 사춘기를 겪는 당신을 부모나 다른 사람들로부터 분리시켜 미지의 세계와 만나도록 모험 의식을 불어넣는다. 전사 원형은 내면의 아버지를 일깨워 당신을 보호하고 부양하게 한다. 그리고 이타주의자 원형은 내면의 어머니를 도와 당신을 양육하고 품어 주게 한다.

이 내면 가족을 만들면 내면 아이는 길을 잃은 것 같거나 혼자라고 느끼지 않으며 의존적이지도 않게 된다. 그럼으로써 원가족, 특히 부모가 당신에게 했거나 하지 않은 일들에 대해 감정적으로 반응할 필요가 없어진다.

순수 상태로 돌아오면 세상이 우호적인 장소로 느껴지기 시작한다. 진정한 자기 자신을 발견했기 때문에 모든 사람이 소중한 존재임을 상상하는 것은 억지가 아니다. 자신과 마찬가지로 다른 사람들도 독특한 무엇을 지니고 있기 때문이다. 또 자신과 타인의 경계선을 그을 줄 알기 때문에 마음을 여는 것이 이제 그다지 두렵지 않으며, 상처를 주려는 것이 다가오면 자신을 보호할 수 있다. 이 원이 완성되고 아이가 치유되면, 마법사가 내면 가족의 중심에 나타나 다른 원형들을 균형 있게 유지시킨다. 그리고 자신이 진정으로 살고 싶어 하는 삶을 창조하도록 돕는다.

대부분의 사람들은 여러 가지 역할을 곡예하듯 해낼 수밖에 없도록 만드는 외부의 압력 때문에 자신의 삶이 통제할 수 없이 돌아간다고 생각한다. 진실은, 무의식 속 원형들이 균형을 이루지 못하기 때문에 삶에 질서가 없는 것이다. 고아 원형이 너무 지배하면 자신을 환경의 희생자로 여긴다. 방랑자 원형이 너무 활성화되면 삶과 세상에 대해 계속 거리감을 느끼고, 필요한 도움을 얻을 수 없게 된다. 전사 원형이 너무 강하면 지나친 성취욕에서 벗어나지 못하고, 이타주의자 원형에 치우치면 순교자가 되어 다른 이들을 돕거나 기쁘게 하는 일에 자신의 삶을 내준다. 순수주의자 원형에 너무 지배당하면 문제를 예상하지 못하고 걸려 넘어진다. 그리고 마법사 원형이 너무 강하면 자신의 한계에 대한 감각이 약해져 누구든 무엇이든 완전히 바꿀 수 있다고 생각한다.

이 원형들의 이름과 특징을 아는 것만으로도 자동적으로 그것들로부터 거리가 생겨, 그것들에 사로잡히지 않게 된다. 한 가지 원형에 '사로잡힌다'는 것은 그 원형의 관점에서만 자신을 규정한다는 의미이다. 어떤 감정이나 생각이 특정한 원형과 관련된 것임을 알아차리면, 더 이상 그 감정이나 생각과 동일시되지 않는다. 그 원형으로부터 자신을 떼어 놓는 순간, 그 원형이 내 삶에 표현되는 정도와 수준을 조절할 수 있게 된다.

얼마 전 여느 날과 달리 특별히 힘든 하루를 보내고 사무실을 나설 때였다. 나는 마음속으로 말했다.

'기분이 우울해.'

그 순간 나는 깨달았다. 이런 식의 생각을 계속하면 나를 더욱 더 밑바닥으로 끌어내리는 말을 쉽게 할 수 있으리라는 것을. 나는 자신에게 물었다.

'나의 어느 부분이 우울한 거지?'

그러자 나의 고아 원형이 불행해한다는 걸 깨달았다. 그날 몇몇 동료에게 부당한 대우를 당했기 때문이다. 그 불공정함에 상처받아 심리적으로 균형을 잃고 한 가지 원형에만 고정되었던 것이다.

그 점에 대해 생각하면서 나의 나머지 부분은 괜찮다는 것을 깨달았다. 고아 원형으로부터 나를 분리시키자 부정적인 감정과의 동일시에서 즉시 놓여날 수 있었다. 내 안의 이타주의자를 불러냈더니, 친한 친구와 허물없는 대화를 나누고 거품 목욕을 하라는 조언이 돌아왔다. 그리고 내 안의 전사는 내가 일하는 곳에서 벌어지는 비도덕적인 책략들로부터 나 자신을 보호하는 법에 대해 조언했다. 마지막으로 내 안의 순수주의자를 불러내어, 그럼에도 내면의 평화와 삶에 대한 신뢰를 선택해야 한다는 것을 기억했다.

삶에서 하고 있는 역할이 자기 내면의 에너지와 갈등을 빚으면 모든 의미가 사라진 양 소진되고 무력감을 느낀다. 이는 한때는 그 역할이 자신에게 잘 맞았으나 내면에 변화가 일어났기 때문일 수도 있다. 아니면 자신이 진정 원하는 것이 아닌, 다른 이들이 자신에게 바라는 것이나 당장 편하고 단기적으로 결과가 있을 것 같아 보이는 것을 바탕으로 선택을 했기 때문일 수도 있다.

내면에서 진정으로 원하는 것을 외부의 역할 속에 얼마나 표현하는가에 따라 삶은 수월해진다. 자신 안의 에너지가 외부의 행위를 향해 자연스럽게 흘러가는 것을 억압할 때, 지금 실제로 하고 있는 일에는 에너지가 담기지 않는다. 그 결과 늘 지치거나 감정적이 된다. 자신 안의 원형에 잠재된 에너지가 외부의 행위와 잘 어우러질 때, 일이 쉽게 진행되고 삶이 즐거워진다. 예를 들어, 내면에 이타주의자 원형이 강한데 현실에서도 돌봄이나 타인을 돕고 성장시키는 일을 하고 있다면 원형과 현재 수행하고 있는 역할이 조화를 이루는 것이다. 이타주의자 원형이 약한데 주로 하는 일이 남을 돌보는 일이라면, 현실에서 스트레스를 받을 수 있다.

자기 자신을 다른 사람들이 보는 것보다 더 긍정적으로 보고 있는지 부정적으로 보고 있는지 살펴보는 것도 필요하다. 자신이 자각하지 못하는 원형의 표현을 다른 이들은 알아차릴 수 있기 때문이다. 또한 자신은 자기 내면에 어떤 특정한 원형이 활성화되어 있다고 생각하는데 다른 이들은 그것을 잘 보지 못한다면 그 이유를 분석해 볼 필요가 있다. 어쩌면 당신은 그 내면의 힘을 외부로 잘 표현하지 못하는 것일 수도 있고, 혹은 당신의 그 원형을 알아차릴 만큼 다른 사람들이 마음을 열지 않은 것일 수도 있다. 아마도 그들은 자신 안에 활성화된 원형의 렌즈를 통해 당신을 보고 있는지도 모른다. 하지만 다른 이들이 당신을 보는 것과 당신이 자신을 보는 것이 매우 다르다면, 자신의 성격과 행동을 자기 내면의 진실과 일치시키는 노력을 할 수도 있을 것이다.

영웅의 여행은 계속 발전해 나가지만, 그 여행이 일직선으로 진행되지는 않는다. 모두가 따라야만 하는 정해진 규칙이나 다른 사람과 같아야 하는 진행 방식은 없다. 앞으로 나아갔다가 종종 원을 그리며 되돌아오기도 한다. 각 단계마다 그 자체만의 배움이 있으며, 필요한 경우에는 더 깊고 새로운 차원의 배움을 얻기 위해 이전 단계로 돌아가야만 하는 상황을 만날 수도 있다.

각각의 단계를 통과할 때마다 현실에 대한 인식이 달라진다. 가장 중요한 것은, 객관적 현실과 그 현실에 대한 인식의 차이를 이해하게 된다는 점이다. 여행을 해 나가면서 우리는 깨닫게 된다. 세상을 위험과 고통, 고립감으로 가득한 장소로 보는 것은 현실이 실제로 그러해서가 아니라 자신의 인식이 그러했기 때문이라는 사실을 말이다. 이 새로운 앎은 큰 해방감을 안겨 준다. 왜냐하면 자신의 생각을 바꾸는 것만으로도 힘을 갖게 된다는 사실을 알았기 때문이다. 본질적으로 모든 생각은 우리가 경험하고 싶어 하는 삶을 결정짓는다. 우리는 내면의 세계든 외부 세계든 자신이 집중하는 것을 강화시키기 때문이다.

원형의 표현은 사회화 과정에서 큰 영향을 받는다. 예를 들어 우리의 문화는 어린 남자아이에게는 전사 기질을 강화시키고, 어린 여자아이에게는 이타주의자 행동을 장려한다. 이는 성 발달의 불균형을 낳는다. 남성은 무엇을 하든 거칠게 행동해야 하며, 그렇지 않으면 남자답지 않다고 느낀다. 여성은 무엇을 하든 배려하는 행동을 해야 하며, 그렇지 않을 경우 여성다워 보이지 않는다고 결론을 내린다. 그 결과 여성은 친화성을 강조하는 단계, 즉 이타주의자 원형과 고아 원형 단계에 계속 머무는 경향이 있다.

우리의 여행은 성별뿐 아니라 가족 배경의 영향도 받는다. 여기에는 인종이라는 유산도 포함된다. 예를 들어, 나는 스웨덴계 미국인 가정 안에서 성장했다. 대부분의 유럽 문화처럼 스칸디나비아 문화는 미국의 주류 문화와 공통점이 많다. 그래서 미국 중서부로 이주했을 때 우리 조상은 틀림없이 편안함을 느꼈을 것이다. 그러나 그들은 약간 다른 문화적 가치관, 적어도 당대의 미국 문화와는 다른 가치관도 가지고 왔다. 미국 문화는 일반적으로 독립심과 성취를 강조한다. 하지만 당신이 스칸디나비아인이라면 결코 튀지 말라고 배울 것이다. 사실 우리 집안의 친척 중 하나는 자녀들이 악기 연주에서 뛰어난 실력을 보이기 시작하자 악기 연주를 중단시킨 경우도 있었다. 남보다 뛰어난 사람은 다른 이들을 기분 상하게 할 수도 있다는 두려움 때문에 남의 눈에 잘 띄지 않는 것이 훌륭한 매너라고 여기는 것이다.

언뜻 보기에는 내가 자란 문화적 배경은 전사 원형과 방랑자 원형을 막고 이타주의자 원형은 지지했다고 말할 수 있다. 하지만 우리 가족을 보면 이런 일반화를 약간 조정할 필요가 있다. 나의 친가 쪽과 외가 쪽 조부모님 네 분 모두 스웨덴에서 미국 중서부로 이민 왔다. 그리고 부모님은 시카고에서 휴스턴으로 이주했다. 이처럼 나는 개인적으로 방랑자 원형의 유산을 아주 많이 물려받았기에 독립적이 되는 데 어려움이 없었다. 또한 이타주의자 원형은 우리 집안의 문화적 전통에서 항상 장려한 것이었기에 내게는 자연스러운 일이다. 하지만 전사 원형을 깨우기 위해서는 의식적으로 노력해야만 했다. 그 원형은 내가 속한 문화나 가족 안에서는 특히 여성이라면 가치를 인정받지 못하는 것이었기 때문이다.

원형들을 당신의 마음 밭에 뿌려진 씨앗으로 생각해 보라. 당신이 속한 문화는 가치 있게 여기는 원형에는 물을 줄 것이고, 경멸하는 원형은 뿌리째 뽑아 버리려 할 것이다. 삶에서 성공하는가 실패하는가는 당신의 기술적 능력뿐 아니라 당신 안의 원형들을 얼마나 활성화시키는가에 달려 있다. 예를 들어, 성공하지 못하는 경우에는 어떤 원형이 결여되었기 때문이다. 고아 원형이 없으면 문제를 예측하기 어렵다. 방랑자 원형이 없으면 다른 이들이 틀렸다는 것을 알면서도 그냥 따를 가능성이 높으며, 전사 원형이 없으면 사람들이 자신을 함부로 대해도 내버려 둘 수 있다. 이타주의자 원형이 없으면 다른 이들과 잘 지내지 못할 수 있다. 순수주의자 원형이 없으면 믿음이 부족해서 꾸준히 하지 못하며, 마법사 원형이 없으면 잠시 멈춰 서서 깨어 있는 결정을 내리지 못하고 상황에 휩쓸린다.

삶에서 원형이 작용하는 방식을 알아차리면 삶을 향해해 나아가는 데 필요한 나침반을 얻을 수 있다. 때로 우리는 방향을 잃고 무엇을 해야 할지 모른다. 대개 이런 상황은, 늘 해 오던 대로 하는데 갑자기 지금까지의 접근법이 통하지 않을 때 일어난다. 이것을 길을 잃었다기보다는 길이 막혔다고 표현하는 이들도 있다. 어떤 새로운 도전에 맞닥뜨려서, 아무리 노력하고 또 노력해도 당신은 앞으로 나아가지 못한다. 자신이 지금 하고 있는 방식이 통하지 않는 것은 알지만, 다른 어떤 방식이 효과가 있을지도 불분명하다.

대개 길을 잃은 것 같거나 길이 막혔다고 느낄 때는 자신 안의 원형이 자연스럽게 표현되지 못하게 어떤 식으로든 방해받았을 때이다. 이런 장애물은 크게 두 가지 이유로 생긴다. 한 가지 원형과 지나치게 하나가 되어서 다른 원형들이 손상된 경우, 그리고 한 가지 원형을 억압해 온 나머지 새로운 상황에 처했을 때 그것을 이용하지 못하게 되거나 그것의 어두운 그림자 상태에 사로잡히게 된 경우이다.

한 가지 원형에만 너무 동일시되어 다른 원형들의 관점을 가로막는 일은 흔하다. 잭은 전형적인 전사 원형이었을 뿐만 아니라 다른 이들의 전사 원형에 비해 극단적이었다. 침대는 계집애 같은 남자나 쓰는 것이라 여기며 잠도 바닥에서 잤다. 시간을 더 잡아먹는다는 이유로 아침에 달걀을 익혀 먹지도 않았다. 그러다 심장마비가 온 후로는 붉은 고기가 포함된 식이요법을 아침 식단으로 실천했다. 의사가 권하는 것보다 더 오래달리기를 하고, 매년 스키 여행을 떠났다. 물론 응급 상황에 대비해 산소 공급기로 무장하고서.

그는 병을 쉽게 굴복해서는 안 될 적으로 여겼다. 그렇지 않으면 병이 자신을 점령할 것이다. 많은 이들이 그렇게 하듯이, 그가 자신에게 가장 지배적인 원형의 방식을 따른 것은 몇 가지 면에서 효과적이었다. 처음 심장마비가 온 후에도 20년은 더 살았고 죽기 직전까지 매우 활동적으로 생활했다. 그러나 자신을 오로지 전사 원형과만 동일시한 것은 개인 관계에 상처를 주었다. 나이가 들고 병약해질수록 다른 이들과의 친밀함이 필요했다. 잭은 이 사실을 깨닫고 의식적으로 사람들을 받아들이기 시작했으며 아내와 딸, 친구들과 더 많은 애정을 나누었다. 늦게서야 새로운 원형들의 잠재력에 마음을 열기 위해 자신의 안전지대 밖으로 나가야 했지만, 다행히 외롭고 쓸쓸할 수도 있었던 노년을 피할 수 있었다.

한 가지 원형의 영향을 받는다는 것이 어떤 것인지 직접 경험해서 알면 다른 이들의 마음을 읽는 데 도움이 된다. 그 결과 다가오는 위험을 알아차리지 못하는 일이 줄어들 것이다. 예를 들어 모두가 자신에게 사기를 치려 든다고 말하는 사람이 있으면, 그와 함께 있을 때 당신의 호주머니를 조심해야 한다. 우리는 자신의 모습에 따라 세상을 보기 마련이다. 어떤 것이든 자신이 초점을 맞추는 것을 자신에게 끌어당긴다. 어떤 이들은 삶이 얼마나 힘든가에 대해 늘 말한다. 아니나 다를까, 그들의 삶은 연이어 밀려오는 재난의 파도를 맞고 있다. 너무 긍정적이어서 믿음이 안 가는 사람도 똑같이 조심해야 할지 모른다. 그들은 못 본 체 부정하고 있는 일들을 끌어당길 수도 있다. 세상을 장밋빛으로만 낙관하는 사람은 의식이 성장할 때까지는 자석처럼 문제들을 끌어당길 수 있다.

게다가 사람들은 자신을 지배하는 원형에게 유리한 관점으로 세상을 본다. 전사 원형 단계에 있는 사람은 삶을 전투나 경쟁이라고 믿는다. 그들은 세상을 보는 다른 방식들은 현실도피적이거나 순진한 것으로 여긴다. 만약 당신이 세상의 풍요와 나눔과 사랑에 대해 말하면, 그들은 당신이 착각에 빠져 있다고 생각할 것이다. 고아 원형인 사람에게 선택 권한을 주려고 하지 말라. 그들이 처한 상황에서 그들을 만나고 그들의 고통에 공감하기 전까지는. 그렇지 않으면 그들은 자신이 겪어 온 일들을 당신이 이해하지 못한다고 치부할 것이다.

사람들은 다양한 이유로 한 가지 원형의 관점만을 자신의 진정한 모습과 혼동한다. 그때는 삶이 편협해지고 균형을 잃으며, 자기 주위에 존재하는 훨씬 다차원적인 현실과의 만남을 놓친다.

만약 당신이 한 가지 방식으로 강하게 사회화된다면, 그 방식이 곧 자기 자신이라는 생각에 올라타기 쉽다. 높은 성취를 이룬 남성은 극기심 강한 거친 사내처럼 행동하는 것이 너무 강화되어 이 남성다운 이상에서 벗어나는 것을 두려워한다. 다른 이들을 돌보고 봉사하는 여성은 못되고 화 잘 내는 다른 여성들과 다르게 착하다는 칭찬을 받는다. 이때 여성답지 않아 보이거나 이기적으로 보이는 것에 대한 두려움이 그녀를 상자 안에 가둔다.

주위에서 어떤 원형이 지배적으로 나타날 때도 당신은 그 한 가지 원형과 지나치게 동일시될 수 있다. 오늘날 사람들이 삶에서 균형을 유지하는 데 그토록 어려움을 겪는 주된 이유는 직업 세계의 경쟁적 가치관이 세상을 점령했기 때문이다. 즉, 우리가 하는 일이 우리 자신이며, 우리는 그 일을 얼마나 성공적으로 해내는가로 평가받는다. 그 결과 심하든 약하든 간에 성공에 중독되는 경향이 있으며, 승리하고자 하는 전사 원형의 욕구와 하나가 된다.

전사 원형이 다른 원형들을 모두 밀어냈다면, 당신은 무엇인가를 생산해 내고 성공을 거머쥐었을 때가 가장 행복할 것이다. 따라서 사무실을 떠나고 싶어 하지 않을 것이다. 그렇게 되면 쉬는 시간에도 경쟁의 우위를 잃지 않기 위해 휴대전화, 문자, 이메일을 사용할 것이다. 스트레스 관리 전문가는 당신에게 하루 종일이라도 설교할 수 있다. 진정한 휴가를 보내고 가족이나 친구들과 의미 있는 시간을 가지라고. 하지만 다른 원형들이 당신 마음 안에서 똑같은 공간을 갖지 않는 한, 당신은 그렇게 할 수 없을 것이다.

원형은 우리가 시간을 보내는 집단의 영향을 강하게 받는다. 예를 들어 전사 원형이 우세한 환경에서 일한다면 당신은 살아남기 위해 강한 전사 기질을 가져야 할 것이다. 한 가지 방식으로 행동함으로써 주위 사람들로부터 더 강한 반응을 이끌어 낼 때, 당신은 자신의 그 부분이 자신의 전부라고 생각하기 쉽다.

이와 비슷하게, 스스로를 아프거나 억압당하고 있다고 생각하는 친구나 동료들에게 둘러싸여 있다면 당신은 고아 원형과 지나치게 하나가 되기 쉽다. 내가 진행한 워크숍에서 자신을 학대 가정에서 자란 어른 아이(정신적으로 어른이 안 된 사람)라고 자신을 소개한 여성이 기억난다. 그녀는 자신이 그 문제에서 벗어나려면 여러 해가 걸릴 것이고 그 시기 동안 다른 일에는 거의 집중할 수 없을 거라는 말을 들었다고 했다. 그녀는 그 말을 곧이곧대로 믿었다. 확실히 그녀는 힘든 일은 해낼 수 없었고, 성인으로서 사랑하는 관계를 가질 수도 없었다. 그녀의 사회 연결망에는 모두 결손가정에서 자란 성인들만 있었다. 따라서 그들의 대화는 주로 정신적 트라우마에 대한 기억과 그것의 치료에 관한 것이었다.

물론 자신의 어린 시절 트라우마를 다루기 위해 많은 사람들이 엄청난 용기를 보여 준다는 것은 인정해야 한다. 그중 어떤 것은 참기 힘들 만큼 끔찍한 경험이다. 나는 어떤 식으로든 이런 치료 작업과, 그것에 필요한 용기의 중요성을 낮게 보지 않는다. 그렇기는 하지만 내 경험으로 볼 때, 고아 원형뿐만 아니라 다른 원형들도 함께 활성화될 때 훨씬 빨리 회복된다는 것이다.

마음은 믿을 수 없을 정도로 지혜롭다. 어린 시절의 힘든 기억을 잊으려고 하거나 억누르는 사람들은 아직 그 문제를 다룰 만큼 충분히 강하지 못하기 때문이다. 어린 시절의 트라우마를 대면하기 전에 전사 원형과 방랑자 원형이 활성화된 사람은 단지 순수주의자 원형과 고아 원형만 기능하고 있는 사람보다 더 쉽게 회복된다. 나아가 학대받은 상처에서 회복됨과 동시에 충만한 삶을 살아갈 가능성이 더 높다. 그러나 고아의 문화에서는 상처를 중심으로 유대감이 형성된다. 서로의 고통을 나눌 때 우리는 서로에게 더 가까워진 느낌을 갖는다. 반면에 자신이 크게 성공한 이야기를 하면 친구들과의 관계가 미묘하게 멀어지는 것을 느낀다. 그래서 가까워지기 위해 우리는 무의식적으로 자신 안의 다른 가능성들을 억누르게 된다. 이것이 종종 많은 사람들이 상처에서 회복되는 데 필요 이상으로 시간이 오래 걸리는 가장 큰 이유이다.

권위 있는 인물이 당신에게 어떤 원형이 당신의 진정한 모습이라고 말했다는 이유로도 그 원형에만 매달리게 될 수 있다. 심리 치료를 받는 한 여성이 있었다. 그녀는 두려움이 많아 집 밖으로 나서기를 기피했다. 직업을 갖고 싶었지만 너무 두려웠다. 심리 치료사는 그녀가 현재 겁이 많은 이유는 과거에 학대당한 경험 때문이라는 사실을 알아차렸다. 하지만 다행히 그 치료사는 그녀가 가진 자산에 초점을 맞췄다. 상담을 통해 그녀가 충분히 발달한 이타주의자 원형을 갖고 있음이 드러났는데, 그녀 자신과 그녀의 아이들을 아주 훌륭히 돌보고 있었던 것이다. 그녀와 심리 치료사는 경계선을 그을 수 있도록 그녀의 전사 원형이 깨어날 필요가 있다는 것, 직장 세계에 들어갈 준비를 하기 전에 더 강해져야 한다는 것을 함께 깨달았다. 그러자 그녀는 여성 무술 수업에 등록이라도 할 수 있을 것처럼 느꼈다. 어쨌든 그런 식으로 자신의 전사 원형을 발달시키는 데 집중한 후 마침내 직장을 구할 수 있었다.

나중에 그녀는 자신이 그토록 겁이 많았던 이유를 종합해 보았다. 그녀의 어머니는 그녀에게 무슨 일이 일어날까 봐 항상 두려워했고, 딸이 혼자서 어디를 갈 때마다 불안해했다. 열두 살 어린 나이에 어머니가 돌아가셨기 때문에 자신의 두려움이 어머니가 심어 준 암묵적인 메시지, 즉 그녀가 약한 존재라는 것과 관련이 있음을 생각하지 못했다. 자연히 어머니를 이상적인 인물로 여겼고, 어떤 식으로든 어머니를 비판한 적이 없었다. 물론 기억의 조각들을 맞춰 나가자 어머니가 자신의 잠재력을 억압할 의도는 전혀 없었다는 사실을 깨닫게 되었다. 그녀는 어머니를 추모하는 의식을 올린 후, 강한 여성이 되겠다는 의지를 다졌다. 의심할 여지 없이 어머니는 그녀가 그렇게 되기를 바라셨을 것이다.

당신은 이런저런 이유로 한 가지 원형에 고착될 수 있다. 부모가 당신을 인정 많은 사람이라고 생각했기 때문에(이타주의자 원형), 선생님이 당신을 냉정하고 독립적이라고 보았기 때문에(방랑자 원형), 학교 친구들이 당신을 강하다고 생각했기 때문에(전사 원형), 혹은 고용주가 당신을 기적을 일으키는 일꾼이라고 신뢰했기 때문에(마법사 원형). 그렇다면 이제 자신 안에 있는 다른 원형들의 특성을 발견하고 그것들을 세상에 보여 줄 방법을 찾기 시작할 때이다.

성장하면서 자신의 정체성을 발견하는 데 필요한 지지를 얻지 못해 한 가지 원형과 지나치게 동일시될 수도 있다. 불안정하고 혼란스러운 환경에서 자란 문제 가정의 아이들이 여기에 해당된다. 여러 번 상실을 겪은 가정이나 범죄로 인해 붕괴된 사회에서 자란 경우, 혹은 개인이 가진 재능과 시각을 가치 있게 여기지 않는 시대나 장소에서 살아야 했던 사람들도 이에 해당된다. 세상의 기준으로 볼 때 '훌륭한 가정'에서 자란 사람도 건강하지 못한 가정에서 자란 사람 못지않게 어리석은 여행을 하기 쉽다. 이유는 단순하다. 도덕성, 성취, 예의범절, 책임감 등의 측면에서 다양하게 정의되는 '훌륭함'의 기준에 따라야 한다는 압박감 때문이다.

불완전함은 인간의 본성이다. 가혹한 평가를 받게 되리라는 걸 알면 자신의 불완전함을 숨기는 것은 인간이라면 누구나 마찬가지다. 캐시는 자신에게 안전하고 사랑이 넘치는 환경을 마련해 주고자 무척 노력한 종교적인 가정에서 성장했다. 그러나 부모는 캐시를 예수처럼 완전하게 선한 인간으로 만드는 것이 훌륭한 육아라는 사상을 가지고 있었다. 그 과정에서 캐시의 부모는 캐시가 자신의 행복을 따르는 것을 단념시켰다. 캐시의 욕망이 캐시를 유혹에 빠뜨릴까 두려웠기 때문이다.

교회에서 캐시는 선한 인간이 되는 유일한 길은 그리스도나 위대한 성인들처럼 순교하는 것이라는 인상을 받았다. 그리하여 자신만의 욕망에 조금이라도 관심을 갖는 것은 이기적인 행동이라고 결론 내렸다. 하지만 그녀가 한 어떤 일도 충분하지 않았다. 그녀는 완벽하지 않았고, 평범한 이타심을 아무리 많이 실천해도 다른 이들을 위해 십자가에 못 박히는 희생에 견줄 수 없었다. 그녀는 불행했을 뿐 아니라, 나아가 비참함을 느끼는 것에 대해 죄책감까지 느꼈다.

이 종교심 깊은 여성은 마침내 원형적으로 더 균형 잡힌 교회에 끌렸다. 그곳에서 그녀는 신을 저 너머뿐만 아니라 우리 존재 안에서도 찾을 수 있다는 것을 배웠다. 그 교회의 성직자는 또한 예수의 죽음이 아니라 그의 삶에 나타난 많은 모습들을 강조했다. 예수가 환전상들을 신전 밖으로 내쫓는 이야기는 캐시에게 전사 원형을 일깨워도 된다는 것을 알려 주었다. 홀로 광야로 떠나는 예수의 이야기는 그녀 자신의 방랑자 원형을 일깨워 여행을 떠나도 된다는 것을 깨닫게 했다. 그녀는 다양한 책들 속으로 독서 여행을 함으로써 정신의 지평을 넓혀 나갔다. 예수가 군중을 먹이고 아픈 사람들을 치료하는 이야기는 그녀의 마법사 원형을 일깨우도록 영감을 주었다. 한 가지 이상의 원형이 삶에 활성화되면서 더 큰 성취감을 느낄 수 있었다. 그 결과 더 진실하게 베푸는 사람이 되었다. 타인을 돌보기 위해 자신의 본성에 맞서 고군분투하는 한 캐시는 성공할 수 없었다. 자신의 과정을 신뢰하는 법을 배웠을 때 비로소 진심으로 기뻐하며 사랑하고 베풀 수 있었다.

찰스는 매우 다른 환경에서 성장했지만 비슷한 문제를 안고 있었다. 범죄가 들끓는 빈곤한 동네의 문제 가정에서 태어난 그는 자신을 무법자와 동일시했다. 무법자는 전사 원형의 어두운 그림자 측면이다. 찰스는 자신의 거친 성격과, 세상을 살아나가기 위해 필요한 일은 무엇이든 하는 것에 대해 자부심을 느꼈다. 어렸을 때는 푼돈을 벌기 위해 자동차 휠 캡과 다양한 물건들을 훔쳤다. 십 대 때는 마약을 팔았으며, 동네 폭력 조직의 우두머리였다.

겉으로 보기에 찰스는 범죄자의 삶을 향해 걸어 들어가고 있었다. 그러나 판사는 찰스의 행동 너머에 있는 다른 가능성을 알아보았다. 그래서 법원이 지정한 마약 재활 프로그램에 그를 보냈다. 처음에 찰스는 자신의 거친 무법자 이미지와 자신의 진짜 자아 사이에 차이가 있다는 것을 전혀 자각하지 못했다. 다행히도 그 재활 프로그램은 매우 괜찮은 것이었다. 집단 치료와 일대일 상담에서 찰스는 자신의 약한 부분을 인식하기 시작했다(고아 원형). 그리고 자신이 한때 재즈 밴드 연주자가 되기를 바란 적이 있다는 사실을 기억해 내었다(방랑자 원형). 그것은 현재 살고 있는 것과는 매우 다른 삶이었다. 프로그램의 일환으로 자신보다 어린 남자아이들을 돕는 일을 하면서, 그 일을 하면 할수록 자기 자신이 더 좋게 느껴진다는 것을 알았다(이타주의자 원형).

중요한 전환점이 되는 이 시기에 찰스는 자신과 친한 친구들 모두가 에이즈, 약물 과다 복용, 갱단끼리의 싸움으로 죽는 꿈을 꾸었다. 거의 같은 무렵, 한 주에 두 번이나 자신과 비슷한 나이의 친구 장례식에 참석했다. 꿈에서 받은 충격이 실제 삶에서의 사망 사건들과 겹치면서 찰스는 자신을 바꾸기로 결심했다. 그는 자신의 적이 자신의 진정한 모습과는 무관하며, 자신을 둘러싼 사회 환경과 관련 있다는 사실을 깨달았다. 변화의 시도로 찰스는 자신의 삶을 위해 무엇인가에 전념하는 아이들과 시간을 보내기로 마음먹었다. 그가 변하자 그의 삶이 물결 효과를 일으켜 몇몇 아이들이 폭력단에서 벗어나 학교에 남도록 영향을 미쳤다(마법사 원형).

캐시와 찰스는 서로 극단적이지만 그럼에도 공통된 상황을 보여준다. 우리 모두는 표면적으로는 아니더라도 미묘하게 우리를 좌절시키는 상황으로 인해 여행을 방해받는다. 이때 계속 그 환경에 머물러 있을 것인지, 아니면 새로운 환경을 찾을 것인지 선택하는 것은, 우리가 미래에 어떤 삶을 살아갈지 선택하는 것이다.

당신이 한 가지 원형과 지나치게 동일시되어 있는지 관찰해 보기 바란다. 만일 그렇다면 그것은 어떤 원형인가? 왜 자신이 그런 집착을 키웠다고 생각하는가?

모든 가족에는 원형과 관련된 강점과 약점이 존재한다. 가족 안에서 작용한 원형들은 우리에게 인생 여행에서 지니고 다닐 칼과 방패를 제공해 준다. 가족이 가진 약점은 상처를 입혀 우리가 자신의 운명을 찾아 떠나도록 동기를 부여한다. 여행에서도 자신의 가족에게 결핍되어 있던 원형에 다가가도록 자극을 주는 도전들에 직면할 수 있다.

수잔은 매우 문제 많은 가정에서 성장했다. 그녀의 어머니는 기괴한 행동을 곧잘 하지만 치료도 받지 않는 조현병 환자였다. 부유하고 권력 있는 집안이었기에 누구도 그 아이를 구조하는 일을 하지 않았다. 수잔은 자신이 안고 있는 상처를 인식하고 있었지만 자신이 가진 더 긍정적인 유산에 마음을 열었다. 수잔의 아버지는 지역에서 정의를 위해 싸우는 영향력 있는 변호사였다. 수잔은 가족 안에 있는 그 긍정적인 전사 원형의 잠재력을 발휘해 사회운동가가 되었다. 그녀의 고아 원형에게 가해진 상처는 그녀가 자신의 여행을 떠나는 계기가 되었다. 그것을 넘어, 그녀는 자신이 샤머니즘 수행에 끌리는 것을 느꼈고, 그 주제에 대해 공부하면서 정신 질환이 마법사 원형의 그림자 측면일 수도 있다는 사실을 알게 되었다. 수잔이 주술사에 관심을 가진 것은 마법사 원형의 건강한 면을 찾아야 하는 필요성을 반영한 것이었다. 이 과정을 통해 그녀는 자기 자신을 치료했다. 그렇게 함으로써 전사 원형과 마법사 원형의 긍정적인 잠재력을 자신의 아이들에게 물려줄 수 있었다.

가족 내에 빈 곳이 존재하면, 즉 어떤 중요한 원형이 누락되었거나 사실상 부재할 때, 아이들 중 한 명은 거의 반드시 그 원형에 끌리게 되어 있다. 수잔의 경우, 자신이 순수주의자 원형에 강하게 끌린다는 사실을 알고 놀랐다. 이 끌림을 탐구하면서, 자기 가족에게 완전히 부족했던 것은 신뢰였다는 사실을 깨달았다.

가정에서와 마찬가지로 당신이 하나의 사회 조직 안으로 들어갈 때면 당신 내면의 원형들의 균형은 그 조직이 지닌 보이지 않는 원형 구조에 영향을 받는다. 예를 들어 새로운 직장에서 일할 때마다 당신은 그 조직의 원형과 역동적으로 상호작용하게 된다. 사실 모든 조직의 불문율은 원형에 뿌리를 두고 있다. 어떤 원형의 특성은 가치 있게 평가되고, 또 다른 것들은 금기시되는 것이다. 만약 그 조직이 이타주의자 원형을 토대로 시작되었다면, 당신이 주로 다른 사람들을 도우려는 마음에서 움직이는 것처럼 보일 때 당신은 가치 있게 평가될 것이다. 그저 돈 때문에 그 일을 하고 있는 것처럼 보인다면 거의 존경받지 못할 것이다.

데보라는 전사 원형의 가치관을 중요시하는 영업 조직에 취직했다. 그녀는 전혀 경쟁심이 없고 내성적인 성격이었다. 그래서 함께 일하는 사람들을 싫어했고, 사람들도 그녀를 팀에서 미미한 존재로 취급했다. 그곳에서 자신의 전사 원형을 발달시켜야 한다는 것을 깨닫기 전까지 그녀는 자신의 일터에서 극도로 불행했다. 그녀가 더욱 강한 면을 보여 주기 시작하자 함께 일하는 사람들이 그녀를 동료로 대우해 주기 시작했다.

자신의 원형과 반대되는 원형 구조를 가진 조직이나 단체는 매우 불편하게 느껴질 수 있다. 하지만 그런 조직은 당신의 원형 바퀴가 균형을 잡는 데 도움을 준다. 당신에게 꼭 맞는 조직, 즉 당신과 똑같이 원형들이 균형을 이루지 못한 조직은 매우 편안하게 느껴질 수 있지만 당신의 발전을 가로막을 수 있다. 그렇다면 이상적인 상황은, 당신이 집에 있는 것처럼 편안함을 느낄 만큼 당신과 비슷하지만 더 넓어질 수 있도록 당신과 충분히 다른 환경이다.

짐은 학업 경쟁이 심한 공립 고등학교에 들어갔다. 그는 남을 돕는 것을 가장 큰 기쁨으로 여기는 친절한 남학생이었다. 만약 교사들이 짐에게 재능이 덜한 학생들을 가르쳐 주라고 하거나 급우들과 서로 도와가며 공부하라고 동기부여를 했더라면 학교생활이 더 쉬웠을 것이다. 하지만 짐의 어머니는 원형을 이해했다. 어머니는 짐에게 가정 형편상 사립학교에 보낼 여유가 없거니와 더 잘 맞는 학교를 찾고 싶긴 하지만, 지금의 학교가 삶을 헤쳐 나가는 데 필요한 전사 원형을 발달시킬 훌륭한 기회가 될 것이라고 설명했다. 짐은 스스로 동기부여의 기회를 찾아 나섰다. 방과 후에 학생들의 개인 교습을 자원했으며, 마음을 열고 교실 환경에서 경쟁이 유쾌한 것일 수도 있다는 점을 배우기 시작했다. 자신에게 전사 원형은 결코 주된 원형이 아니었지만 적절히 경계선을 넓히고 경쟁적 상황에서 성공하는 능력을 키우기 위해 그 원형을 이용할 수 있게 되었다.

여행의 다음 단계에 꼭 필요한 원형이 억압당하면 정신이 균형을 잃을 수 있다. 사람들은 자신에게 맞지 않다고 믿거나 혹은 실제로 나쁘거나 잘못되었다고 생각하는 원형을 억누르는 경향이 있다. 그렇게 믿는 주된 이유는 사회로부터 받는 메시지 때문이다.

어떤 원형은 다른 사람들에게는 가치가 있지만 자신에게는 부적절해 보일 수 있다. 성역할도 그중 하나이다. 가장 무의식적인 억압은 어린아이였을 때부터 시작된다. 너무 어려서 자신이 어떤 모습이 되지 않겠다고 선택한 것을 의식하지 못하는 것이다. 세상의 거의 모든 남성은 자신의 약한 모습을 보이는 것을 근본적으로 창피하게 여기는데, 집에서는 아니더라도 놀이터에서 그런 일이 일어난다. 남자아이가 울음을 터뜨리면 여자애 같다거나, 겁쟁이라거나, 더 심한 놀림을 받는다. 훌쩍이지도 않고 몸을 일으켜 다시 놀이로 돌아갈 때 칭찬받는다. 그 결과 대부분의 남성은 고아 원형을 억압하고 자신의 약함을 표현하는 데 어려움을 느낀다.

여자아이는 원하는 대로 마음껏 울 수 있다. 그러나 분노나 승부욕을 많이 드러내면, 특히 다른 사람을 위협하거나 지게 만들면 사회적 분위기가 몹시 나무란다. 여자아이는 자신의 감정보다 다른 이들의 감정에 더 많이 신경 써야만 한다는 기대가 깔려 있다. 그 때문에 자신의 전사 원형을 억누르면서 분노와 자기 주장을 억제한다. 다른 사람의 의견에 따르면서 자신의 분노와 열망을 삼킬 때 진정한 여성다움의 본보기라고 칭찬받는다.

남자와 여자 사이의 사랑이라는 연금술은 두 사람이 자신의 억압된 부분을 일깨우는 데 도움이 될 수 있다. 가까워지기 위해서는 자신의 상처받기 쉬운 면을 기꺼이 보여 주어야 한다. 또한 자신이 원하는 것을 주장할 수 있도록 적절한 경계선을 그을 수도 있어야 한다. 이는 남자든 여자든 자신의 심리적 안전지대를 떠나지 않으면 원하는 사랑을 얻을 수 없다는 의미이다. 일반적으로 남자는 자신의 약한 부분이 어디인지 보여 주는 위험을 감수할 용기를 키울 필요가 있고, 반면에 여자는 자신이 바라는 것과 필요한 것을 분명하게 말함으로써 남성에게 위협하는 것처럼 오해받을 위험을 감수하는 용기를 길러야 한다.

마거릿은 삶이 점점 더 불행해졌지만 내면의 슬픔을 참았다. 남편은 지금의 삶을 이대로 즐기고 있는 것처럼 보였기 때문이다. 그때 갑자기 남편의 근무 상황이 바뀌었는데, 그를 지지하지 않는 사람이 새로운 책임자로 온 것이다. 마거릿과 아이들은 그 직장을 떠나 자신의 가치를 인정하는 직장을 찾아보라고 격려했고, 그래서 그는 그만두었다. 그 후 그녀의 마음 한 부분은 전보다 더 우울해지기 시작했다.

사실 그녀의 남편과 아이들은 마거릿이 자신의 일에 대해 불평하는 것을 여러 해 동안 들었지만 누구도 그녀에게 그만두라고 격려해 주지 않았던 것이다! 한동안 그녀는 왜 아무도 그녀가 행복한지 아닌지에 대해서는 관심을 갖지 않는지 의아해하며 자신을 불쌍하게 생각했다. 그때 문득 알게 되었다. 남편은 그녀보다 더 높은 자존감을 가지고 있었으며, 전사로서 좋은 대우를 받기를 기대했고, 자신이 불행하다고 느꼈을 때 그의 방랑자 원형은 길을 나섰다. 그녀는 깨달았다. 해답은 남편을 심판하는 것이 아니라 그를 더욱 닮는 데 있다는 것을. 그래서 그녀는 전보다 다소 적은 보수를 받을지라도 자신을 정말 가슴 뛰게 하는 일자리를 찾아보기 시작했다. 그녀가 그 일을 찾았을 때 남편은 조금 안색이 창백해졌지만, 마거릿은 단지 이토록 자신을 지지해 주는 남편이 있어 얼마나 행복하고 기쁜지 모른다고 그에게 말해 주었다.

누구에게나 있는 어떤 원형을 사회가 가치 있게 여기지 않기 때문에 그 원형이 억압될 수 있다. 예를 들어, 오늘날 사회에서 고아 원형은 종종 부정적으로 비친다. 사람은 누구나 자립적이어야만 하고 과도한 도움이 필요하지 않아야 한다는 기대 때문이다. 남자든 여자든, 누구라도 내면의 고아 원형을 억압하면 타인에 대해 무감각해지기 쉽다. 또 이것은 자신이 다른 이들에게 부당하게 대우받을 때 알아차리지 못한다는 의미가 될 수도 있다. 배우자나 애인, 고용주나 동료가 사소하게 자신을 무시하는 말을 해도 그냥 넘어가는 것처럼. 물건 취급당하는 것에 익숙해진 사람은 자연히 다른 이들도 똑같은 방식으로 대하게 된다. 가령 직원에 대한 어떤 분명한 배려도 없이 '내가 하라는 대로 하거나 아니면 떠나라'고 선언하는 엄격한 경영자를 생각해 보라. 그는 자신의 의욕 넘치는 방식과 일중독과 폭음이 자신의 건강에 미치는 영향은 전혀 의식하지 못할지도 모른다.

우리 안의 고아는 다른 사람에게 자신을 투사하기도 한다. 자신의 고통에서는 벗어났지만 다른 사람들의 고통을 볼 때 구원자에 더 집착할 수 있다. 또는 이것이 가학적인 행동으로 이어지기도 한다. 자기 마음대로 할 수 있어 보이는 사람을 비하하거나 잔인하게 대하면서 일시적으로 자신이 강하다고 느끼며 자신의 고아 원형은 잠잠해지는 것이다. 정치적 고문이나 학대 가정에서 이것의 극단적인 예를 볼 수 있다. 일상적인 상황에서도 우리는 욕구불만인 엄마가 우는 아이를 때리거나 교사가 학생에게 수치심을 주거나 고용주가 직원에게 굴욕감을 줄 때 그것을 목격한다.

자신 안의 전사가 억압당하면 남자든 여자든 교묘하게 사람을 조종하려 들거나 소극적으로라도 공격성을 보인다. 놀랄 만큼 사랑스러운 여성은 남편이 마침내 자신감을 잃고 자신이 원하는 대로 무엇이든 해 줄 때까지 미묘한 방식으로 남편을 비난한다. 아니면 다른 이들이 자신을 보살펴 주고 자신의 바람을 들어줄 때까지 점점 더 아프고 무기력해진다. 직장에서는 결코 직접적으로 주도권을 잡지는 않지만 험담을 이용해 다른 이들을 승진시키거나 깎아

내리면서 배후에서 실세 노릇을 한다. 혹은 자신의 전사 원형을 다른 사람에게 투영시켜 자신의 약한 부분에서 강한 모습을 보이는 보호자에게 집착한다.

자신 안의 원형을 심하게 억압하면 그 원형의 그림자가 생겨난다. 스스로 나쁘다고 믿는 원형을 억누를 때 그것을 다른 이들에게 투사할 가능성이 높다. 자신이 아닌 다른 이들 속에 있는 악을 보는 것이다. 예를 들어, 리자는 제니를 견딜 수 없어 했다. 제니는 멍청하고 사치스러운 전형적인 부잣집 딸이었다. 네일숍이나 두발 관리 제품, 유행하는 활동, 체격 좋은 남자아이와 같은 피상적인 문제에만 관심이 있는 소위 순수주의자였다. 리자는 제니를 그냥 단순히 싫어하는 게 아니라, 한밤중에도 일어나 비웃곤 했다. 그녀가 생각하기에 제니는 천박하고 머리가 텅 비고 허영심 많은 아이였다. 그런데 원형의 그림자에 대한 생각을 접하면서 리자는 자기 자신에 대해 생각해 보기 시작했다. 그렇다, 자신은 좋은 사람이었다. 화장을 하거나 바보 같은 일들에 시간을 허비하거나 정치 활동에 관심 없는 열성적이지 않은 남자는 거들떠볼 생각도 없는 진지한 학생이자 사회운동가였다.

하지만 그녀는 도덕적으로 제니보다 훨씬 나쁜 사람들을 많이 알고 있었다. 따라서 제니를 그들보다 더 싫어해야 할 분명한 이유를 생각해 낼 수 없었다. 결국 리자는 깨달았다. 비록 제니처럼 되고 싶지는 않았지만 제니가 가진 자질들을 조금씩은 이용할 수 있다는 것을. '조금 가벼워져 봐.' 그녀는 스스로에게 말했다. '늘 창백하고 마른 남자아이들하고만 사귀어야 하는 건 아니야. 이따금 진지하지 않은 영화를 보러 갈 수도 있고. 어쩌면 지금이 머리를 예쁘게 자를 때인지도 몰라.'

남에게 의존적이거나 불평을 잘하는 성향의 사람을 싫어한다면, 당신도 언젠가는 부당하게 대우받는 일을 겪을 것이고, 그 상황에서 당신이 할 수 있는 일이 아무것도 없을 때가 있을 것이다. 더 큰 힘을 가진 존재에게 자신을 맡기고, 상황이 얼마나 나쁜지 마냥 불평하거나, 아니면 몇 번이고 부당하게 괴롭힘당하면서 그저 우는 것 외에는 달리 무엇을 해야 할지 모를 수도 있다.

투쟁적인 사람들을 견딜 수 없다면, 의심할 여지 없이 당신도 어느 순간 괴롭힘을 당하는 자신을 발견할 것이다. 사실 자신 안의 전사에게서 배움을 얻기 전에는 스스로를 위해 싸워야 하는 상황을 계속 마주하게 될 것이다.

다른 사람들을 위해 자신을 순교자로 만드는 사람을 경멸한다면, 머지않아 당신에게 의존하고 있는 누군가가 심하게 아프거나 도움을 필요로 할 수도 있다. 그때 당신은 자신이 정말로 하고 싶은 모든 활동을 내려놓고 그 사람 곁에 있을 것이다. 만약 당신이 다른 사람들에게 베풀고 싶지 않다고 선언한다면, 당신은 곧 타인의 도움이 절실해질 때가 올 것이다.

아웃사이더인 사람을 잘못되었다거나 자기 멋대로 행동하는 사람이라고 생각한다면, 당신도 조만간 아웃사이더의 입장이 되어 바깥 쪽에서 안을 들여다볼 때가 있을 것이다. 또는 당신이 어떤 집단에 잘 소속되고 싶은 마음이 절실한데 당신에게 맞지 않는 방식에 순종하라는 요구가 기하급수적으로 늘어나 결국 억압당하는 것처럼 느껴지기 시작할 것이다.

너무 눈망울만 커서 순진무구해 보이거나 신에 대해 비논리적인 믿음을 갖고 있는 것처럼 보이는 사람이 당신을 미치게 만든다면, 당신도 서서히 신에게 도움을 청할 때까지 점점 더 힘든 상황에 처하게 될지도 모른다.

마법에 대한 생각을 괴상하고 비이성적이라고 생각한다면, 당신도 기적이 절실히 필요할 날이 올 것이다. 사실 합리적인 세계관을 단단히 움켜쥐고 있을수록 당신 삶에서 일어나는 사건들이 더욱 비합리적으로 보일 것이다.

우리가 가장 힘들어하는 사람들은 종종 우리 자신의 그림자 측면을 일깨운다. 의존적이고 투덜거리는 사람 때문에 귀가 아플 정도로 신경이 거슬린다면, 가끔은 우리 자신의 의존성과 무력감을 인정할 때 그들을 더 공감할 수 있을 것이다. 자신의 행동 방식을 넓혀 더 전체적이 될수록 우리는 흥미로운 사람들을 더 많이 주위에 끌어당긴다. 또한 우리가 내내 함께해 온 사람들이 얼마나 흥미로운 사람들이었는지 이해할 수 있게 된다.

우리가 그림자에 굴복하지 않고 자신 안의 원형들에게 배움을 얻기만 한다면 모든 원형은 궁극적으로 우리에게 보물을 가져다준다. 우리는 위험을 감수하면서도 자신 안의 원형들을 거부한다. 자신 안의 원형들을 존중하지 않을 때 그 원형들이 가져다주는 선물이 필요한 상황에 계속 처하게 될 것이다. 그리고 자신 안의 원형들을 바르게 이해할 때까지 그 원형들이 만들어 내는 이야기 속으로 몇 번이고 반복해서 들어가게 될 것이다..

여기 '영웅의 도덕률'이 있다. 이 다섯 가지 규칙은 본질적으로 한 가지 기본 전제로 압축된다. 바로 모든 사람의 여행을 존중하라는 것이다.

*첫째, 모든 사람을 여행 중인 영웅으로 본다.* 길에서의 기본적인 통행 규칙은 자신뿐만 아니라 타인도 존중하는 것이다. 모든 사람을 여행 중인 영웅, 혹은 잠재된 영웅으로 보며, 자신의 여행이든 다른 사람의 여행이든 모든 여행을 존중하는 것이다. 여행 중에 '잘못된' 장소에 있다며 다른 사람을 비난해서는 안 된다. 이 책을 자기 자신이나 다른 사람을 질책하고 비난하는 수단으로 사용하느니 차라리 읽지 않는 편이 더 낫다. 책은 길을 찾아 나갈 지도가 되어 주긴 하지만, 중요한 것은 그 지도가 아니라 각자의 여행이다.

세상의 모든 사람은 저마다의 이유를 가지고 이곳에 존재한다. 모든 여행마다 독특하며, 그런 면에서 하나의 신비이다. 이 책의 원형 이론들을 적용할 때 새겨야 할 지침은 이것이다. 자신에 대해서든 다른 사람에 대해서든 여행의 다음 단계가 무엇인지 안다는 생각을 버려야 한다는 것이다.

영웅의 여행을 존중한다는 것은 누군가가 무엇을 할 수 있고 무엇을 할 수 없는지 안다는 오만함을 버리는 것이다. 마치 그 사람이 언제나 한 가지 원형만 나타내는 것처럼 분류해서는 안 된다. 나는 원형 이론을 바탕으로 다른 사람들의 행동을 예측할 수 있다고 믿는 이들을 만나곤 한다. 그러나 우리 대부분은 여러 원형을 동시에 이용하며, 또 그 원형들은 시간이 지나면서 다른 원형으로 옮겨 가거나 변화한다. 따라서 누군가를 한 가지 원형에 고정시켜 상상하는 것은 그의 존재를 축소시키는 일이다.

간단히 말해, 중요한 것은 각자의 여행이지 여행에 대한 이론이 아니다. 종종 가장 좋은 길은 구불구불한 길일 수도 있고, 궁극적으로 가야 할 곳과 정반대 방향으로 향하고 있는 것처럼 보일 수도 있다. 여행은 효율적이어야 하거나 예측 가능한 일이 아니다.

*둘째, 다른 사람들에 대한 편견과 고정관념에서 벗어난다.* 나의 많은 동료들과 학생들은 이 책의 원고를 읽고, 자신의 영웅 여행을 떠나는 것이 여유 있는 사람들에게는 실현 가능한 기대일 수 있지만, 가진 것 없거나 그다지 행복하지 못한 계층의 사람들과는 무관하지 않겠느냐고 의문을 제기했다. 나는 독자들에게 그런 편견은 영웅에 반대되는 것임을 알아야 한다고 부탁한다.

나는 대부분의 우리들보다 훨씬 많은 돈과 특권, 우수한 교육과 사회적 성공을 거두었지만 영적으로 너무 빈곤해서 더 이상 성장하지 못하는 사람들을 알고 있다. 반면에 가장 가난한 아프리카계 흑인이나 라틴아메리카계 사람들과 아메리카 인디언 보호구역에서조차 우리는 현명하고 영적으로 성장한 노인과 여성들을 만날 수 있다. 내가 말하고자 하는 것은 단순히 개인이 역경을 이겨낼 수 있다거나 최상의 환경에서도 성장을 거부할 수 있다는 것만이 아니다. 진정한 번영은 부와 권력의 문제만이 아니라는 것이다. 어느 나라나 중산층 사람들은 자신들의 물질주의 문화의 가치는 알면서 자신들 주위에 있는 많은 작은 문화들, 특히 물질적으로 성공하지 못한 문화들의 가치는 보지 못한다.

*셋째, 부정적인 상황에 담긴 긍정적인 가능성을 알아차린다.* 우리가 다른 사람 속에서 원형의 그림자를 만난다는 것은 곧 그 사람에게 긍정적인 측면이 표현될 잠재 가능성이 있다는 것을 의미한다. 우리는 우리에게 해를 끼치려는 사람을 인식하고 자신을 보호해야 하지만, 현재 그의 그림자가 하고 있는 행동과 관련된 원형의 긍정적인 측면을 그가 언젠가는 실현하는 모습을 마음속으로 상상하는 것도 중요하다.

M. 스캇 펙은 『거짓의 사람들』에서 자기 자신의 진실을 보기보다 타인에게 해를 주려는 사람을 악으로 규정한다. 사람들은 또한 자신의 탐험 여행을 피할 때 악한 행동을 하는 경향이 있다. 어떤 이들은 자신을 너무 하찮게 여기고 너무 궁핍하게 느낀 나머지 다른 사람들보다 경쟁에서 우위를 확보하기 위해 무슨 짓이든 할 것이다. '죄'의 본래 의미가 '과녁에서 빗나간 것'임을 생각할 때, 그들은 단지 자신의 길을 벗어난 것이다. 그들이 자신의 길로 돌아오면 세상에 긍정적인 힘이 될 수 있다.

제임스 힐먼(예일대학교에서 강의했으며 취리히 융연구소에서 소장으로 일한 심리학자)은 '우리의 모든 병적 측면은 신의 부름'이라고 말한다. 병에 대한 해독제는 그 병의 원인인 원형에서, 즉 그 원형의 더 긍정적인 측면에서 찾을 수 있다.

*넷째, 자신의 길에 진실함으로써 올바른 행동의 본보기가 된다.* 진정한 자유는 대부분 자신이 깨우치는 것이지 가르침을 통해 얻어지는 것이 아니다. 다른 사람들을 돕고 싶다면 먼저 자신의 길에 충실해야 한다. 당신의 길에 담긴 내용이 반드시 다른 사람의 길에 담긴 내용과 비슷한 것일 수는 없으며, 다른 사람의 길에 담긴 내용도 당신의 것과 같을 수 없다. 당신의 삶에 중요한 영향을 준 사람들을 당신은 알고 있을 것이다. 그들이 한 행동 때문이라기보다 그들의 존재 자체로 영향을 준 사람들을. 자기 내면의 영웅에 진실할 때마다 당신은 세상을 변화시키는 데 기여하는 것이다.

*다섯째, 상호 의존성을 존중한다.* 우리 모두는 근본적으로 가족, 친구, 일터의 동료, 지역공동체, 자연계와 상호 의존적이라는 사실을 기억하는 것이 중요하다. 우리 주위에서 어떤 원형이 활성화되면 우리는 그 원형이 만들어 내는 이야기 속으로 들어오라는 초대장을 받는 것이다. 그 상황을 완전히 떠나지 않는 한 그 초대를 거부하기는 힘들다. 예를 들어, 우리 가까이에 있는 누군가가 억압당한다면 우리는 고아 원형을 상대해야 한다. 그렇게 하기에는 자신의 여정이 이미 너무 멀리 왔다고 느낄 수도 있지만, 삶은 함께 경험을 나누는 것이다.

영웅의 여행은 때로 지독히 외로울 수 있다. 그러나 사실 우리 모두는 다 함께 여행하고 있는 것이다. 당신이 무엇을 생각하든, 무엇을 느끼든, 당신에게는 함께 여행하는 사람들이 있다. 원형들은 한 사람에게만 나타나는 것이 아니다. 원형들은 처음에는 몇몇 사회적 선구자에게서 나타나고, 서서히 다른 이들에게 퍼져 나간다. 이것을 알면 우리는 용기를 얻는다. 우리는 둥근 세상에 살고 있으며, 세상의 모서리에서 떨어질 가능성은 없다.

고아 원형은 다른 사람들이 우리를 배신하거나 학대할 때 우리가 고통과 실망감을 다룰 수 있도록 도와준다. 그리하여 우리는 분노를 퍼붓거나 모든 걸 잊기 위해 중독에 빠지지 않게 된다. 방랑자 원형은 대중을 따르기보다 자신만의 가치관을 끝까지 지킬 수 있게 자극한다. 전사 원형은 유혹에 굴복하지 않도록 절제력과 도덕적 용기를 준다. 이타주의자 원형은 우리 자신과 타인에게 연민심을 갖도록 요구하며, 그 결과 우리는 해로운 일을 하고 싶지 않게 된다. 순수주의자 원형은 우리에게 삶에 대한 신뢰와 긍정주의를 심어 준다. 그래서 성공하기 위해 자신의 진실성을 굽힐 필요는 없다고 믿게 한다. 그리고 마법사 원형은 우리가 세상에 내보내는 것은 종종 몇 배가 되어 우리에게 돌아온다는 것을 보게 해 준다.

당신 안에서 이 여섯 가지 원형이 모두 깨어났다면, 당신은 이제 세상에서 변화의 중심이 될 준비가 된 것이다. 이제 그 일이 그다지 벅차게 느껴지지 않을 것이다. 우리 중 누구도 그 모든 것을 혼자서 해야 하는 것은 아니니까.

거대자신감(자신을 실제보다 잘났고 거대한 존재로 생각하는 것)을 버리고, 우리 모두가 불완전하며, 따라서 필연적으로 타인과 상호 의존적일 수밖에 없음을 깨닫는다면 우리가 가진 다양한 재능과 목소리를 함께 나눌 수 있다. 당신은 나에게 배우고 나는 당신에게 배운다. 바로 그것이 우리가 성장하는 방식이고, 세상의 문제를 해결할 수 있는 방법이다. 당신 개인의 삶은 인류의 강으로 흘러 들어가는 하나의 물줄기이다. 당신은 자신의 삶이 얼마나 많은 차이를 만들어내는지 정확히 알 수 없겠지만, 자신의 삶이 헤아릴 수 없을 만큼 중요하다는 것은 알 수 있을 것이다.

우리 모두의 삶이 그러하듯이.

### 류시화

시인. 시집 『그대가 곁에 있어도 나는 그대가 그립다』 『외눈박이 물고기의 사랑』 『나의 상처는 돌 너의 상처는 꽃』과 잠언 시집 『지금 알고 있는 걸 그때도 알았더라면』 『사랑하라 한번도 상처받지 않은 것처럼』, 인생 학교에서 시 읽기 『시로 납치하다』가 있다. 인도 여행기 『하늘 호수로 떠난 여행』 『지구별 여행자』와 산문집 『새는 날아가면서 뒤돌아보지 않는다』 『좋은지 나쁜지 누가 아는가』, 우화집 『인생 우화』 『신이 쉼표를 넣은 곳에 마침표를 찍지 말라』를 썼으며, 번역서로 『성자가 된 청소부』 『삶의 길 흰구름의 길』 『인생 수업』 『술 취한 코끼리 길들이기』 『마음을 열어주는 101가지 이야기』 『조화로운 삶』 『달라이 라마의 행복론』 『삶으로 다시 떠오르기』 등이 있다.

### 지니 토마네크 Jeanie Tomanek

시인이며 화가. 성인이 되어 독학으로 그림 공부를 했다. 문학, 신화, 동화 그리고 자신의 경험을 바탕으로 다양한 여성적 원형을 탐구하며 그림을 그려 왔다. 뉴욕주 제네시 밸리 지역 농장에서 성장하며 경험한 자연이 작품에 큰 영향을 미쳤다. 나무, 꽃, 새, 눈은 감정 상태나 이야기의 상징이다. 별과 달이 빛나는 하늘 아래에서 여행하는 주인공은 때로 개와 동행한다. 문학 잡지와 시선집 표지 작품을 그렸으며, 다수의 작품이 미국, 유럽, 호주의 미술관에 소장되어 있다.

### 유코 호사카 Yuko Hosaka

일본 도쿄 근처 사이타마현에 작업실이 있는 현대 일러스트레이터이자 판화가이다. 그래픽 디자이너를 거쳐 일러스트레이터가 되었다. 광고, 책, 잡지 등에 일러스트를 그리면서 거의 매년 전시회를 여는 동판화가로도 활동 중이다. 한 폭의 그림 속에 하나의 이야기와 개성적인 등장인물이 어우러지는 동판화가 특징이다.

# 나는 나

2020년 5월  6일 1판 1쇄 발행
2020년 5월 12일 1판 2쇄 발행

지은이_캐럴 피어슨
옮긴이_류시화

펴낸이_황재성 · 허혜순
책임편집_오하라 · 장정렬 · 양성숙
디자인_행복한물고기Happyfish

Illustration_Yuko Hosaka · Jeanie Tomanek

펴낸곳_연금술사
(04030) 서울시 마포구 동교로 136
신고번호 제2012-000255호
신고일자 2012년 3월 20일
전화 02-323-1762  팩스 02-323-1715
이메일 alchemistbooks@naver.com
www.facebook.com/alchemistbooks
ISBN 979-11-86686-50-8  03840

이 도서의 국립중앙도서관 출판예정도서목록(CIP)은
서지정보유통지원시스템 홈페이지(http://seoji.nl.go.kr)와
국가자료공동목록시스템(http://www.nl.go.kr/kolisnet)에서
이용하실 수 있습니다. (CIP제어번호 : CIP2020015272)